逍遙遊

高振民 著

謹以本書

敬獻

大哥 高振寰 先生

目錄

作者的話

文學創作是作者心靈觸動與生活體驗的密合表現，同時也是對人性深處明暗、清濁的探討。透過某個時期的特殊環境或背景，以敏銳的觀察力，寫出真實或虛撰的故事。從古至今，世代留下文學巨擘的驚世鉅作或熱心創作籍籍無名的作者，猶如恆河沙數，但讀者能夠在所讀到的作品中，為其中情節、人物感動並有所啟發，就獲得文化延續的重要效果，值得推崇。

自孩提時代，閱讀伴隨著認字開始。最先接觸到的兒童月刊有《學友》、《東方少年》及香港出版的《兒童樂園》等，開啟了讀書之樂。父親的書房內置有斑駁暗褐色的木製書架，排列近百本的古典文學與名家小說，醞釀我心內對文學創作的憧憬。童年歲月伴隨著字彙學習的增加，閱讀的書籍由一知半解至了然貫通，對於閱讀充滿喜悅與熱忱。

進入初中就讀於新莊中學（現改為新莊國中），家住永和，赴學路途遙遠，披星戴月趕去上課，校風純樸、同學情真，不知愁的少年期，愉快的度過求知的日子。入學後，意外在教師辦公室邊發現了一間小圖書室，那個年代尚未流行開架式。圖書室門口置一長形桌，桌上擺著兩份圖書目錄及借書單，由專人負責管理，學生找到想借的書，填寫借書單後，交與專人找書。我借的第一本書是外國翻譯小說——法國海洋文學作家皮埃耶‧洛帝的《冰島漁夫》（Pierre Loti，Pêcheurs d' Islande），這部作品成為日後喜愛閱讀翻譯小說的敲門磚。透過閱讀英、法、美、俄及日本文學大家的作品，開拓人生的視野。

由於喜愛閱讀及寫作，國語課每兩週一次的作文課便是我火力全開的時刻。國語課兼導師的高維玉先生，對我的作文總是詳加眉批改正，並加註勉勵之語，成了我唯一的讀者，讓我沾沾自喜，夢想成為作家。對於高恩師的耳提面授、諄諄教誨，至今銘感在心。

初三下學期，學校舉辦作文比賽，選拔一位學生參加臺北縣初中校際作文比賽。我代表班級參加，依稀記得當時的比賽題目「旅遊感述」。我描述了求學過程中唯一一次初二下全班到基隆港遠足的心情與景致的描述。記述了春日基隆港的碧海藍天及中正公園半山櫻花綻放，杜鵑花群紅白相間，漫爛爭艷，穿插同學們旅遊愉快心情與不同感受的話語，獲得了首獎。除了可以代表學校參加縣府校際比賽外，也在周會獲得校長頒發的獎狀及派克鋼筆，著實讓我有喜出望外的鼓勵，雖然隨後參加縣府比賽未獲名次，但對未來能成為作家，變成是可以追求的目標。

期待成為夢想的實踐者，需要絞盡腦汁、付諸行動，是一個嘔心瀝血的過程。更需要有古代酩酊詩人酒後追月的浪漫熱忱，才能激發出優美的詩與獲得詩仙的美稱。大學聯考，分發到與文學相關的法國語文學系，深得我心，認為對於寫作該有相輔相成的效果。直接接觸在世界文學領域中占有重要地位的法國文學（諾貝爾文學獎法國作家獲得桂冠名列前茅）研習外國語文，拓開心靈的視野，對於文學有更深層的認知。

法文的學習及對文學作品的研讀，沒有增加我寫作的能量與力度。但卻成為我參加國家考試通過的工具；成了政府派駐國外單位的經貿人員。這是一種不同領域的工作挑戰。工作範疇極廣包括對於派駐的國家推動雙邊經貿投資合作、商業產品促銷、貿易糾紛處理、商情撰寫與蒐集等。工作充滿挑戰性，善用所學語文，大量撰寫駐在國的經貿發展、產品專項報告與分析，每日撰寫駐在國即時商情公告上網，提供國內廠商參考，促成商機。漫長的駐外工作生涯，另類的經貿資料撰述的總量，可謂著作等身。雖非本願，也能甘之如飴，但文學創作初衷仍未忘懷。

本書撰述的故事背景，跨越地球洲際。對於不同國家與人物如何面對不可抗力政治因素的變遷與環境的異動，所呈現內心的反應與掙扎；改變逆勢成了不可承受之重。空間場景涵蓋非洲黑暗大陸、南太平洋島國與赤焰中東沙漠等。而核爆之罪、能源替代，文化衝擊與對弱勢關注也成了書中重要元素。當今全球面臨「區域整合」倡議，國與國之間的「自由貿易協定」簽署方興未艾，未來跨國邊境的自由貿易、文化交流等也蔚為風氣，不可抵擋。

進入二十一世紀，文學的後續發展，呈現與網路媒合趨勢，創作者也在調整步伐、放寬視野，以宏觀思維融入多元文化素材，避免拘泥於一隅。為實現童年時對自身的期許，在歷經半個世紀後，仍能一本初衷持續創作，謹以此書與讀者分享。

紅羽毛

立冬後的天氣顯得更陰冷潮濕，下午五點剛過天光就被昏暗侵蝕。祖母推著三輪木板車，車的下層裝置了兩個小炭火爐，可見暗紅若隱若現的火苗，車面上是鐵皮，安裝了兩個棕黃色大蒸籠，蒸籠下有鐵鍋，連結小炭火爐，蒸籠裡面是白胖誘人的饅頭及包子，成為討生活人相依為命工具。祖母慢慢推車徐緩而行，身邊就讀國小三年級的孫子協助祖母推車，天真的臉上露出安適表情，看見祖母的笑容感覺到安心，隔代親人對小小年紀的他來說，是成長過程中必需的親情依靠。

祖母開口說：「今天做的包子跟饅頭都賣光，大概有五十元，晚上提早做完功課，你不是說想看《月宮寶盒》嗎？」孫子回答說「真的嗎？太好了。我們班上許多同學看過，裡面有神燈及巨人，還有載人飛毯，電影裡小孩由印度童星薩菩演的。」祖母盤算著今天生意扣除麵粉、豬肉、白菜和燃碳成本，大概賺了二十元，每天固定存十五元作為月底房租及孫兒學費。電影票一張兩元，兩張票四元再花一元買點花生糖或糖豆，小孩多愛吃甜食。祖孫兩人腳步放快，面龐笑容一致，或許想到在電影院聲光及彩色繽紛的神奇畫面正吸引著他們，電影院裏時間雖短暫卻可忘記煩惱並回味無窮。

轉過街角，在郵政局旁邊，三位綠衣黑裙女學生，約十三四歲模樣，中間個頭較高拿了一個紙箱，箱外畫了一個紅羽毛標誌；右邊女生看到祖孫靦腆的說：「老太太、小朋友、買支紅羽毛罷，冬天將到，行善濟人。」祖母問孫子：「學生不回家賣紅羽毛，是在做善事，小小年紀就有善心，要跟她們學習。」孫子隨祖母停了下來答道：「奶奶，紅十字會及紅羽毛都是國際上做好事的單位，老師有教過我們。」祖母與孫子眼神交會，兩人之間流轉著默契，祖母問右邊女學生：「一支紅羽毛要多少錢？」女學生答道：「兩塊錢。」祖母看了孫子一眼，孫子抱以點頭回應。

祖孫兩人衣襟上分別插上了用厚紙板作的紅羽毛配上白色毛邊，有種踏實感覺。祖母與孫子在寒凍風中心頭湧上一股暖流。祖母慈祥對孫子說：「回家吃完飯去看《月宮寶盒》」孫子好奇問：「看電影的錢買了紅羽毛，還要看嗎？」祖母說：「別擔心，奶奶有辦法。」孫子高興雀躍說：「謝謝奶奶！」祖孫倆合力推著三輪板車，朝向前方明亮街燈光下行去。

註：

紅羽毛愛心活動是二戰後由英國皇家空軍隆那・濟世上校發起國際性慈善福利機構，提倡一片紅羽毛成為世界愛心象徵，讓全球自願者發起募捐購買「紅羽毛」，支持慈善與福利志業，五十年代初期紅羽毛義賣曾出現於臺北街頭。

再見李敦再見

一、李敦再見

宇聲唸小學三年級上學期時候，班上來了個名叫李敦的插班生，引起了全班轟動。他是由南部高雄轉學過來，已經十歲了（一般三年級正常學齡是八歲），他身著舊黃卡其布制服，身材高過同學們一個頭，面孔雖瘦但有鄉下人忠厚誠樸及大智若愚氣質。女導師黃文潤介紹給同學時，課堂上女同學們交頭接耳，對於班上來了一位年長同學充滿好奇及疑惑，想打探他的出身。李敦用不甚標準的臺灣國語說道：「各位同學好，我叫李敦。」原先班上個頭最高的宇聲單獨坐在最後一排，黃導師說：「李敦，你就坐在宇聲旁邊吧，現在全班你最高。」李敦靦腆低下頭說：「謝謝。」由於緊張，音調奇特，引起全班哄堂大笑，李敦在同學們歡笑聲中加入這一班。

臺北五十年代初期，有三所實驗小學，算是當時的貴族學校，宇聲所唸的是其中的一所。那是冷戰期間臺灣海峽面臨國共兩黨對峙的年代，部分政府行政區及學校設有水泥防空洞或挖掘防空壕，每週有一次防空演習，各班導師及班長必需帶領同學到體育場邊長滿雜草的防空壕內避難，黃導師因李敦年紀較長，由李敦協助維持秩序，李敦一絲不苟，指揮每位同學進入壕內就避難位置，並且要求同學保持肅靜。二十分鐘後，演習結束，有些同學腿部被蚊子叮得紅腫，黃導師及李敦帶他們去醫務室塗藥。班上五十位同學，女同學約佔二十位，有些男同學與女同學雖同坐一桌，但涇渭分明，鮮少交談互動，有部分女同學與男同學共用的書桌中間，用粉筆畫清界線，「割席斷義」「互不往來」。

宇聲與李敦同桌而坐，上課時有些學科問題，李敦經常向宇聲請教，諸如國語、算術及地理等課程，李敦因曾經失學，故亟需補課，宇聲會抽時間指點李敦，兩人之間言語互動不多卻自然，下課後多少會談一些日常生活事務，李敦對自己身世守口如瓶。宇聲父親經商，十分重視子女身教及言教，從小被灌輸孝順及友愛觀念。五歲即開始在父親指導下，臨摹柳公權及顏卿真的字貼，練就一手好書法。上書法課時，宇聲猜李敦家庭情況不佳，無法自帶毛筆、硯台及墨，宇聲會多備一管毛筆給李敦使用。

他發現李敦拿毛筆時，每個手指都有凍瘡，宇聲感到好奇，想找機會親探李敦家。十一月份天氣轉涼，班上男女同學多會穿上毛衣或燈芯絨外套，家境富裕的女同學們穿著時髦貴氣外套，彼此比較與鬥豔。例如父親從事貿易的郭美玉，穿了粉紅開司米外套，設計新穎，質感柔軟。連黃導師都驚訝問到：「你這件外套真好看，是哪國貨？」郭美玉笑答：「爸爸去法國出差時帶回來的。」另一女同學李鍾歐補充：「上次她父親從瑞士帶來巧克力及羊毛圍巾，我從未吃過巧克力。」黃導師曾收過一盒黃美玉父親送的巧克力，聽到李鍾歐如此說，自覺有點愧疚而面孔泛紅。李敦沒有穿夾克，聽到這些對話，他輕將上身縮起往桌下慢慢滑，彷彿變得越小越好，小到在現場消失。宇聲冷眼觀看發生的情景，第二天由家裡帶來一件咖啡色舊夾克送給李敦。

李敦家住萬華，宇聲則住潮州街，兩人下課離校後的回家方向南轅北轍。自然課老師要求同學分組找出十種樹葉製成標本，並且簡單說明樹葉的特性。宇聲與李敦同組。學校對面是佔地廣袤的植物園。他們在林園區找到了榕樹、竹、木棉、柏楊、梧桐及桂樹的葉子，夾入筆記本中，宇聲將筆記本收入書包中，刺探性問：「今晚可能回家較晚，你父母會嘮叨或罵你？」李敦不作聲頭低了下來。宇聲見李敦不作聲便接著說：「我在家中排行最大，父親對我比弟弟妹妹們嚴格，母親非常慈愛，他們從來沒有打過我們。」「真羨慕你。」李敦抬起頭回應，然後又低下頭若有所思。

宇聲與李敦走出植物園，李敦輕聲的說：「有一件事，我只跟你說，三年前我父母生病相繼過世，我成了孤兒，我在南部鄉下輟學，替人作農及去工廠做臨時工賺錢，後來親友與我在臺北謀生的姑媽聯絡上，她接我來臺北與她同住，她鼓勵我繼續上學，姑媽經濟情況並不富裕，工作也不好，但她有心要供我讀到大學。我有時晚上會到萬華市場或三水街做臨時清潔工，我的情況請你不要告訴同學，我怕他們會取笑我。」路燈下，李敦流下淚水，宇聲安慰他說：「別難過，你放心，我會保密。」

宇聲覺得，每個人命運不同，對於自幼失雙或親被棄養的孩子，因每人性格不同，面對遭遇及處理方式也不盡相同，年幼時就要面臨殘酷社會競爭及克服生活條件匱乏，是很殘忍的。宇聲回家後將李敦身世及遭遇向母親訴說，母親嘆了一口氣說：「可憐的孩子，沒法好好唸書。」宇聲晚上通常會在家裡日式客廳正中央方桌與弟妹們一起寫功課，通常在九點鐘結束。母親對宇聲說：「過兩天你邀請李敦到來家吃午飯，我來鼓勵他。」

宇聲約了李敦來家裡吃飯，李敦似乎受寵若驚爽快答應。那個年代同學交情再好，也很少邀請對方來家裡玩耍，邀請到家中吃飯更是少有，主要是物質較為貧乏，同時父母也認為學生應該以學校功課為重，互相串門子並非好事。宇聲將住址寫給他，約好次日早上十點鐘見。

第二天一早，母親帶宇聲去古亭市場買菜。在那個沒有冰箱及冷藏設備的時代，母親每天都要提菜籃買菜，準備家人的伙食，非常辛勞。母親菜籃裡有馬尾草繩拴住各色菜類，芋頭葉包的豬肉，鹽及糖裝在用報紙黏成的三角形紙袋內，食用油必須自帶空油瓶到雜貨店去打。母親拎了菜藍，宇聲跟在後面，亦步亦趨，在陽光照耀下，充滿安全及溫暖的感覺。

回到家裡，母親到後院點燃煤球，宇聲在屋內屬於自己的空間看書及聽廣播，他對平劇很感興趣，特鍾意聽老生唱段「四郎探母」及「空城計」。他這項喜愛是受到父親影響。有一次父親帶他到永樂戲院看顧正秋劇團公演，舞台上強烈水銀燈光、誇張的化妝及艷麗多彩的戲服吸引著他，最令他叫絕是老生蒼勁高亢的唱腔，唸白雖不甚了解，但同樣讓他著迷。

十點一到，宇聲由室內穿過玄關走出房間，庭院一棵有著茂密枝葉及樹鬚的高大榕樹，樹枝蔓伸到竹籬笆外。宇聲推開門，看見李敦獨站在門外樹蔭下。李敦頭髮看似修剪過，衣服也較平時乾淨，書包搭揹在左側。李敦看了大門邊的紅紙條，笑指著紅紙條說：「你家了不起，得了『最清潔』，我住的巷子有人家被貼黑色條子的『不清潔』。」宇聲笑說：「進來吧。」李敦隨宇聲進入客廳。母親由廚房走出來，看到李敦一臉敦厚的臉孔，皮膚白裡泛黃，個兒雖高但體形頗瘦。沒有母親或親人照顧的孩子，成長的路上全要靠自己努力，真的不容易。李敦羞澀的彎腰鞠躬說：「謝謝伯母。」母親回道：「宇聲對我說，你是他在班上最好的朋友，歡迎你來。宇聲在家是老大，你比他大，像他哥哥。」李敦臉上泛紅，點頭笑而不語。

宇聲的父親有事中午不回家，弟弟妹妹們皆讀上午班。母親特別先準備飯菜，平常都是兩菜一湯，今天有客人，特別準備了黃瓜片炒肉、番茄炒蛋、炸排骨、糖醋魚及絲瓜粉絲湯。李敦說：「好香啊，謝謝伯母。」他內心感覺被關切真好，猶如冬陽溫暖心窩，這種感覺已有許久沒體會到了，他有成了宇聲家中一份子的感覺。他是大哥。母親頻頻勸菜並說道：「加油！要吃飽。」宇聲與李敦捧著飯碗相視而笑。飯後，母親準備了橘子作為甜點。臨走時母親說：「要常來啊，這裡就是你的家。」並且用白紙包了些包子給李敦，李敦感謝萬分。李敦和宇聲一同到學校上課去了。

經過此次來往，李敦與宇聲成了死黨。寒假春節期間，宇聲也數度邀請李敦到他家作客，與宇聲的弟妹們也甚投緣。宇聲一家並未因李敦是個曾失學及孤兒而產生偏見，這讓李敦甚為感激。李敦個性由拘謹被動慢慢轉為自在與主動，與同學聊天互動，封閉的心靈似乎找到了出口。

春節過後，寒假結束，三年級下學期開始，李敦被同學們選為勞動股長，負責教室清潔與衛生監督，中午拿便當及協助教務處交涉教室損壞維護等事。由於李敦年紀最大，他多會為同學們排解糾紛爭吵，但也有班上調皮搗蛋同學如侯國興，就為李敦寫了「敦敦老頭小姑娘，厚厚空心大老倌」的打油詩。小學三年級的語文課本中沒有教授唐詩，他能胡謅出這樣一首七言詩。有些同學看到李敦，會故意衝著他叫「敦敦老頭小姑娘」。李敦一笑置之，不以為意。

班上被指定在六月底在應屆畢業生惜別會上，提供一個康樂節目。黃導師決定編排一首民族舞蹈「小小月兒」。由八名女生扮成苗疆姑娘，各拿一片芭蕉葉，在一顆大樹下圍繞歌唱起舞。大樹則由高個兒的李敦扮演，不需要唱歌及動作，只需躲在大樹布景板後面，扶住布景板即可。每天中午休息時間的排練好不熱鬧，黃導師請了好朋友舞蹈專家李淑芬女士來班上指導了兩次，頗為慎重。

女同學們手拿芭蕉葉邊舞邊唱，伴著「苗女弄杯」的舞步，滿足了視覺與聽覺的享受。

小小月兒
嘩啦啦啦
我們好像一朵花
嘩啦啦，嘩啦啦
唱歌跳舞笑哈哈
嘩啦啦啦
嘩啦啦啦
唱歌跳舞笑哈哈

畢業典禮在中山堂舉行，在那個年代，中山堂是臺北市最好的集會場所。具有國大代表身分的女校長請到了臺北市長致詞，為整場畢業典禮增添光彩。宇聲與弟妹們一起參加。「小小月兒」粉墨登場，咖啡色大樹幹是用薄三夾板作成卡通造型，樹葉由馬糞紙塗色製成，七色彩虹釘在樹幹上端。李敦躲在背後，扶住背板。舞台燈漸漸亮起的同時音樂聲響起，八位女同學依序出場，有班長蔡肇美、郭美玉、李鐘歐、陳燕、宋建津等。每位的臉上塗了厚重的凡士林油彩，抹上大紅胭脂，櫻桃小口，黃色圓扁帽，帽沿配有流蘇，身上穿的是金色舞衣及黑雨靴，手中拿著碧綠色大芭蕉葉。宇聲幾乎認不出表演者誰是誰。燈光下，舞者各種動作美妙，當最後一個舞蹈動作完成時，全場鼓掌叫好。

送走應屆畢業生，七月榴火的暑假來臨，告別這個學期。宇聲的暑假生活開始，穩定而有規律，上午他練習書法或聽電台廣播平劇節目，父親在牯嶺街舊書攤買了一本《大戲考》給他，他如獲至寶，戲考內載有詳細平、越、粵劇等戲目及唱詞。他將熟悉的戲目唱詞與先前所聽過唱腔用心回味，抄錄在卡片上，得空便背誦。後來宇聲成了非常傑出的業餘平劇老生票友，也會多次粉墨登場，頗得好評。

暑假期間的某個下午，天氣分外炎熱，院中的榕樹上陣陣的蟬鳴，唱出夏之聲。童年暑假在父母愛心呵護下，日子漫長又美好。宇聲想到李敦或許此時正在打零工換取下學期學費。兒少時期就必須面臨生活壓力去工作謀生，雖然不盡情理，但卻是事實。如果當初李敦被送到育幼院，也會面對另一種謙卑自助的生活方式，宇聲認為自己想太多。

暑假結束前最後兩周的返校日，黃導師將下學期開學日期及繳費通知單發給每位同學。許多男同學們留了長髮，對馬上又要剃回小平頭，紛紛表示無奈。女同學穿著繽紛色彩的洋服，有些還燙了反捲荷葉髮型。兩個月沒有見面，大家談笑風生，格外親切，交換暑假生活發生的趣事。升上四年級，沒有升學壓力，也不需要重新組班，原班同學仍在一起上課，大家都很高興。但李敦未在返校日出現。

宇聲利用開學前的一個周日下午，沿著學校向萬華走去。他拿著李敦留給他的地址，找到龍山寺邊巷內，經過大觀戲院邊，小巷口裡有排二層樓洛可可式老建築，樓下的店面有些詭異，流露出火紅耀眼霓虹燈及花花綠綠的門簾，三兩位花枝招展的女孩坐在店門口，向過路男人打情罵俏，並有拉扯行為。宇聲心跳加速，幾乎是半瞇著眼走完巷子，找到了李敦給他的地址，一棟二層樓房舍，非常老舊，他上到二樓，敲門無人回應。

一位熱心歐巴桑從一樓探身出來，宇聲向她詢問並講述李敦的特徵。歐巴桑說：「對啦！他是跟姑媽住，但一個月前搬走了。」宇聲接著問她：「她們為何搬走？您知道她們去了哪裡？」歐巴桑回道：「不清楚，聽說那個查某被人飼（包養）了。」宇聲感到困惑，也不太了解歐巴桑最後一句話意思，失望的走回家。

開學後黃文潤導師證實李敦沒有來註冊，書信聯繫也杳無回音。宇聲又成為全班個頭最高的學生，對於一年來與李敦相處的情誼，對於他不告而別有些傷感。他想，或許李敦與姑媽回到南部，或許姑媽在南部有新工作，他期待李敦會來信說明近況。

這份思念，直到宇聲升上五年級重新分班，有了新同學，開始全天上課，面臨升初中的考試壓力，晚間還要補習等因素。李敦逐漸淡忘對這位來去皆匆匆的不速之客的友情與記憶。

二、再見李敦

宇聲在大學畢業後遵循父親的期許，參加國家考試，通過三關考試，取得外交官資格。在臺灣尚未退出聯合國前，外交官考試相當困難，以「百中取一」形容並不誇張。因為畢業後無校友會等組織的成立，歷經近半個世紀，記憶中無法拼湊出童年求學夥伴成長後的面貌，如同斷了線的珍珠項鍊，流散各處，還原不易，全班人馬難再相聚，也是一種遺憾。

二〇〇三年宇聲派駐紐約，擔任新聞業務推廣處代表。那年舉辦「臺灣文化及美景攝影展」，地點是紐約「林肯文化中心」，展期五天。他多數時間是在展場接待重要外賓及媒體，並了解展出情況。展出最後一天，人潮仍然不斷，他站在會場門口，忽然有位參觀者瘦高身材，濃密花白頭髮，雙眼炯炯有神，精神矍鑠，一身淺灰西裝，用廣東口音國語向宇聲

抱拳問道：「請問您是宇聲先生嗎？」。宇聲點了一下頭，腦中搜尋記憶，對面這位客人看來像是美國土生華僑，腦中實在想不出是誰：「對不起，請問你是？」「我是李敦啊！」對方笑著回答。

宇聲不敢相信眼前的人是同學李敦，他仔細的看了看，從臉的輪廓找出當年記憶的連接點，他又是驚訝又是興奮，很想大聲呼叫「李敦」。但職業習慣訓練他即使心想表現狂喜，仍必須反應冷靜，態度不急不徐。宇聲微笑著說：「真的是你，但你怎麼會認出我？」李敦笑答道：「展覽開幕那天，我來觀看，一眼看到您，再聽到您的聲音，我斷定應該是您，後來我向會場您的秘書小姐確定了您的身分，今天來看您，真高興啊！」由於會場人頭鑽動，不適合長談，李敦說：「我把家裡地址及電話留給您，約個時間來寒舍一敘。」宇聲欣然接受。

宇聲和李敦約好星期天下午在李敦家。李敦住在紐約新唐人街法拉盛區，靠近喜來登旅館附近，並不難找。自從見到李敦後，宇聲一直很好奇，「李敦怎麼會出現在美國？即使在臺灣，國小同學即使站在對面都不容易認出來。他能認得出我真的是奇蹟。他如何到美國謎底就要揭曉。」

李敦住家是典型的美國東部住宅風格。兩層木製白色小樓，屋前的人行道植滿楓樹，屋前庭院不大，種滿玫瑰及菖蒲，高麗綠軟草皮修剪得穠纖合度。宇聲將車停好，按了門鈴。李敦開了門，和宇聲來了個西洋人熱情擁抱。在客廳坐下，李敦向宇聲介紹妻子佘琳達，她是出生在紐約老唐人街第五代的華僑，育有一男一女，男孩取得碩士學位，在微軟當程式工程師，女兒學圖書管理，現在法拉盛市區圖書館工作。宇聲受到一家四口熱烈的歡迎，感覺到李敦家庭的美滿及溫馨。

李太太端上香濃咖啡及糕點。李敦望著宇聲嚴肅、富泰面如滿月的慈祥臉孔，他立即將少年宇聲聯想在一起。雖然相識僅一年多，但宇聲母親的慈祥及關懷，補足了童年生命中缺少的溫暖，更是他人生低潮中的一盞燈光。宇聲非常高興在經過五十年後還能夠在異國遇到這位當年的好友、同學。經過漫長求學就業，閱人無數，李敦這個名字仍是童年記憶的一點漣漪。但對童年李敦的印象與現在的李敦，宇聲無法做出正確連接。

宇聲開門見山問道：「你怎麼會來美國？當初又為何不告而別？」李敦喝了一口咖啡，陷入回憶說道：「三年級結束後，暑假頭一個月，我仍在萬華市場打零工賺點錢存學費，以減輕姑媽負擔。姑媽通常晚上出去，她工作性質我略有所知，她是我唯一長輩及親人，雖見面時間不多，我非常敬重她。人好壞不應該用所從事職業來評斷，為了生存，人有選擇自己工作權利，別人不應該看輕。」

午後滿室陽光，陣陣徐風吹來，混雜著窗外玫瑰及鮮草香氣，李敦視線轉向窗外，語調轉弱：「一天下午，我正在一家豆腐店打工磨黃豆，姑媽急忙來找我說，快跟我回家，把東西整理一下，今晚坐平快火車回高雄」。我停下手中工作問：「我們要去多久？」姑媽回道：「還不清楚，也許不回臺北了。」我聽了心一沉：「學校剛開始能夠適應，也交到好友，又要別離，再度面臨陌生環境？」。雖然捨不得，但我仍聽從姑媽的話，畢竟她是我唯一親人，沒有其他選擇。

「到了高雄，姑媽帶我到曾和她一起工作的陳太太家暫住。六十坪日式住宅，是公家宿舍，室內佈置素雅，庭院花木扶疏，一看便知主人經濟條件優渥。最讓我大開眼界是美製大型冰箱，我生平第一次喝到冰橘子水。透明玻璃杯裝了橘黃果汁，由冰箱取出遇熱產生水珠，握在手裡，清涼感十足，橘汁經過喉嚨進入肚裡，充滿幸福感覺。陳先生在銀行上班，前妻去世，年齡大過現任陳太太約二十歲。」

晚飯後我在房間聽到陳太太對姑媽說：「這次老陳好友王先生從美國回臺灣找對象，

他是湖南人，大陸淪陷前直接應聘到美國紐約唐人街開餐廳，具有美國籍，也有點積蓄，在美國中國女孩難找，大陸女孩根本出不來，只有透過老陳在臺灣找伴。我們是好姊妹，老陳不嫌棄娶我，年紀雖然大點，對我是真心的好，我非常惜福，要抓住機會。」姑媽含蓄為難說：「人家會不會嫌棄我？還有李敦要照顧，我要考慮。」陳太太說：「別想太多，王先生現在由美國來高雄住在旅館，明晚安排你們見面。」整晚我無法入眠，感到前途茫茫。

隔天晚上陳姓夫婦陪姑媽相親，我在房間裡擔憂何去何從。那個年代去美國讓許多人夢寐以求，萬一姑媽同意，遠嫁到美國，自己要另謀出路了。可以去工廠當學徒，但是無法繼續唸書，該怎麼辦？該與何人商量。當時我想到了你及伯母，心中又寬慰不少，有一種安全的感覺。

她們回到家近晚上十一點，姑媽換了衣服到房間來看我。我假裝睡著但心裡真想問姑媽相親結果，我想我不可這樣，等候事情後續發展再說。一整晚胡思亂想，想到班上同學們有一個歡樂漫長暑假，而我的命運難卜。

第二天早上大人們未談及昨晚之事，上午姑媽與陳太太出去，直到傍晚回來。第三天一早，姑媽對我說：「李敦，陳媽媽和我帶你去百貨公司買新衣，晚上要見王伯伯。」我們在百貨公司買了一件白襯衫及灰色長褲，由男裝部試衣室長鏡中看到自己，好像又長高了。

中午姑媽帶我去高雄五福四路「鹿鳴春」餐廳，見到了王先生。他的年紀約五十出頭、中等身材、皮膚白皙、稍禿頭，有一對睡眼。寒暄過後，王先生面帶笑容問我：「讀幾年級了？」我低頭未答。姑媽代答說：「要升四年級了，因家裏有事，有兩年沒唸書。」王先生回答：「這孩子瘦了點，發育期間要注意營養」。王先生幾乎沒有動筷子，看著我們用餐，有時會批評咕咾肉所用的番茄醬顏色太深，或炸蝦過火導致外層麵粉太焦等。我在陌生人面前作客，拘束不自在，食之無味。數天後，姑媽告訴我，她同意與王先生結婚，並且將在高雄地方法院公證結婚，我一聽頓時如跌入萬丈深淵，眼前一片黑暗，眼淚滾了下來，姑媽安慰說：「不要難過，姑媽嫁給他的唯一條件就是帶你一起去美國。」她胸有成竹的說：「我與朋友商量，她們認為我與王先生結婚後，王先生會回美國幫我辦赴美手續；並且建議我可向內政部申請辦理認養你，這樣就容易申請到美國的簽證。」我的心中五味雜陳，生命又要面對另一次轉折而且別無選擇。

王先生和姑媽辦完結婚登記後隨即返回美國，他留給姑媽一筆安家費用。陳先生協助姑媽辦理認養手續及一些證件所需要的認證事宜，並安排等待美國大使館談話。姑媽不好意思繼續打擾陳太太，搬出陳家。但是有請陳先生找一位在銀行工作的大學生來教我們英文，中文由我自修。午夜夢迴，我懷念在臺北寄讀一年多的日子。我會想寫信給你告訴我最新情況，後來還是沒有勇氣寫出。我只有閒暇時回憶那段快樂時光，同學們面孔清晰留在我腦海中，成為我日後生活中遇到困頓及挫折時的安慰劑。

姑媽和我在等待期間中，有了更多時間相處。我總是小心翼翼的聽從她的教誨。姑媽與我之間似乎仍有些隔閡，或許與姑媽過去職業有關。對我常欲語還休，我了解姑媽的心情，她對於自己嫁到美國，無法預測是好或是壞。我保持低調寡言，不想成為姑媽的包袱。

四個月後美國大使館要求到指定醫院體檢及安排時間問話，終於拿到了簽証。姑媽非常高興，帶我去許昌街青年會吃了一頓簡單的西餐，我對第一次拿刀叉吃飯感到新奇。陳先生幫忙訂了去美國的機票，姑媽帶著我及一箱簡單的行李，搭火車北上。第二天一早趕到松山機場搭了CAT飛機經日本東京、美國檀香山飛抵洛杉磯，再搭美國的國內航空到達紐約。抵達時接近傍晚，雖然疲勞卻興奮，想到將在新大陸展開新的生活，福禍難料，不免擔心。

姑丈來機場接我們，我注意到姑媽見到姑丈時，表情平靜含蓄，沒有小別勝新婚的甜蜜感覺。他們倆在車上有一搭沒一搭的說著話。我看著車外的街景，摩天樓到處高聳林立。正值華燈初上的時間，華爾街建築物各種造型巨大霓虹燈光彩四射，燦爛奪目。車子到了下東城曼哈坦區，轉入建立於十九世紀中葉的唐人街。車子在一條古老巷子口停住，一棟兩層樓建築物，掛了「金都酒店」招牌。姑丈下了車，招呼我們下車。餐廳裡高朋滿座，我們隨姑丈上二樓，有一間大廳及三間房間，我被分到角落處一間房，有一張床及書桌，牆壁壁紙年久泛黃，湖綠色像被打了暈黃燈光，泛出奇特的顏色。姑媽將行李安置好後，在屋內繞了一圈。姑丈說：「我下去看看。」姑媽跟著說：「我跟你一起下去，需要下手。」開始美國的忙碌生活。

姑丈替我在「中華公所」及「社區夜校」針對外國人所開的英語班報名，密集學習三個月英語，進入該區小學五年級就讀，我認真苦讀，也開始瞭解知識重要性。課餘在餐聽打工，做姑丈幫手或跑堂。周六上午去「龍崗公會」辦的免費中文班學中文，生活穩定下來，面臨美國教育制度及文化衝擊，我拼了命吸收知識，希望能在新大陸破繭而出。

姑丈廚藝精湛，雖然餐廳規模不大，裝潢老舊，但許多老饕是基本顧客。姑媽開始管帳，偶而也下廚牛刀小試，磨練自己烹飪技術。夫妻倆生活平淡，姑媽找到了安全避風港。姑丈偶爾感冒或患小病，姑媽陪他上醫院，回家後要姑丈歇息，姑媽端藥，下廚炒菜，並準備各式湯類給姑丈補氣。他們倆每月會休假一天，坐免費巴士去新澤西洲大西洋賭城玩一天吃角子老虎，小有輸贏，調劑緊張及枯燥的生活。

當我高中畢業時已經二十歲了。順利申請到布魯克林學院學習工商管理，由於課業忙碌，大一住校，姑丈除替我準備學費外，每個月還給我零用錢，姑媽也叮寧我在外要注意身體。我很感激。有時想到在臺灣的你及伯母，同樣也非常感念。大二以後在外租屋，假期時會回唐人街探望他倆並在餐廳幫忙。

畢業後幸運地考上聯邦郵政局工作，從郵務士幹起，期間認識了我太太余琳達，結婚後育有一男一女。我一定要給子女完整的家讓他們無憂無慮的成長，接受正常教育進入社會服務。伯母給我啟示良多，姑丈及姑媽如同我再生父母，老天補償了我，我要用心對待每一個人。從郵務士做起，一路平順，二〇〇二年以副局長職位退休。

八〇年代初，姑丈年老力衰，中國大陸改革開放，姑丈申請他在大陸家鄉的姪兒來美國照顧餐廳。姑丈有一些積蓄，將店舖交給姪兒打理，後來在新唐人街法拉盛區買了一套老人退休公寓，搬進去頤養天年。姑丈在數年前往生，姑媽現在一人獨居，身體十分硬朗。我退休後也搬來此地，可以就近照顧她。

李敦講述完自己半生經歷後，宇聲有感而發：「真是苦盡甘來，很替你高興，你是我多年來唯一遇到小學同學，能在異國不期而遇真是福份，我很珍惜。」李敦熱情問道：「說說您的情況？」宇聲用他熟練職業性笑容回答，並沒有開口。李敦了解宇聲外交官身分，不願說也就不勉強。李敦接著說：「我沒記錯的話，一九七一年臺灣退出聯合國那段時間，您擔任記者工作。」宇聲驚訝問到：「你怎麼會知道？」李敦說：「我從臺灣來美國後，對臺灣一切都很關心，那段期間我在大學圖書館的中文報紙看到您許多篇臺灣外交論述報導，我認定那就是您。」宇聲笑道：「你看到啦？那確實是我。」

宇聲心情一高興，打開話匣子：「大學畢業後，教了兩年書，考上報館記者幹了四年。後來回歸外交本行，考取外交人員資格，派駐過洛杉磯、雪梨、阿姆斯特丹、倫敦及紐約等，一轉眼由少年到滿頭白髮，一事無成，感到慚愧。」李敦道：「您太客氣了，真的很了不起。」宇聲說：「你也是。」兩人為各自吹捧對方而哈哈大笑。李敦問：「伯父母都好？」宇聲回答：「托福托福，家父往生，家母住在臺北，身體硬朗」李敦說：「我明年計畫回臺灣，五十年未見，一定去拜訪她老人家。」宇聲表示歡迎，也約好了時間去拜會李敦的姑媽。

兩人相隔五十年後在異國見面，誠屬可貴。各自承受不同人生歷練及世事滄桑，聊起話來頗有「白頭宮女話天寶」的意境，也真實反應了一個時代變動縮影。在雙方思想的變化及對事務不同看法中，找到了可溝通及平衡點——就是童年珍貴的友誼。

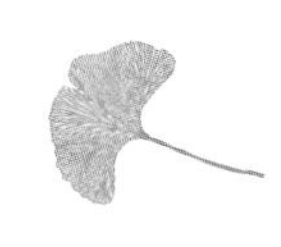

童年的光影記事

彭方坐在課堂裡，十歲的他就讀國小四年級，是個害羞木訥的男孩。這堂是每周一次的「說話課」，由劉樂雲導師授課。今天的主題是「電影」，老師要求同學說出一部自己看過最喜歡的電影，通常老師會讓班長王家偉起頭。五〇年代，家境較好的外省家庭多愛看美國片，本省家庭愛看日本片，小康的家庭欣賞國產片。國片多在二輪戲院上演，票價是首輪的一半。

王家偉口齒清晰，講述看過美國西部牛仔片《原野奇俠》（Shane），他最喜歡扮演警長的男主角亞倫賴德（Alain Reed），「真是一個英雄，惡人對他聞風喪膽。」老師繼而點名副班長楊碧真，她的父親是耳鼻喉科醫生，她介紹日本大映公司改編尾崎紅葉名作「金色夜叉」，當時還沒有教過「叉」這個字，唸成了「又」。她極力推崇女主角山本富士子有古典美，老師點點頭同意。活潑多話的金麟昭介紹美國福斯公司首部新藝綜合體寬銀幕

（CinemaScope）的《聖袍千秋》（The Robe），是一部見證耶穌受難宗教影片。還有同學講述了卡通影片《白雪公主》、《木偶奇遇記》等。

從彭方有記憶開始，母親帶他到住家附近的明星戲院看國產影片，多是港產片，包括邵氏公司拍的由李麗華主演，改編自香港作家徐訏小說《風蕭蕭》、《黑寡婦》；尤敏主演《好女兒》、《癡心井》等。他準備講一部由臺灣中央電影公司出品的《歸來》，女主角之一是位童星，故事是描述小孤女投靠舅舅，但為舅母所不容加以百般虐待，最後舅母改邪歸正接納小孤女的故事。老師最後沒有點他起來講述，讓他原本忐忑不安的心恢復平靜。

同學們在課堂講述了一些國外影片，讓他開拓了電影欣賞的範圍。下了課，他穿過操場走到教務處邊「閱報欄」看玻璃內的報紙內容，包括影藝版新聞及電影廣告，找到一部與兒童有關外國片《偷十字架的小孩》(Jeux d'interdit)（後翻譯為《禁忌的遊戲》）在西門町「國際戲院」上演，戲院宣傳是「藝術之宮放映藝術影片，本院新裝美國西屋牌冷氣」。他記下電影院地址，決定下午去看這部以童星為主的外國電影，作為一種新嘗試。

母親向來會不定時給他零用錢，最近兩個月他存下四元新臺幣。到西門町首輪戲院看一場外國電影，票價四元。因身高超過了一百三十公分，失去了享受買半票（二元）的資格，感到有點懊惱。

中午下課回家，他急忙吃了午飯，跟母親撒了個謊，說有位同學邀請他去圓山動物園，大約五點回家，家庭作業等晚飯過後再寫。母親信以為真的詢問：「知道搭幾路公車去嗎？」他機伶的回答：「十路，在圓山站下車，過馬路就是動物園。」母親說：「過馬路小心車子。」並且給了他兩元。他回房間拿了先前存下來的錢後，高興的出門。

他在潮州街搭零東號公車，經過羅斯福路時，氧氣廠廣場上正有廣告員蹲在地上畫巨幅電影海報，他看到李麗華演的「小鳳仙」電影大頭照，鳳仙裝後來還成當時流行時尚，參加宴會或出國女性代表傳統服裝的典型之一。他覺得母親應該會帶他去看這部電影。

公車經過小南門、昆明街，到西寧南路下車，找到了「國際戲院」，外觀方正有一種乾淨與古典之感。下午場觀眾不多。他買了票，第一次自己單獨看電影，心中有新奇刺激感覺。他站在戲院外面左右側的大型玻璃櫥窗前，裡面的電影海報與劇照，對十歲孩子而言，是一種新奇的享受。

電影院鐵門拉開，收票小姐將兩個半人高的長型木櫃移除，觀眾開始進場，收票小姐撕票，他短暫等待後終能進場，很是高興。進入大廳左右兩門分別有帶位小姐根據電影票劃位為單號及雙號分辨指引進入放映大廳。他進入單號大門邊，在小型大理石桌上拿了電影說明書（介紹本事）。廳裏冷氣力道強勁，他享受著冷氣有消暑的感覺。

電影開始，他緊張專心的注視著銀幕上流瀉出的黑白光影，深怕漏看了畫面。電影片頭配上〈愛的羅曼史〉吉他演奏旋律，他事先不瞭解這是一部法國影片，中文字幕他能看懂。故事描述二次大戰間，法國人民因德軍佔領而展開大規模逃亡，鄉間難民的車隊大排長龍。德國軍機空襲轟炸與機槍掃射後，一小女孩父母雙亡，被附近鄉村家庭收留，男孩米謝（Michel）與女孩年齡相近，對小女孩同情與關懷感情產生。面對戰爭、夜間空襲恐怖與死亡威脅，讓兩個小孩產生對死亡，進行了禁忌的遊戲，他倆在一座廢棄倉庫頂端，為死亡動物豎起了由墓園偷來的十字架。東窗事發後，男孩家屬為怕增加家庭負擔，申請國際慈善救援機構將女孩帶走。男孩向教堂祭司與家人談判，條件是女孩留下，並把偷竊的十字架歸還失主，家屬同意這項協議。但第二天一早，小女孩仍被帶走，大人失信。男孩知道後悲憤的把十字架折斷扔到河裡去，抗議大人言而無信。女孩在火車站等待被送走，茫茫人海中叫著男孩「Michel！Michel！」的名字。

電影結束後，他深深被這部電影所感動，小小年紀對電影欣賞有新的認知。回到家中，他眼眶泛紅，母親關心的問他「玩得好嗎？累不累？」他心裡幾經掙扎，對自己說謊去看電影是否要向母親認錯，請求母親原諒。他擔心這次說謊會讓母親感到失望，但如果隱藏在心裡就等於不知悔改將更難過，他決定鼓起勇氣向母親認錯並懇求原諒。

開到荼靡

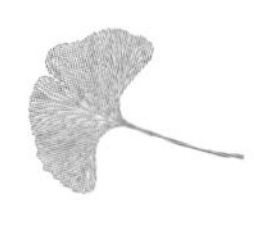

蘇洪坐在位於地下室第一層的辦公室，抬頭看見右牆角上方的兩個小天窗，窗外畸零地上的荒草野蔓隨風搖動。他所工作的機關原是一棟四層樓的建築物，後因業務量增加及人員擴編，在舊址邊土地上增建了六層高的新樓，與舊樓連結。他的辦公室採光不佳，且濕氣彌漫，他倒能以平常心看待，甘之如飴，不似其他同事多有抱怨。

利用午休時間，蘇洪常來到這塊荒廢角落透透氣，舒展筋骨。這是塊長約五十公尺，寬約十五公尺的空地，隔著一道長滿青苔的磚牆，牆另一端是一棟建於四十年代的兩層洋房，荒廢多年無人居住。院內巨大榕樹和茄苳樹枝葉因長年無人整修，漫無節制自在生長，將洋樓隱藏在樹蔭中，有種故舊莊園的神秘感。據說屋主是一位具有某某王名號的將軍，家世顯赫，在軍界有影響力。女主人是位作家，居住在這種環境中想必有動人故事發生。眼前景象有人去樓空、歷盡滄桑及繁華散盡的感覺。

他在雜草堆中行走時頗覺不便，想到辦公室正門經過風水師指點與專家設計後，建了一座豪華噴水池，象徵「水為財」、「遇水則發」的好兆頭，與機關工作性質有關。正門兩側種了修剪整齊的松樹，間隔豎立著小型玫瑰色大理石華表，上置皇冠狀花盆，各色花朵有冠冕堂皇意味，肅穆中帶有冷峻，缺少溫馨與自在感覺。他想著不應該忽視陰暗面，任何事務都應該公平對待。

已到耳順之年，再過五年就要退休。蘇洪是以流亡學生身分加入軍旅，後隨政府撤退來台，退役後轉業分發到這個機關工作，認識了小他十八歲的女同事慧芬，在同事們大力撮合下，兩人結婚並生有一子凌麒，夫妻間因年齡差距等因素生活平淡如水。就在兒子要讀小學時，慧芬提出想換轉跑道改行從事教育工作，並申請到美國著名大學入學許可，決定赴美深造獲取更高學位，提出離開家庭的要求。蘇洪認為慧芬與他結合是委曲求全，心中一直有些內疚，所以未堅決反對。最後妥協同意父代母職照顧兒子。兩年後慧芬拿到碩士學位後回臺，卻表示要繼續留在美國攻讀博士，提出離婚要求。蘇洪瞭解妻子外國苦讀所面臨的壓力，以及對前途的憧憬與追求。他雖然不能全然原諒慧芬的作法，但還是簽了離婚協議，讓她無牽無掛，藉此表現對妻子的愛憐與補償。

兒子凌麒自大學起便住校，馬上要畢業正準備考研究所，蘇洪晚上回家感覺燈火闌珊，孤寂無伴，兒子自幼由他父代母職照顧，讀大學起住校，開始時很不習慣，常有想搭捷運去淡水探兒的衝動，幾經掙扎想到兒子成年後，終會成家立業，讓他擁有自己成長空間，週六兒子會回家讓他寬心不少。

對蘇洪來說，生活中最重要的是兒子及工作。再來就是閱讀（與他從事外文翻譯工作有關），登山（接近大自然）及植物（環境）。他利用假日遊走建國花市選購綠色植物、花卉或盆栽；並且閱讀大量有關植物種植與相關書籍雜誌，瞭解對植物換土、灌溉、添肥及除蟲害等基本知識。他居住的公寓前後陽台佈滿綠蔭，時令花卉爭奇鬥艷，葉肥花茂，是他親近自然的成果。

對門鄰居是在建築公司上班的王經理，常帶著太太到他家作客，他多會向客人介紹住家綠化的成果，他也會以茶敘或簡餐方式邀請好友或同事來家作客，用他的花園推廣環保知識，簡單解釋樹林或植物在生長過程，吸收二氧化碳廢氣，遮陽並發生光合作用，有減碳功效。職場及學生工作使用電腦造成眼睛過度疲勞，多看綠色植物有醒目及保護眼睛功能，雖然是最簡單道理，幾乎人人都懂，但最容易被忽略，他喜歡提醒友人注意環境對健康的影響。

蘇洪晚上接到兒子打來電話，父子倆聊話家常，他對於兒子的感情用老派「嚴而不慍，即之也溫」表達，兒子這個週末要苦讀不回家了，但保證下週末一定回來陪老爸。蘇洪掛了電話雖然有點悵然若失，但又更擔心兒子的學業及成績。他又開始思考那個腦中出現的模糊構想，自己是否心甘情願為做公益付出，如同對家人般無私奉獻；最後毅然做出決定，要用腦力、體力、金錢與時間，讓辦公室那塊畸零地變成環保小花園，實現心中的念想。

他連夜起草一份簽呈，主旨是自願改善辦公室周圍環境，廢地綠化目標，並簡單附張計畫草圖。計畫屬於自費，沒有公家預算問題，長官在他的簽中爽快批示「可」字，另外寫了寥寥數字勉勵他造福同事之舉。

週六一大早，他透過對門王經理介紹，在碧潭邊咖啡座對面巷子裡找到一小型建築及庭園工程包商，老闆年紀約六十出頭，個頭不高，白髮平頭，面孔黝黑皺紋深刻，給人滄桑塵僕之感。蘇洪說明來意，老闆說：「叫我阿班吧。」蘇洪遞上了計畫書及建築草圖，阿班詳細過目，一項項核對說道：「可以到工地看一下嗎？」蘇洪問：「現在就去？」阿班說：「是的，這樣才可算出所需材料及準確價錢。」阿班開小貨車載蘇洪到現場，阿班拿皮尺及測量儀認真丈量，並且與蘇洪討論所用建材種類。蘇洪覺得阿班豪氣明快、一絲不苟，工作態度認真，近三小時測量及估價完畢。阿班說：「回去就將價格算出，明天給您電話。」

蘇洪認為阿班報價合理，態度認真，接受阿班包工。阿班表示下星期一起要到建材市場購買水泥與材料，工作期是利用周六及周日進行（以免上班時間妨礙公務）蘇洪付了訂金，預計四周八個工作天完工。

星期六一大早，蘇洪在辦公室門口等候，並通知保全。阿班開小貨車準時到達，車後面裝了水泥、石板塊、磚頭、貼花磁片及工具等。車子停在走道，隨他同行還有一位年輕人，頭上帶了碎鬚邊大甲草帽，身上穿了件鵝黃色汗衫，印有兩色澤艷麗的鸚鵡圖案，下半身是工作卡其褲，皮膚呈棕黃色，臉孔線條分明，雙眼深邃，脖子上帶了孔雀石頸鍊。蘇洪以為他是從南美洲來的Amigo（西班牙語，朋友之意）。阿班介紹：「他叫瓦斯林，是我的幫手，住在新店山上的原住民。」

一老一少迅速展開工作，瓦斯林將水泥一包包搬卸下車，用推車一次次將沙子運到工地，隨後兩人開始鋤草及整地。蘇洪回到辦公室，打開氣窗，可以聽到窗外工作的吵雜命令與對話聲音。

近午時分，蘇洪到附近便當店買了兩個便當及飲料，這是舊時臺灣的規矩，請人工作，

中午要供應午餐，工程完畢要請謝工酒。蘇洪將兩份用再生紙盒裝的便當、礦泉水、可樂及增加體力飲料交給阿班與瓦斯林，他倆汗流浹背道謝接過，兩人趕緊拿了可樂罐喝了些，再倒入增加體力飲料，痛快的喝個精光。

蘇洪張羅好後，看見他倆在牆角樹蔭下席地而坐，同時打開便當，便當米飯上蓋了炸雞腿及加份排骨，阿班用筷子將雞腿夾到瓦斯林飯盒上說：「年輕人多吃一點，我這些夠了。」瓦斯林笑著聳了一下肩膀，點頭微笑有感激意味，但他沒說出口。蘇洪不經意看到兩人互動，有亦父亦友感情，他想到自己對兒子的感情表達不夠熱情，很少主動對兒子顯示特別的關懷，他覺得該放下身段對兒子可以更親密自在，親子關係該會更好。

第四周的星期日下午，經過八個工作天之後，原先荒廢的空地整修得有模有樣，面貌一新。土地中央鋪了對排青石板道，右側靠氣窗用紅磚做出了長方形的花壇，並貼上了青花磁片，典雅古樸。左邊靠牆邊平整的土地被矮木柵圍起，出口右側小空間的地上已經鋪上了水泥，平整乾淨。

蘇洪對於工程感到滿意，老工匠的手藝沒話說，年輕學徒也很賣力，他在這剛完成的小花園走了兩圈，接下來要種下綠色生命。他對阿班說：「收拾好了，我請你們吃謝工酒。」

阿班叫瓦斯林將工具搬上車，並在工地做最後檢視。

蘇洪回到辦公室將準備好的工資及材料費用放進牛皮信封裡，與阿班及瓦斯林步行到附近一家小館餐敘。這是一家川菜館，他點了陳年紹興酒與下酒小菜，還有熱炒，菜餚擺滿餐桌。蘇洪斟滿酒舉杯向阿班與瓦斯林表達謝意，他倆受寵若驚的感覺由眼神流露出來。酒過三巡後，阿班略有醉意感性的說：「好運氣，遇到一位顧客把我們當成朋友看待。」江北家鄉口音也講露出來，瓦斯林也表現出原住民天真、質樸與豪邁個性，大方乾了起來，餐桌呈現大碗酒大塊肉的江湖豪氣。

阿班話匣子打開興致極好講述他滄桑經歷：「我十五歲離開家鄉投入軍旅，輾轉大江南北，失親失學，來臺灣後在工兵營服務，上士班長退役後，沒有一技之長，雖然有一點點積蓄及退撫金，不能坐吃山空，想著可以接些零星土木修建工作，如房頂換瓦，修築圍牆及庭院佈置等小包工程。六十到七十年代，每當颱風過後，日式房屋或獨立洋房的修繕工作應接不暇，是個體戶的黃金時代。」阿班停了會、啜了一口酒，看了瓦斯林一眼說：「這孩子是新店山區泰雅族原住民，在他之前，很多年輕人幫我工作，爬牆攀屋的粗重活非常辛苦，工資又少，留不住人。他跟我工作時，才十五歲國中畢業，我鼓勵他晚上讀補校，他倒也勤

勞好學，跟我學了些粗略手藝，補校畢業後，他二十歲去當兵。現在都市大廈豪宅到處興建，工地需要大量人力，待遇較高，以為他退伍後另謀其他工作，沒想到他又回來，很重情義。」阿班愉快說：「現在他在技術學院讀書，週六週日及寒暑假在我這兒打工，是個有心的孩子，這是緣分啊！」

蘇洪也喝得盡興，酒力壯膽促使他也講述了自己經歷，阿班以羨慕口吻說：「您學問好，在公家機關服務，兒子要進研究所，好福氣。」蘇洪低調回答：「愧不敢當。」他並沒有提及與慧芬離婚之事，但想到時內心悵然。

用餐接近尾聲，蘇洪將準備好的牛皮信封交給阿班說：「這是尾款請點一下，在這兒謝謝你與瓦斯林。」阿班客氣的說：「不會錯的。」趕緊將牛皮封裝入口袋，握住蘇洪的手說：「以後有任何需要我做的事，請告訴我，義不容辭，全力以赴。」

童年家中種植的植物記憶讓蘇洪印象深刻。盛夏，古巷幽靜老屋，院子中筆直樹幹綠蔭處處，枝頭上開滿了色澤白裡透黃的玉蘭花。母親將玉蘭花採下放在扁竹笙內，用紅線串成花環，作為盛夏的一份讚禮，送與親朋好友共同分享夏天的香氣。母親低頭用針穿花環的身影與滿屋花香是他慕孺思親的永恆記憶。庭院前一排排樹齡逾百的桂花，秋來花香令人著迷，母親用手撥弄著纖細的木樨花瓣，裝進磁罐，做成了桂花醬，或灑在雪白的年糕上，成為羊脂白上的斑點，突顯了斑駁缺陷之美。磁湯碗裡白胖湯圓浮在熱湯上，褐色的桂花醬在水面漂浮，為香甜膩口的芝麻餡，注入了撲鼻香氣。

蘇洪展開第二波工作，他對於小花園綠色植物及花卉的選擇已有見地。蘇洪向花圃店訂了桂花與玉蘭樹苗，他的規劃是將玉蘭樹種在靠近隔牆邊，桂花樹種在花壇裡。他利用週六假日工作，挖土掘坑、坑度越深，根部才能夠穩定與吃水，他用鋤頭及圓鍬挖掘，技術不夠熟練及缺乏力道備感吃力，汗流浹背，他忍耐工作，體會到唐朝詩人李紳寫的「鋤禾日當午，汗滴禾下土」的憫農詩句意義。他以堅忍、耐心與執著親手完成了種植計畫，雙手磨起了水泡，身體痠痛到幾乎起不了身。

如果從鐵門走出來，看到牆上左邊的玉蘭樹，右手的桂花樹，他想到園裡缺少了熱帶花樹，花園裡應該有熱帶氣氛。他去訂了兩大盆橘黃與朱紫花色的九重葛，對於這種花卉的印象與選擇靈感來自一部法國電影，楚浮（François Roland Truffaut）在一九七五年導演的《巫山雲》（Histoire Adèle H），講述法國作家雨果（Victor Hugo）第二個女兒雅黛兒（Adèle）為情癡迷，天涯海角的追逐所愛的年輕軍官，幾近瘋狂地步。有一個鏡頭描寫女主角知道軍官男友調到加勒比海巴貝多島，她遠渡重洋追到男友服役軍營欲見一面被拒後，陽光普照下，女主角絕望地站在街頭喃喃自語，經過一片白牆，各色九重葛串串花朵隨風搖曳，似乎也在為女主角的遭遇感到嘆息，畫面意境令他難以忘懷。

蘇洪在牆邊末端整出了圓形花園，陸續的種植杜鵑、海棠、月季及玫瑰等花朵，他發現珍貴的夏日最後之花「荼靡」。在另一側的出口處他不惜成本的訂購了一張墨綠色大理石圓桌及四把石圓凳，供人休息或談天。

花園的完成，造成小小轟動，也帶來了人氣。同事們利用上、下午的十五分鐘音樂運動時間，來這兒透透氣或做些簡單伸展運動。多數人瞭解蘇洪「以私濟公」用個人力量提倡環境永續發展，具有示範作用值得欽佩，也有極少數人持懷疑態度，不能理解蘇洪花費近一年薪水及搭上勞力所為何求？難不成是在築夢，或是對於願望的償還？

經營這座小花園，已經成為蘇洪生活中不可缺少的一部分。他每天早晨搭第一班捷運到辦公室（約六點三十分），風雨無阻。澆水、鋤草、施肥及修枝剪葉工作，八點三十分準時結束開始上班。但蘇洪最高興的事情是兒子淩麒如願考上了研究所。

努力耕耘帶來令人欣慰的收穫，一年以後的夏天，玉蘭花樹長得亭亭玉立，花開滿枝頭，樹上的蟬叫聲，好不熱鬧。初秋，他坐在辦公室，打開氣窗，陣陣桂花香氣隨風襲鼻，童年的記憶在花香中流動。

凌麒研究所畢業後找到了工作，搬回來與父親同住。慧芬拿到博士學位，因為在美國就業不易，她在臺中一所大學申請到講師職位，返國服務，維持單身。蘇洪決定提前退休，在人生路途上尋求另一個目標，多點時間留給自己。離職前他寫了便簽給長官，希望公家能夠繼續維護花園的存在，長官批示可接受，但沒有特別預算或調派專人管理。

蘇洪退休後沒有再回到他所規劃的小花園探望，由同事口中得知，他離職後沒有專人負責整修，每週僅由清潔工澆水與清掃落葉。由於缺少細心照顧，玉蘭樹無人修剪，樹幹有三層樓高，枝葉與隔牆榕樹盤根交錯，花朵稀落，不復往日盛況。桂樹原需靠大量澆水生長，現在葉兒稀少甚至枯乾，花期不再芳香。兩株九重葛僅剩根葉。原先種植各類花朵的花壇裡，成了辦公室裡生長不良或枯死盆栽的墳場，更荒謬的是小花園變成了「吸煙區」。

蘇洪並不介意原先用心規劃並且親身打造的創意花園，變成這種結果。他認為事情「有始有終，周而復始」，每個人都關心，由自身做起，生活中重視在環境保護，這個目標不會改變。退休後蘇洪有更多時間投身在慈善與環保活動，工作壓力沒有了，自己傳達的信念非常簡單，就是「保護環境，人人有責」。部份人士自命先進，認為此一說法過於迂腐及教條化。蘇洪不以為意，他認為只有一個地球的事實不會改變，為了永續發展，現在不做，將來一定後悔。

義大利麵與花束

前一個號碼的病人走出看診室，是一位年過四〇歲的母親，帶了大約五呎身高，體型微胖的女孩，母親牽著女兒的手，女兒留了個西瓜皮式的髮型，這種款式是臺灣三十年前國小女生統一模式。錦碧坐在候診室長形椅子上，五歲的兒子敏基靠在她身邊，看到女孩用含糊發音說出類似「妹妹」的字眼，錦碧不能確定兒子的講法是否正確，錦碧看到那個女孩面孔，臉龐較寬，眼睛細小而且往挑起，鼻子與嘴巴距離接近，她知道這種病症的學名與一種人種的名稱有關。

錦碧注視著這對母女在走廊盡頭消失，想到自己身邊的兒子，愛憐及茫然的感覺湧上心頭，敏基表達能力不足，學習能力差，她無法判斷兒子的症狀，在無奈及不能逃避狀況下，帶兒子來這家首屈一指醫院「兒童心理衛生科」看診。

門診部看診號碼燈亮到七號，護士小姐出來輕聲叫：「陳敏基小朋友」錦碧看到兒子沒有反應，趕忙拉了兒子走進診所。年輕主診醫生面帶笑容，和藹可親，讓錦碧心寬不少，與敏基一同在醫生對面坐下。醫生拿了病歷，首先從敏基出生起詳細詢問，錦碧就實際情況回答，諸如敏基到三歲還沒法清楚叫出「爸爸」、「媽媽」等簡單稱呼，上幼稚園後學習情況緩慢，常常答非所問，沒辦法完成畫圖、描字等課堂所交代的作業，唱遊也跟不上老師示範的動作。醫生詳盡問了錦碧在懷孕期間，孩子在出生時與出生後，是否有特殊狀況發生，錦碧盡可能的詳答，期望能夠對於治療兒子的病情有所幫助，自己也安心。

醫生問完錦碧後開始對敏基提出問題，測試基本反應。醫生問：「小朋友，告訴我你的名字，寫在這張紙上。」隨手遞上紙與筆。

敏基答：「阿基要去香港，阿聰在香港（阿聰是敏基表弟）。」並拿了筆在紙上畫了幾下，類似塗鴉狀況。醫生問：「你喜不喜歡到幼稚園上課？」敏基答：「喜歡媽媽。」醫生問：「敏基，告訴我，誰是你媽媽？」

敏基看了錦碧一眼，低下頭說：「媽媽，我會小心的。」錦碧對於敏基說出這句話感到內疚與自責。醫生問：「爸爸喜歡敏基嗎？」

敏基答：「外婆沒有來。」醫生問：「跟我唸一、二、三、四、五、六、七、八、九、十。」

敏基不甚了解並有些困惑的看了母親一眼。

錦碧急忙接話：「敏基，跟我唸一、二、三……。」敏基跟著母親慢慢唸了出來，錦碧以期待眼神望著醫生，希望敏基表現的能夠讓醫生滿意並說出：「敏基是個正常的孩子。」

醫生詳細問了約二十分鐘，五到六歲兒童智能可以瞭解的問題，並取出了大型辨識物體與動植物及顏色卡片，讓敏基辨識與說明。醫生初步了解敏基情況後向錦碧說：「敏基還需要在下周安排做『魏氏智力測驗』，才能確定智能程度。根據觀察應該屬於智能障礙(Mental Retardation)，有可能介於中度及輕度之間，不要擔心，多關心及採取特殊教育會讓孩子有機會朝向正常發展。」在錦碧請求下，醫生開了適合兒童服用，補充腦力的維他命藥單。錦碧希望對兒子有所幫助，甚至期盼奇蹟出現。

錦碧拿了藥單，在藥局等藥，今天帶兒子來看醫生，心裡幾經掙扎鼓起勇氣才做出這個決定。敏基上幼稚園小班時，與同學的差異並不明顯。直到大班老師根據他對課程學習、表達能力及記憶力與舉止等，認為敏基智能或許不夠，向錦碧暗示該帶孩子到醫院檢查。錦碧並沒有太在意，但她還是向跑船回來渡假的先生聖文說了，聖文輕描淡寫叫她放心：「不用擔心，這孩子是大器晚成。」錦碧也將這件事告訴母親，母親說：「有些孩子開竅的晚，燉點豬腦給他吃。」錦碧後來發現敏基確實有些問題，但她沒有想到經過醫學診斷會是這樣的結果，讓她內心極度不安及傷心，想到兒子在人生起跑點就停擺，父母親責任重大，對於兒子要如何獨立面對未來，她腦子裡一片空白，情不自禁留下眼淚。

錦碧帶敏基走出醫院，古老洛可可式醫院主建築物在她背後，她回頭望了一眼，感覺到帶孩子來醫院給她造成巨大壓力。敏基有些疲憊，小手摸著肚子，錦碧瞭解說：「媽媽買漢堡給你吃，乖。」公園人行道大樹下，母子坐在雙人椅上，錦碧把包裹漢堡的牛皮紙袋攤開。敏基喜歡吃番茄醬，她多拿了一包，將鮮紅醬汁鋪在肉餅上，合攏後再用紙包了下半部遞給敏基，敏基原先沮喪疲勞的臉孔露出笑容，錦碧受到孩子情緒變化影響，自己愁雲滿佈的思緒也鬆懈下來。

錦碧看著孩子大口吃著漢堡，酸楚湧上心頭，她想到敏基還是初出生的嬰兒時，有一張圓胖的臉龐，粉紅的雙頰，安靜可愛，睡眠中有時會發出一兩聲呵呵的笑聲，錦碧想到兒子一定遇到了快樂天使，她也會被這種笑聲所感染。

錦碧想到有一天，她知道兒子喜歡吃義大利麵，敏基看到紅紅番茄醬特別高興，會說出母親教她的字句「紅麵麵。」所以特別在廚房煮通心粉，兒子坐在桌上翹首以待，胸前還圍了米老鼠圍兜，錦碧把一大碗番茄起司肉醬放在餐桌上，敏基高興的拍著手，嘴裡咕嚕咕嚕的說些事情。她走回廚房把煮熟的通心粉撈出，放在一個大玻璃碗裡，走出廚房時，被敏基所做舉動嚇到，只見敏基正用手抓著番茄肉醬往嘴裡送，臉上、桌上到處沾染了醬汁，桌上杯盤狼藉。錦碧看到這種情景，再也抑制不住發怒的情緒，她放下麵碗，顧不了敏基身上沾滿醬汁，抓起了敏基細小的胳膊，狠狠的朝敏基的屁股打著，近乎歇斯底里哭號：「跟我說：我會小心的！說！說！」母親突如其來的舉動讓敏基嚇壞，他不知道自己做錯了，大聲哭著，他似乎瞭解母親的意思，想照母親所說表現出來，疼痛用哭泣發洩外，意識警覺到必須說出母親的話，母親才不會再打他，他努力想說出那句話，但有些困難。

錦碧停止了抽打，看到敏基臉上淚水與醬汁混成了個大花臉，她後悔方才的衝動，她的氣憤是自己好強及對兒子過分苛求，她拒絕承認敏基反常。想到這兒，她覺得應該接受現實，因為兒子沒有聰明或健全的頭腦，擾亂了她的情緒，她後悔自己的行為舉動，心情開始恢復平靜，帶著敏基到浴室清洗乾淨，整理了餐桌後，再準備一小盤義大利麵用湯匙切斷麵條後，幫助餵敏基吃，錦碧心痛問：「還痛嗎？」敏基嚼著麵條竟然吞吐說出了：「我……

會……小心……的。」這句話後來竟然成了敏基的口頭禪。

錦碧回到現實，陽光下的公園，上班者及服務於醫院的人會經過公園去商業區用餐，或在公園慢步享受陽光與綠意。她想到醫生的話，讓她對於敏基症狀有了正確認識，今後她要調整心態，不能再把敏基與正常孩子放在同一個平衡點，成長過程需要更多的關懷。敏基將整個漢堡與薯條吃完，臉上及雙手留下了許多番茄醬汁，錦碧從手提袋取出面紙，認真幫敏基擦拭乾淨，敏基看著母親說：「我會小心……的。」錦碧一陣酸楚湧上心頭。

錦碧決定從現在起要調整心態，不再給敏基壓力與要求，讓他能夠快樂成長，錦碧對兒子有所虧欠，兒子的出生與成長她是要負責任的。她親了兒子面頰說：「媽媽帶你去兒童遊樂區去玩。」

公園的兒童遊樂區靠近大馬路，可以見到總統府巨大建築，錦碧是公務員，想到最高當局辦公室應該是出將入相，父母對於子女最大期許是望子成龍，望女成鳳，現在錦碧對於敏基期許只有快樂與平安成長。錦碧就從帶敏基溜滑梯、玩蹺蹺板做起，敏基感受到運動的快感與樂趣，開懷大笑，在敏基心裡，母親是生命中最重要的依靠與記憶。

敏基六歲進小學那年，在錦碧、醫生、父親聖文及外婆的祝福下，進入啟智學校就讀。

在學校裡，類似症狀的孩子在一起，每個家庭都有個故事。錦碧在公家機構服務，她沒有隱瞞敏基症狀，同事們也多能體會到錦碧心情並給予鼓勵與打氣。聖文仍然跑船，每年在臺灣停留時間大約三到四個月，也會與錦碧一起照顧敏基。敏基下課後，請了外婆在家裡看顧敏基。外婆會講述一些古老如「虎姑婆」、「蛇郎君」、「二十四孝」等民間故事，敏基似懂非懂，但從他的表情看來，多少能夠記住一些情節或故事人名。外婆十分高興，心中盼望有一天敏基一覺醒來開了竅，與正常孩子一樣，雖然她知道這個願望無法實現。外婆經年茹素，並定期到廟裡燒香磕頭，祈禱奇蹟出現。

十年過去了，錦碧每個月按時帶著敏基接受醫生診斷與心理治療，病歷有半個人高，值得慶幸的是十二年前為他診斷的醫生並沒有離開醫院，敏基在啟智學校也唸到高二了，身高及發育尚屬正常。醫生詢問了較為深度問題後，對錦碧讚美說：「妳是長期帶孩子來診斷，付出最大愛心與耐心的母親，有些智弱兒童，在家長得知有這種症狀後，即使富裕家庭，在診療過幾次以後，因為沒有耐心與愛心而放棄治療，與家長聯繫勸說帶孩子回到醫院，多數會虛與委蛇，不願再來。根據敏基這些年診斷紀錄，做成完整分析報告，敏基剛進醫院時『智商鑑定』，平均值在三個標準差以上，屬於中度智障。現在的智商大有進步，達到平均值約二個半以上標準差，心理年齡由九歲進展到約十二歲，由於妳的配合治療，並接受特殊教育訓練，未來還要繼續努力，他應該可以自己料理大部分生活，並能從事簡單技術工作，恭喜。繼續加油。」

敏基十八歲那一年，錦碧提前退休，加入了「啟智協會」擔任了義工。敏基父親聖文為了敏基及其他家庭因素不再跑船，有較多時間與兒子在一起。敏基接受特殊教育暫時告一段落，錦碧瞭解政府及「啟智協會」設立了輔導就業課程，為智障及聽障人士提供可就業及獨立在社會立足的機會。智障輔導班，包括了汽車洗滌、衛生、文件及宣傳品摺疊等較少用腦及重複性較高工作。敏基接受了六個月的訓練課程。

透過協會與父母的努力及耐心，還有尋找及等待，敏基在一家頗具規模的大賣場找到一份搬運及清潔工工作。大部分有規模的私人企業肯遵守政府社會福利法及相關法令，對先天性身心異常的人給予工作名額保障，提供就業機會。

敏基工作的第一天，錦碧與聖文對兒子擔任這項工作有些不捨，但是想到父母對兒子應該給予單獨面對社會的機會，從工作中不斷學習，自立更生，家長應該採取鼓勵立場，也是對社會負責任的態度。

上工第一天，聖文夫婦有些不放心，雖然工作地點離他們家住處不遠，步行約二十分鐘，他們事前會帶著兒子實地動線演練，兒子上下班可自行回家。在工作場所大門前，錦碧心疼地說：「敏基長大了，要跟爸爸與媽媽一樣去工作，男孩子要有勇氣不要怕。」敏基笑答：「不怕，不怕。」話語裡充滿自信。

大賣場員工廳旁邊一間小屋是敏基的辦公室。領班帶領六位工人，負責大賣場清潔與搬運工作，早上七點開始固定兩人一組完成清理賣場內部及辦公室工作。早上九點以後在小辦公室機動待命，有貨櫃或貨車進貨時，兩人一組各推一部二輪推車，將貨物運送到分類倉庫裡。領班瞭解敏基的情況，分配他與年齡相當的阿文一組。阿文二十多歲，從小受家庭影響篤信佛教，個性溫和樂於助人，欣然接受與敏基一組，熱心指導敏基工作程序與方法。慢慢地，敏基對清潔與搬運工作已可掌握。敏基也能夠與平常人一樣，用簡單句子與阿文及其他同事聊天、溝通來表達自己看法。敏基的心靈逐漸開放並開始接受外在世界的訊息。

敏基領到第一個月工資，牛皮信封雖然單薄，工資數目也不高，但所代表的意義不同。聖文與錦碧喜極而泣，無法只用「感動」兩字形容。還包含了對一個特殊孩子的成長與教育，所付出的心血與努力後獲得的成果回饋，不能用物質面的薪資來衡量。

五月份第二個星期日是母親節，這一天剛好輪到敏基休假（每個月有四天休假）。錦碧決定中午準備敏基最喜歡吃的義大利麵來慰勞。敏基說他要跟阿文出去走走，錦碧叫他中午以前帶阿文回來吃午飯表達謝意，敬基回答「知道」。

錦碧將餐桌四人份的用具擺好，義大利麵鮮紅的番茄調味肉醬汁放在桌上，另外有幾樣菜，義大利麵條在特製的大綱鍋熱水裡滾動沸騰。門鈴聲響了，聖文去開門，敏基帶阿文進到客廳。阿文向聖文問好，錦碧將火爐關了，義大利麵已經煮熟。錦碧急忙走出來招呼阿文，敏基出乎意料的把藏在背後鮮艷純正紅色的康乃馨花束遞給錦碧，說出阿文教他說的：「母親節快樂，媽媽，愛。」並且又拿了一盒金色「心」字形狀的巧克力給聖文說「爸爸，愛。」，聖文夫婦深深感受到兒子情感與心意表達，雖然表達方式不全然完整。

用餐時，錦碧替阿文及敏基端上了義大利麵，錦碧單獨替兒子把義大利麵條紅色肉醬汁裡摻雜著起士攪拌好後，送到敏基面前，敏基拿起叉子捲起麵條放入嘴裡之前，看了母親錦碧一眼，慢條斯理的說出：「我……會……小……心……的。」

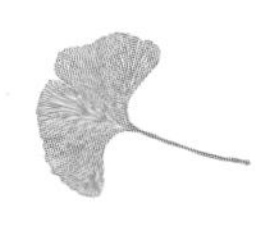

正文看了一下手錶，在電梯裡，時間指著清晨七點。辦公室在這幢六層樓的建築物四樓，在周遭銅牆鐵壁的建築及嚴密監控設施維護最高當局官邸安全下，這幢建築物異發顯得渺小及微不足道，僅管這是一個頗為重要的政府機構。正文推開了辦公室的門，這是一間大統倉型辦公室，他有一間小辦公室，用隔間方式安置在大辦公室底左邊一隅，成了獨立自屬空間。辦公室光線陰暗，打開燈，他將靠身邊的窗戶打開，窗外有棵強勁的榕樹枝隨風拍打在玻璃窗上，似乎有意無意的傳遞著一些季節悸動訊息。

小辦公室進門右側放了兩張沙發，茶几上一座墨綠串有元寶的金錢樹盆景，左側一長型沙發，泛出陳舊質樸的色澤。牆上掛有兩幅紅紙黑字貼紙，左側是「心寬則天地更寬」右方掛的「和平吉祥」，是兩位上人勉勵做人處事的指南。好的做人處事規範，他都可以容納及接受，中間掛了每天的行事曆白板，所有活動照表進行。

正文在昏暗的光線下，隨手翻了翻放在桌上的中、英文日報，是他每天早上進入辦公室例行的工作。不經意看見人影幌動，是清潔公司的打掃工人——阿布，五十多歲，歷盡滄桑的臉，眼皮上有兩道深遂的印痕，約一五〇公分身高的婦人。每天一早負責打掃三、四樓辦公室。正文常是這層樓最早到的人，阿布會先來打掃，正文會起身讓出座位，讓她打掃。

清潔公司僅有四人負責打理有四百多位員工的辦公大樓，以維持乾淨的工作環境。辦公室的一、二樓由年僅十八歲，動作遲緩，反應力較差的美蘭負責。美蘭每天清晨由公職退休的父親騎摩托車送來上班。五、六樓是最高長官辦公室及會議室，可直接表現出清潔的工作績效，則由手腳俐落的碧玉負責。她四十多歲，熱愛工作，嘴巴也甜。還有一位按規定保障弱勢工作所僱用的智障者阿福弟，負責打掃辦公室入口庭院、水池清掃等工作，工作較為單純。清潔公司老板丁大明參加機構根據「政府採購法」公開招標，低價得標，所聘請的工作人員為求精減均給予繁重工作，通常由早上七點到下午六時，隔週六或週日對所有辦公室洗地及打臘，工資照政府規定支給。

阿布一邊拖地跟正文說：「謝謝你這麼早來，可以讓我提早完成工作，其他辦公室多八點半才開門，因為另外八間辦公室要在早上完成，時間很趕，我真怕做不好，請您給我意見」。正文客氣的說：「做得很好，大家都滿意」。阿布天真的笑了：「要改進之處，一定要告訴我啊！」

早上阿布來正文的辦公室，一邊工作，一邊會聊上幾句，工作與生活都有一些不同的觀點或壓力。一次阿布聊到正在就讀大學的女兒說：「她真是一個乖巧的女孩，名字叫寶環，我沒有專長，又沒有學問，只有當清潔工扶養她。她讀「資訊管理」。先生，這門學問，未來的就業情況可好？」正文認真分析了目前資訊發展情況，並說了一些鼓勵的話。阿布笑著說：「謝謝先生。」辦公室同仁中午會叫便當，午餐吃完後，茶水間垃圾分類桶放置保特瓶及空紙飯盒。阿布會利用中午休息時間，清潔分類，並且將剩飯殘渣放入廚餘處理桶內。正文看了覺得有些感動，儘管注重環境保護一直是現代人要求的課題，仍有人會不經意的忽視。阿布的工作看似簡單，卻需要耐性。

九月份秋涼天氣，偶爾細雨綿綿，無論晴雨，正文皆準時進入辦公室。在走廊上看見阿布已將黃色雨衣脫下，跟正文打招呼：「早啊，昨晚雨下不停，我剛要騎摩托車回家，沒穿雨衣，沒想到在半路上雨下太大，我有些怨嘆，想到一句歌詞『天公不良』，對我這個孤寡可憐之人，一點也不憐惜。雨卻越發大了，停車躲進騎樓，咖啡廳流瀉出起司及烤牛排香氣，感覺裡面的人好幸福，有幾對青年男女愉快的享用晚餐。我想到女兒現在正在家準備晚飯，心情慢慢有了動力，沮喪的感覺煙消雲散了。」正文聽了這段話，感覺阿布是個好強、認真不服輸的女人，生活的擔子也許壓得她透不過氣來，但遇到困難的事，她卻能自己找到化解的管道，正文自心中升起一絲敬意。

有一天，阿布很高興的跟正文說：「我在樓下看到貼了兩張紅榜單，有人考上了國家二等及三等考試。我女兒明年畢業，不知道能否參加國家考試，取得公務人員資格，在公家機關服務，有保障，也比較適合女孩子。」正文服務公職也有二十年，平常他都會鼓勵年輕後輩，捉住機會參加各類考試。畢竟，若沒有背景及人脈，靠自己苦讀通過考試為一種正面的途徑，正文說：「小姐唸的資訊管理，可就相關科目去參加考試，立定目標，下決心再接再勵，只要有心及努力，一定會成功的。」說完後，正文有些懊惱，覺得自己可能太迂腐了。

阿布聽了正文一番話，格外振奮的說：「我回家告訴寶環，叫她現在就準備。」正文說：「相關資料可在考選部網站上搜尋……」阿布說：「謝謝！我會叫她上網搜尋。」

次日一早，阿布神采奕奕的對正文說：「昨天晚上我與寶環說了，她同意參加國考，並且準備先用高中文憑參加『基層考試』。真的謝謝，改天我帶她來親自謝謝您，也希望您能當面鼓勵一下，給她打氣。」正文回道：「歡迎她來，我也會找一些相關考試資料給她。」「太好了」阿布眼裡流露出感謝。在正文腦中已有懸念，他也想看見阿布的女兒寶環，一位年輕人肯上進，該給予鼓勵。自已也是一步一腳印由最基層人員考試拼起。

正文不太瞭解阿布的婚姻狀況，看來是有先生，否則怎會有寶環這個女兒？他觀察阿布的生活狀況，如果阿布與男人有婚姻關係，或是離了婚，以如此微薄的工資，撫養正在就學的女兒，一定會感到很吃力。他也察覺到阿布平時除了在工作時候態度會較嚴肅之外，平時看到人多會笑臉相迎，苦難的人也許心裡有充滿希望的泉源及一般人不在意的小快樂吧。

這天早上，正文在報紙上讀到一則新聞，電媒大亨續弦，取了年輕如花的美眷，還生了一對龍鳳胎。他向媒體抱怨現在所居超過上百坪豪宅不夠夫妻及子女四人住，並誇張的說：「我現在睡客廳的沙發」並財大氣粗的表示已購置了大於現在住處三倍的上億新臺幣豪宅。正文拿下眼鏡，把報紙攤在辦公桌上。晨光微曦中，報紙上富豪嬉皮笑臉的大頭照在眼前逐漸模糊。

阿布放輕腳步進來，清理正文的辦公桌，用數秒的時間瞄了下這則新聞笑道：「人各有命，不要比較，也不要去強求，我與女兒在三峽租的十坪老公寓，回家有個歇腳的地方，能遮風避雨，有家的感覺就心滿意足了！」正文由阿布表情及說話語氣中感覺她雖無奈也認命，卻沒有憤世嫉俗的抱怨，心中再次感到敬意。

十月的天氣持續陰冷潮溼多雨，正文一大早不到七點便冒雨上班，將雨傘收好放置在辦公室門外傘架上，一如以往，開了辦公室的燈。他看見窗外斜風細雨打著院裡的榕樹碰到窗戶的綠樹枝，發出響聲，有一種淒涼的感覺。正文想到小人物被大環境及無法抗力因素擺佈的無力感。

阿布進來向正文問了早安，覺得每天看到這位先生這麼早來辦公室，應該是有責任心之人。她將壓在心裡的話表達出來：「公司的合約一年一簽，年底到期，根據現在實行的「政府採購法」規定，要重新申請獲得明年合約，還要經過三家公司投標比價後才能拿到合約。我的老板本年獲得這個標，由於價格壓的很低，明年合約已經開始公告投標，老板已經申請投標，價格與今年一樣。價格若再壓低，真的沒有搞頭了，我們四個人組成的工作團隊，真希望能夠繼續工作。明年元旦的連假，我已答應寶環利用一年中僅有的假期到臺東旅行，都規畫好了」。

聽到阿布說的話，正文瞭解了期待的意義，他也希望這個結果是正面的。正文表情愉悅的說：「享受一個長的假期真是不錯啊！」他知道對阿布而言，這份工作何等重要，他也變得格外關心招標的結果。

十二月上旬，某日一早正文在辦公室走廊遇見阿布，阿布向他問了早安後，有些失望的說：「先生，下個月我們便要結束這兒的工作了！」

正文立刻聯想到難不成公司沒有得標？剛要發問，阿布接著說：「公司沒有標到合約，另外一家公司以低於十萬臺幣的總標價標到，老板非常氣餒。但是他說，如果再壓低價格，工作品質一定會受到影響，維持合理利潤的原則要堅持。」正文急切的問：「未來有什麼打算？」阿布答道：「老板手上仍有另外兩家機構的清潔合約，也許老板會給我一個工作機會，不要擔心。」阿布反過來安慰正文。阿布笑著以開朗的語氣說：「我們四個工人說好，下周找一天到附近餐館聚餐，每人出五百元，彼此慰勞一下，並說好不掉眼淚。」

正文心中有些酸楚，一個人忙碌工作了一年，總是希望在新的一年來臨時能繼續工作，無失業之虞。想了一下，便安慰說：「妳女兒寒假有沒有可能打工？」正文有心要幫忙阿布，「我有一位好朋友，在板橋區開補習班，我去問問看，寒假補習班學生增加，有個短期工讀的機會。在不影響她的學業情況下，或許可助解燃眉之急。」阿布露出寬慰的表情說：「感恩，我會跟寶環說，她正準備考試。」

歲暮來臨，人生前進的腳步又踏過了一階。十二月的街景，店鋪櫥窗洋溢著濃濃聖誕及新年氣息，充滿璀璨閃著五顏六色的聖誕樹及大紅袍的聖誕老人。辦公室進門中央公文櫃上，擺了一株高約一公尺的聖誕樹，工友阿雲細心的掛上了七彩電子燈，閃耀著小小卻亮眼的光芒；也在樹上適當的空間掛了金鈴、銀鞋之類的飾物。耶誕樹旁邊擺著外放的工作同仁由國外寄來的異國耶誕賀卡，充滿祝福與思念。

有一天早上正文在辦公大樓前院看到了阿布，她穿著雨靴，拿著水龍頭及刷子，正在刷洗噴水池，有氣無力的說：「工作在這個月底結束，新公司決定繼續聘用阿福弟，我們其他三人都很為他感到高興，畢竟他若失去這份工作，要再找工作的困難度更高。這兩天他感冒了，所以我代班幫他完成工作。」正文關心問：「新工作是否有所眉目？」阿布將水龍頭關上說：「老板願意幫我安排在其它公司工作，也很感謝老板，在財政狀況不好的情況下，仍給我們每個人包了一個紅包過年。寶環除準備畢業考外，也在準備參加國家三等考試」。

正文覺得悵然。一年來與這位女性勤勞守份的工作者，清晨有極短時間互動，明年阿布不再在此工作，他祝願阿布母女在新的一年裡，能漸入佳境。

元旦是星期四，國定假日。正文上午仍到辦公室加班，處理尚未處理好的公文。新的一年開始，昨晚各處舉辦跨年晚會，人潮洶湧，狂歡達旦，雖已日上三竿，仍有許多人以酣睡來迎接新年之始。

大樓警衛阿忠笑臉相迎說：「新年好！」正文也以愉快的心情握拳回禮。他上了樓，打開辦公室的燈，看見那株聖誕樹，心中升起一種「事過境遷」的感覺。他想：「或許這株假樹三、五天後便會再被收起，明年再見了！」他又想到：「今天一月一日起，在不同性別，年齡及在各自不同工作領域的同事中，將會有一些期待與變化。阿布也不再為這間辦公室工作，命運在不確定的因素中永無休止的推進，無法抗拒。生、老、病、死指引著人生步伐逐漸走向終點。」正文倒抽了口氣。

正文將昨天留下沒審核完的公文逐一看過，有時效性的報告將在下周一一早往上提呈。他的意識流進一些制式的文牘及不帶任何感情的句子，單調且乏味。看到下午，他周身酸痛，腦筋遲滯。他想：「為何在新年之始就要如此辛苦，抱怨歸抱怨，自己又沒有放鬆或離去的勇氣。」到了下午四點，公文在停停看看中，終於處理完畢。他仰靠在辦公椅上，全身極為酸痛，昏沉欲睡，靠在右手邊的玻璃窗大榕樹枝被風吹動，樹枝打在窗上啪啪作響，諾大的辦公室，僅有他一個人在，這種聲音令他心慌。

他站了起來，伸展肢體，用眼斜瞄了窗外街景，三個約莫七、八歲的小男童拿了點燃的仙女棒繞著軀幹粗大的榕樹跑著，跳躍的火星子隨著步伐，閃著短暫耀眼的火花，似乎是對童年一種愉快的禮讚。自己的童年在街邊放鞭炮的情景由腦中升起。正文想新的一年應該是愉快、希望及甜蜜。他知道他與街角下拿仙女棒的孩子年齡距離五個世代，但可以肯定的說，對於新年的盼望與期許，應是相同。

正文再次回到位置上坐定，心裡舒坦了不少。遠方另一角的窗戶看見天幕一片火紅，那是白日將近，陽光折射的現象，景色令人目眩，他感覺有些昏沉，突然腦中湧現出「夕陽無限好，只是近黃昏」的詩句。牆壁上的掛鐘指針滴滴答答前進指向六點，窗外夕陽將盡，夜幕尾隨降臨。

正文聽到輕輕的腳步聲，他極力睜大昏昏欲睡的雙眼，大辦公室未開燈，空間昏暗。中間通道上有一高一矮兩個人影走動，高個子的後者推著四輪平底推車，進入辦公室底的影印室，正文想起身察看是誰，但似乎有一股力量讓他在椅子上動彈不得。他沒有恐懼之感，在潛意識及他的眼底下，感覺有兩位女人推了裝滿麻袋的車子出去。

正文忽然想到，那個身材矮小的女人身形很像阿布。「阿布應該已結束工作，也許今天來加班完成未做完的工作吧……」正文眼前突然一亮，整個頭腦及身體像是脫離束縛般忽然清楚輕鬆了起來，眼前朦朧點點金粉漫天飛舞，他驚訝萬分，感覺是一種過度疲勞、眼冒金星的幻相。突然有種佛家的「幻化本來體自空」及頓悟的禪機，或許是心裡奇特感覺衍生的現象。

突然有兩道亮光出現在正文眼前，他先是看不真切，後來定神瞪大了眼睛看，是阿布與高出她一個頭且面容姣好的女子出現在他面前。正文意識逐漸清醒，對阿布說：「你今天怎麼還來工作？」阿布雙眼晦暗，她輕輕的說：「我還有未完成的許諾，一定要回來，影印室有一堆廢紙屑尚未清理，所以帶了女兒來。我一直想帶她來看您，今天是最後的機會了。」阿布用手指了指身邊的女孩。正文眼前一亮，寶環身材纖細，巴掌型的瓜子臉有著秀麗的五官，站在母親身邊的她輕語道：「謝謝您提供給母親有關國考的資訊，母親也一直用您的話來鼓勵我上進與參加考試，我會認真規劃我的生涯。」

在陰暗的氛圍之下，正文原先莫明的孤獨與恐懼頓時消失，他原先擔心阿布失業，如何與女兒面對？現在女兒在他面前出現，如此灑脫及懂事，正文心寬了，心中放下了一塊石頭。正文鼓勵寶環：「要加油啊！努力認真一定會有好的結果」。寶環以微笑代表了同意，但笑容中略帶無奈與苦楚，正文對這個笑容有著難以磨滅的印象。

正文對阿布母女何時離開、如何道別，再也記不起來了，覺得在辦公室內，似乎有些亮光，或許是自己太累，意識不清楚的混淆幻想。

周一上班時，清潔工早上九點才來辦公室清掃，打掃工人是位年輕女性，但反應似乎有些遲鈍。每個人都有各自的工作態度。正文覺得或許是自己習慣了阿布的待人方式，對新人的工作態度有所保留，或許仍需要時間慢慢適應。

上午十點鐘，工友阿雲交換公文後，匆忙的跑到正文辦公室對正文說：「剛剛在樓下清潔班工作室聽到新來的清潔公司老闆黃先生說：「阿布母女，元旦晚上去臺東所搭的遊覽車，被大型水泥拌合車追撞掉入山溝底，阿布母女當場往生了！」

正文聽了大吃一驚，站了起來。為了確認此消息是否以訛傳訛，他趕緊上網在各大日報上周四即時新聞社會版搜尋。事故發生時間正是上周四元旦晚間六時三十分左右。

正文對這個悲劇及上周四晚上他和阿布母女見面及對話的狀況感到極度震驚迷惑。他又能做些什麼呢？那晚所發生的情境是夢幻或是真實，正文無法確認，他心頭發涼，感受到天人永隔的傷感，對阿布母女最後所留下的身影難以忘懷。

幸福入港

一、出發

威邁正坐在大型客運車的駕駛座上，今天是周日例假的工作行程，屬於二班制的下午班。由中午開始直到晚上十點以後，工作時間長。心靈目前正要面對所負責工作的壓力，手臂及胸部呈現出運動過後的酸痛，是昨晚在「運動訓練中心」做重量訓練所產生的反應，他覺得是許久沒有訓練了，在強烈的重力運動後，酸痛正是反應訓練的效果及肌肉的成長。

眼前是寬坦的高速公路，威邁左手操控駕駛盤，右手觸撫堅硬的左臂及左胸，腦中浮現昨天在「運動訓練中心」的一些殘景。他意外地遇到了就讀「體育學院」的同學顧立凱。畢業三年了，除一年的服役，他有兩年在飄泊及待業，四年同窗同學們也煙消雲散般沒有聚會。立凱經過修飾的黑髮、穿著高檔的運動衫褲，熱情地與他聊天。威邁感覺回到了在學校時彼此間單純的互動。立凱的眸子散發著神氣的光芒，滔滔不絕地講述自己三年來的社會經驗。役畢後順利由女友安排在她父親的一家關係企業擔任副理，工作穩定，雖然與所學脫節，但在言談中對自己正在從事的工作充滿了信心。威邁沒也說太多自己的生活歷練，如果立凱問他的工作情況，他是會具實以告：「我是客運車司機」。

威邁想到這兒，心裡感到舒坦。自己在體院術科專攻100公尺短跑及400公尺接力。在學校披星戴月的苦練，希望能夠獲得跨越「全運」的水準，在國際田徑賽上表現優異為國爭光，但他也了解到自己實力難以達到高峰，而巔峰時期的成績與體力在踏出學校後逐漸衰退，意味那段擁有雄心壯志的日子已逐漸磨滅，現在唯一目標是工作穩定，生活無憂。

威邁所駕駛的灰藍色大型客運車，正朝向城市東邊的另一個海港前進，每趟車程約四十五分鐘，規定的行駛量是每天往返八到十次。運動員出身的他，反應敏捷，認真專注駕駛。從市區街道駛上高速公路後，眼前忽有「豁然開朗，別有洞天」的感覺。先是周圍規制整齊，林蔭密布的「科學電子園區」，隨後在縱橫交錯的立體交流道中，可見到碧綠山巒起伏不定，一群白鷺鷥停留在密密林蔭之間，景觀可喜，每見此景，威邁總有一絲感動。車子穿過隧道的昏暗後，是依山傍海的港口城市，各式各樣與色澤各異的小洋房及土屋雜亂交錯在半山腰中，饒富異國港口情調。他將駕駛盤打向左方，進入市區，抬頭看見一棟十層的大廈中央垂掛了一幅斗大金底黑字的印刷體廣告看板：「幸福入港」。

威邁每次經過這兒看到這四個字，同樣有一絲莫名的興奮及期許。他想：「每個人是否都曾有幸福入港的感覺？」他了解這是一幅語焉不詳的廣告看板，他沒有也毋須認真觀察這四個大字旁的輔句，「可能是建築商在推銷房地產吧」他猜想。

威邁打入空檔，慢滑停靠在港都正街「濱海公園」的終點站，他大聲向乘客宣布：「終點站到了！」他起身站在駕駛座邊，向乘客收回票根或指導客人刷卡結帳。送走了乘客，他將客運車開向前方一百公尺的公車總站，快速地清理乘客留下來的垃圾，處理完後，他拿著行車紀錄板及票根，到調度辦公室登記及確認。

這中間有十分鐘休息時間，為了配合前班車的發車時間，他先將車子停在前班車後面，並且下車在車門邊做些伸展運動，以舒解發車前的壓力，突然，他想起了「她」。

她是威邁的女人，兩人於一年多前相識，已經同居三個月。女人年紀較威邁年輕五歲，一臉稚氣，但有一顆成熟、善良且善解人意的心。他對同居生活尚無法感覺「如膠似漆，濃情蜜意」，但與她一起生活是歡快的，沒有格格不入之感。三個月以來，雙方生活習慣已磨合的七七八八了。威邁認為對方對自己多所包容，不吹毛求疵。目前的駕駛工作，是為了生活，非真心所願。女人鼓勵他：「體院學生應該在自己專業領域就業才有前途。」這番話深深感動了他，他也正朝這個目標前進。

回程乘客有增加，四十多個座位全滿。腦海中仍留有她的身影，他把自己拉回現實，告訴自己：「現在該認真工作，集中精神開車，把客人安全送到目的地。」但他又想到：「現在她在做什麼？」他再度警告自己：「收心駕駛，不要再亂想！」車子再度奔馳在國道上。

二、中途

以微睜開雙眼，牆上掛的杜鵑自鳴鐘「咕咕」地叫了兩下。她模糊記憶昨晚他回來時，自己在床上昏昏欲睡，他說：「明天周日中午起要加班」。她「嗳」了一聲以示回應。她想到：「他吃午飯了嗎？現在車子行到哪兒？」有些惦念他了。以薇環視這間斗室，自己感覺有些少了點什麼的空虛：「是人氣吧！」兩人生活雖非每日你儂我儂，但一方不在另一方的掛念隨即形成，以薇安慰自己：「男人需要工作，不在身邊，可以理解，工作是維持生活的基本條件」。她常思考愛是蜜糖或是毒藥？

以薇不善理家及烹飪，但基本生活的自理，她可以應付，也非全然是外食族。認識這個男人之前，自己喜歡無拘放任的遊蕩生活，工作經驗僅限於便利店的打工，她學會了對待客人及處事的原則。現在偶爾會做些零工貼補生活費用，雖然男人的薪資可以維持二人基本生活開支。

這幢四樓老舊公寓頂樓加蓋的小屋，房東安女士將四樓三十坪公寓隔成五間房間，分租給單身上班族或學生。她是一位熱心又厚道的婦人，先生早逝，靠這間公寓的租金撫養一對子女，自己住另一層公寓。

臺北居大不易，以薇跑遍了大半個城市，期望能以萬元之下的價格，租到有單獨衛浴設備的屋子而不得，終於遇到了安女士。或許是投緣，以薇大膽跟安女士表明是與人同居，安女士了解以薇的經濟條件，同意將這間加蓋的獨立小屋租給他們。

住家雖小，卻五臟俱全。樓頂的小屋邊，有單獨的衛浴及廚房設備。以薇與他同處在斗室中，也算是能安身立命。二人得空在陋室中上網，在虛擬的世界中漫遊。

以薇的父母在她十二歲時離異，對她的成長漠不關心，對她在青春期的叛逆性格以「問題少女」眼光待她，令她產生強大反彈，精神上需另尋求慰藉，填補寂寞。以薇是在便利店打工時認識威邁，他大概是在劇烈運動後大汗淋漓，上身全濕的情況下走進來，在冷藏櫃裡拿了一罐運動飲料，付帳時發現出來運動時忘記帶錢包，他憨厚有型的臉上露出靦腆的笑說：「對不起，我忘了帶零用錢，我把它放回去吧！」以薇看了他一眼，第一印象覺得他與眾不同，到現在也分不清是被他的態度、面貌或體型所吸引？或許是暗黑發亮健康的膚色，眼中所流露誠實可靠的光芒。「拿去喝吧。下次再一起付」以薇給他留了下臺階及後續，第二天他真的來還了錢，謝了又謝。兩人就此搭起了愛之橋。兩人在一起，有時感覺一分一秒都無法分開，在過度廝守後，又認為要給自己獨處，留些自由空間。以薇原先對自己與雙親間的關係已放棄，但與威邁在一起生活以來，看到他對自己父母的尊重及順從的態度，以薇也受到了感染。父母對自己的叨絮不再是魔咒，對於父母的一切不再排斥，想要重新建立與父母的關係，但又非目前所能表達。

以薇居住處的陽臺邊，安女士布置了十幾盆的易生花卉及植物，常招來蝶舞及鳥鳴。雖屬簡陋，倒有了家的靜謐感，她常想到：「如果不需為生活面對世界，真想與他成天膩在一起，現在少了他就像少了什麼……」以薇不否認每天當威邁去工作的時段，獨處的寂寞，讓心靈有空虛之感。

午後三點鐘，氣溫逐漸上升，以薇打開了窗戶，看到陽光下的綠樹隨風搖曳。「有風了」以薇將思緒拉到同一個空間，心心相連，想到了他現在工作的情況。下午四時，以薇在室內被炙熱光線浸潤的腦中有些迷亂，開始深刻的思念著他。她推算著時間及駛程：「現在應該是開往海港城市的途中吧。所到之處一再重複的畫面，是否會感到陳悶或乏味，會想到……」。此時以薇面孔發燙，全身冒汗，渴望的念頭冒出：「我要在他身邊」。以薇決定進行一項異常但有趣的行動，決定突破自己的形象，給他帶來驚喜，作為對他假日加班辛苦工作的一種慰藉。

三、歸途

威邁將客運車開進發車總站規劃的泊車位置，由海港搭車的乘客魚貫下車，他拿手邊的行車紀錄板準備到辦公室完成登記手續後，肚子有點空虛，他想開到海港後，去吃點東西。他走回客運車打開車門，已經有十餘位乘客在候車線排隊準備上車，他看了一下錶，下午五點十分他先打開車門，再把候車室大門打開報了目的地後，乘客陸續上車。

以薇排在行列中倒數第二位，她戴了一副墨鏡，心情緊張又興奮，她在二十分鐘前即抵達總站，向調度辦公室工作人員詢問威邁發車時間，並且在售票處買了往返雙程特價票準備搭車。當以薇將車票遞給威邁時，她想今天自己已完全有別於以往的特殊造型，由髮飾、面孔化妝、衣著的變化，手中並拿了個休閒包，兩人在眼神交會的剎那她的心跳躍並告訴自己：「威邁看到我應該有驚訝及興奮的表情說：『怎麼會是你阿！』她會以勝利及征服的眼光回應。」但威邁接過車票以正經的眼神看了她一眼，機械化的拿了票撕下一角，遞回給她，面無表情的說：「謝謝」。

以薇接回票根，極為失望並且抿了下嘴，顯示心中的沮喪。她安靜的走到最後一排找了位子坐下，並把休閒包放在身邊的空位子上。她自怨自艾的說：「我原要討好他，給他一個驚喜，現在我是作賤自己。」

車子出發，以薇眼神不住的凝視前方左側在駕駛員坐位的威邁，看到威邁認真工作的態度又不忍再苛責，她自我安慰道：「變裝成功，他沒認出我」。心情又回復平靜，一直注視著駕駛座前那面大型後照鏡，認為他的工作態度是認真、負責，有責無旁貸之感。

以薇對終於能與威邁同車而行，並且感到威邁是驅動客運車的主宰而感到驕傲。雖然這種感覺有些虛榮，但她願放縱一下自己。環視周遭，其他乘客的舉止、年紀較長者多會閉目養神，或瀏覽窗外景觀，年輕情侶則在竊竊私語。以薇想到，現在與威邁近在咫尺，在同樣的空間裡，卻無法單獨相處及交談，心中又有些悵然。

公車開到終點，車窗外濱海公園擠滿了觀看海潮及落日的游客。人們呼吸經過烈陽洗禮的空氣，吹著降低熱溫的海風，以薇覺得這兒景緻令人有種窒息的興奮，心想：「到終點了，下一步將會如何？」

乘客們陸續下車，以薇一直注意著威邁，感覺他有些疲倦，加上客運車空調不好，威邁深灰色長袖襯衫腋下已有濕痕，以微看了有些不捨。威邁送走乘客，似乎沒有注意以薇仍留在座位上。威邁捲起袖子，徐徐走到通道底以薇的座位前，以薇看到威邁身軀挺拔。威邁彎下身親了以薇的面頰說：「妳一上車我就認出了！」以薇故做生氣說：「你真沉的住氣，六親不認。」威邁一本正經的回道：「工作時當然要公私分明，你的票根呢？」以微皺了下眉頭嬌嗔道：「去你的！」，把票根交到威邁手中。

威邁帶著以薇下車到駕駛員休息室，以薇由休閒包中取出濕毛巾、食物及飲料，兩人坐在長沙發上，東西雖然簡單但兩人心中充滿愛意，甜蜜寫在臉上。

「等一會回到臺北你先回家」威邁以嚴肅口吻命令。「不！我要在車上陪你，不要擔心，累了我可以在座位上休息，況且我已經買了三張來回優待票」。以薇以既成事實拒絕了威邁的要求，她知道他疼惜她，但對她而言他又何嘗不是。

威邁感受到以薇的心意及對自己所付出的感情。自己目前的工作「學非所用」，有時午夜夢迴也會感到灰心茫然。但與以薇生活在一起，似乎多了動力，找到一個較為理想的工作是下一個目標。這也是以薇對他的期許。

巴士持續行駛著，威邁在駕駛座上用後視鏡，觀望以薇的身影，他也會利用客運車在前無行車及路況平順的時候，多看以薇兩眼，以疼惜的眼神表達。以薇在最後一排高高在上的座位上，注視著威邁的一舉一動，彷彿怕他分心，又關心他是否太勞累。

威邁想著：「以薇陪我度過一個特殊而有趣的周日，了解我的工作狀況，為未來心手相連的生活奠定堅實的基礎。」

最後一班車抵達臺北總站時，已近晚間十一點。周日深夜搭車的乘客不多。離開巴士，兩人眼神交會露出微笑同聲說：「累了吧！」以薇以俏皮的語調說：「現在是『幸福入港』。」威邁驚訝以薇在行車中也看到了那四個大字，為兩人的靈犀相通而感到格外高興。

冬至向陽

天光受冬至影響，清晨七點鐘，窗外灰暗迷濛，陽光尚無出現的跡象。佟揚沒有把窗簾拉開，他瞭解今天的天氣，沒有雨，也許會見陽光。

「今天是冬至，不知兒子與媳婦準備了湯圓沒有？」佟揚想到這兒，對兒子產生不滿與怨懟的情緒，深深嘆一口氣，想著想著，往事又浮現在腦海中。

他五年前由公務機關退休，妻子在他退休前一年去世，獨子一直與他同住，為了能讓兒子結婚有屋住，他將退休金分為兩份，一半送給兒子支配運用，另一半則以月領方式，做為自己的生活費。當時兒子拍胸脯保證孝順父親是天經地義，責無旁貸，永不變質。

但退休後第一年，兒子娶妻，第二年育有一女。佟揚感覺兒子將父子親情關係，慢慢轉移，重心放在妻女身上。兒子與媳婦忙於工作，孫女交由別人托育。佟揚覺得自己成為遊手好閒之人，父子見面，聊不上幾句話，以往父子交心長談的情況不再，與兒媳更無話可說。

每天早上張開雙眼，想到近年來的生活點滴，總有些不甘又無奈，愁怨卻於事無補，日子還是要過下去。

每天早上八點前，他會待在自己的小房間裡，避開兒子、媳婦與孫女在客廳、廚房的時刻，也避免尷尬或無話可說。八點二十分，房門外喧鬧的聲音安靜了，他想：「他們該走了吧！」他又問自己：「這種日子要一直過下去嗎？」

佟揚終於打開門離開這五坪大屬於自己的小房間，他走近餐桌，桌上並沒有準備好屬於他的早餐。一個月前，媳婦在前一晚沒好氣的問他：「明天早上吃什麼？」他聽到覺得非常不受用大聲回道：「以後早餐我自理，不要管我，我可以吃我想吃的。」此後翁媳關係開始冷凍。

「家裡沒有人真好！」他好奇的走到廚房，看見流理台內堆一疊碗碟，爐子上鐵鍋裡仍有熱騰騰的白湯圓，他沒有表情的把鍋蓋上。

陽光終於露出來，走出廚房，他雖然覺得家裡需要有人打掃，但他不會再做包括洗碗之類自願性的工作。

「今天該怎麼過呢？公園、咖啡廳、博物館、畫廊、速食店或市區內的旅遊景點，來個

任意之旅吧！」

他住在二樓，下樓時想到「還好是二樓，未來體力更衰弱時仍然可以上下樓。」他想先到附近的「玫瑰花園」走走，小小花園表現出英國式浪漫的主題。公園外幾張墨綠色的洋式鐵座椅，有幾位老人坐在那享受戶外陽光，另有幾位老人在外勞看護扶持下，在公園慢步復健。

公園的右側一長排巨大白色大理石雕像，佟揚數了一下，約有十尊之多。有公元前希臘雕刻家（Miron）〈擲鐵餅者〉、來西賽斯的〈荷矛者〉、義大利米開朗基羅〈大衛像〉、羅斯的〈米洛斯的維納斯〉、羅丹的〈思想者〉。他在雕像下細心瀏覽，一對鴿子停駐在〈維納斯〉的肩膀上，振翅咕咕細語，他看到這畫面，心情轉為開朗。他想：「只要是有心，生活中一些有趣的事務，隨時會出現在身邊，並能體會」。雕像對面是兩個大型花圃，遍植各色玫瑰花，花期已過，仍有數株尚未凋零的「最後玫瑰」在那兒嘆息。園內的另一角，是溫室花園，經過玻璃窗，佟揚看到裡面擺了數十盆的石斛蘭、草蘭、仙人掌及草蕨類植物。布置稍嫌凌亂，無吸引人之處。

站在街口的佟揚，看了一下腕錶，車水馬龍的道路尖峰時間已過，遠遠來了一輛小黃，他揮揮手攔車，小黃速度極快，由他身邊擦身而過，又在前方五公尺停了下來後倒退到他面前，他打開車門上了車，車內嶄新、乾淨。司機理了平頭，由坐在位子的身型打量，個頭不高，是個充滿稚氣的年輕人，令佟揚感到好奇猜測：「他大概僅有二十四、五歲出頭吧！」司機回頭說了聲：「早安！請問要去哪兒？」佟揚看清楚了他的臉孔、身型及身上穿著，上了車脫口而說：「你真年輕！我從沒坐過如此年輕的駕駛，先往前開吧！」司機表情嚴肅的答道：「通常早上這段時間我載過的阿公或阿媽多會到醫院門診或復健，看來你不會吧！」司機原本不悅的心情加重，早上出門與母親鬥了嘴，但是他還是抑制住了火氣，心裡嘀咕遇到上車不說去哪裡的顧客。

車子在路上行駛了約三分鐘，佟揚的盤算已成便問道：「年輕人，你通常幾點收工？如果載我去遠地是否可行？價格是照碼錶跳價或另外議價？」司機回道：「如果能載到客人，叫我開到晚上十點，我都願意。」佟揚說：「好！年輕人我們來做個交易，你對路況及景點應該會很熟悉，如果你是乘客，你現在最想去的地方是何處？」司機感覺到疑惑及不解，他是第一次遇到「客從主意」的乘客。車子在有紅綠燈的十字路口停下，司機道：「你要我載你去我想去的地方，你還真有時間。我想去苗栗，要不要去？」苗栗是司機的出生地，他信口說出，想讓乘客知難而退，沒想到佟揚點頭同意，司機真沒轍，但爽快答應了，他要試探一下乘客的可信度：「那當天來回，我現在要到加油站將油箱加滿上路。」佟揚倒是識相的說：「我要不要先付些車資？」司機倒爽快的說：「回程一起算。」佟揚對這個年經人產生了信任好感。

車子上路，在密閉小車廂的空間裡，佟揚凝視著司機的後背，這個年輕人以時下酷酷的姿勢，操弄著駕駛盤，總要先有一個起頭，然後才能找到共同可接受的話題進行對話，便隨口問道：「你的名字？」「林明輝。」「你一個年輕人為什麼選擇這項工作？」「沒有辦法，我是單親家庭與母親同住，高中時代，有一個夢想，進入警大或警校是我求的目標。我有一個小我兩歲的妹妹輕度智障，或許是這個原因，父親在我童年時離家遠走。至今渺無音訊，為了照顧家計，只有放棄目標」。說到最後兩句，明輝放低了語調，在冬揚聽來覺得無奈，但認為儘早投入職場沒有什麼不好，便隨俗的說：「行行出狀元，只要努力就行。」佟揚由前座後照鏡看到明輝原本冷峻的表情露出了笑容。明輝音調熱絡了起來，說著：「母親找她的朋友們起了個會，籌一筆錢買車，叫我投入職場，我願意自力更生，協助母親共同來照顧妹妹，就走到這一步啦！」

明輝駕著車，想到過去與載過的年紀大的乘客時，多少可以由衣著舉止或談吐中看出端倪，說道：「老伯，你是擔任公職吧？」佟揚笑著回道：「對！我服務公職四十年，退休也有五個年頭了。」「不敢想像有一天我到了這個年齡會變成什麼模樣，腦子對事物的看法該會更成熟吧。」「人都會老的，是自然的定律。青春不是沒有時針，分針及秒針的鐘錶，人生下來就慢慢成長，但也在逐漸走向消失。」「也是，但畢竟我還年輕，對於數十年後的生活情境沒有想像，退休後的生活很愜意吧！」「還可以，目前與兒子同住。」佟揚的回答語調冷冽，明輝沉默。

車子順利在高速公路上行駛，看到湖口交流道的招牌，明輝問：「在湖口服務站休息一下，好嗎？」佟揚點頭同意並說：「休息一下，喝杯飲料。」兩人走到休息站大門口，佟揚依稀記得十多年前這個休息站是一排平房。諸多小販林立，現已完全改觀，建築外觀以電影院方式呈現，中央及左右兩側是油漆畫的電影廣告板，彷彿回到了復古的四十年代的戲院。佟揚看到電影看板感到好奇，在他印象中，廣告上的男女主角所擺的姿勢，似乎是台灣早期影片，由金攻，揚明主演的《金色夜叉》，柯玉霞主演的《運河殉情記》及李小龍主演的《猛龍過江》，但廣告的電影名稱及男女主角與導演的姓名令人感到一種奇怪拼湊。佟揚想了半天認為：「電影海報使用也涉及到版權問題，這是用來比喻電影院復古重現的一部分，別太認真。」他對這三部電影廣告看板看之再三，明輝問：「你看過這些電影？」「沒有，廣告是設計人自己想的，實際上沒有這三部電影存在。」

佟揚上了階梯進入大廳，明輝伸手扶他並說：「小心」，這份禮貌讓冬陽感到意外及窩心。大廳裡有餐飲及販賣伴手禮的小店。他倆一家一家瀏覽，伴手店裡賣的是新竹米粉，肉丸，竹塹餅及豆干等。他們找家乾淨的咖啡座，佟揚點了兩杯咖啡，想到早上還沒吃早餐，於是又點了兩客三明治，對明輝說：「你也來一客。」明輝回道：「我吃過了，等會開車，喝杯咖啡即可，可以提神。」

休息完畢，明輝為佟揚開後座車門，並說：「還有一小時車程。」佟揚卻說：「我坐前座」。兩人上了車，車子繼續行駛，明輝在駕駛座上說：「等會去的地方，會為你帶來驚喜。」佟揚笑而不語表示瞭解，明輝說：「要不要聽廣播或來點音樂？」佟揚點頭表示同意。音樂的旋律在車內流轉，是希臘女歌星娜娜（Nana Mouskuri）唱的愛爾蘭民謠〈夏日最後的玫瑰〉。佟揚的心悸動起來，被這首婉約及傷感的旋律所感動，他很感謝明輝放這首歌，正好與早上在玫瑰花園漫步時的感觸產生感情同質的連接。

「快到了！」明輝提起精神有些興奮說：「我帶你品嘗客家菜。」佟揚終於忍不住好奇的問：「這兒是哪裡？」「苗栗西湖鄉五湖村。」

早上離家出車前，母親關切及嘮叨了幾句，使明輝感到不悅而回了嘴，在這陰冷的早上，要忙碌工作面對形形色色的顧客，在小黃密閉空間弄駕駛盤機械化的迎接一天來臨，在車上有些心不甘情不願。當他看到第一個乘客佟揚攔車時，想賭氣擦身而過不載他，但隨後想到自己的牢騷情緒不該加諸於別人，於是停了車載客。明輝說：「等會車子進入一湖村一直到五湖村，有一家風味絕佳的客家小館。」佟揚笑道：「你帶我來這兒，一切聽你的。」

路過的風景宛如一幅農村田園風光油畫，遠遠一排農舍，近處水田片片已乾涸，水稻已收割，黃黃稻禾穗擺成「人狀」布滿水田，幾隻白鷺鷥在水田低頭覓食，一派悠閒。車子在一個路邊轉角口停下，小餐館有一個頗大氣的名字「龍祥御府」。

餐廳內布置了七張四人坐的餐桌，古色古香，櫃檯前由一位年約五十的客家大嬸掌櫃，他倆撿了靠牆的桌子坐了下來。明輝與大嬸用客家話寒暄一番後回到座位對佟揚說：「老闆娘會為我們配菜，保證貨真價實。」「你講客語，你是客家人嗎？」「我外公是，我十歲前在這由外公帶大的，這兒充滿我童年記憶及對外公的懷念。」「喔！」佟揚覺得被年輕人帶到童年回憶之地，倒也是新鮮事。

客家菜重口味膩油鹹，大嬸陸續上來了白斬蔥油雞，芋頭扣肉，豬油渣炒空心菜，酸菜湯，菜香四溢。明輝坐在那兒有些拘謹，一種把佟揚看成老闆的感覺。佟揚隨時為明輝夾菜，明輝受寵若驚說：「不知道合不合胃口？」「好吃極了！」佟揚爽快回答，腦中突然想到與兒子及媳婦等用餐，從來沒有為他們夾菜。由明輝的反應給了自己一些啟示，覺得自己應該表現出長者風範，對兒子表示關心又可聯絡感情。

午餐結束後，老闆娘熱情的送他們出門，坐上車後明輝說：「你可閉一下眼養神，車程還有二十分鐘。」

午後陽光持續照射，冷空氣漸漸消失，產生暖意。車子在一所國小大門邊的停車場停下。佟揚下了車，呈現在他眼前的是一株高大巨形的榕樹超過10公尺的樹幹，枝繁葉茂，代表逾一個世紀以上的年代。佟揚驚訝的問明輝：「怎麼樹頂裝了一支避雷針，我第一次看到這種情形。」「我念小學一年級時，校長告訴我們這株樹已超過二百年，在建校前許久就在此生長，可以說是鎮校之寶，同學們叫它「智慧之樹」，不會有太多的樹葉凋落，如果有的話同學們都會拾起夾在書中做書籤。」話說完明輝由牛仔褲後口袋取出皮夾，由裡面夾層中取出一片枯葉說：「搬到台北前我在這兒撿了這片樹葉保留了它，作為童年記憶的一部分，十多年來一直帶在身邊。」佟揚接過葉子看了說：「珍貴呀！珍貴呀！記憶童年的寶物。」

操場邊是一排三層樓的教室，午後課程延續，學子們在教室上課，整個環境非常安靜。佟揚選在操場邊體操用器區的長石椅坐下，並對明輝說：「我坐一會，你隨處走走回味吧！」

佟揚靜坐在石椅上，陽光灑在身上，混合了清新空氣，很是舒坦，他看到明輝走在一樓的走廊，一間間教室瀏覽，或駐足看學子上課情形。他閉上眼睛想著：「怎麼會有機緣來這裡？」如果早上遇到的車不是明輝的，「今天會怎麼過？」大概會在東區咖啡館或速食店坐上一段時間，或在鬧區走走逛逛，兩相比較，「這兒雖然很遠，來對了！」

經過近一小時，明輝脫下藍色牛仔夾克，放在冬陽所坐的石椅另一端，一臉笑容並興奮的小跑步到雙桿前，認真用雙手將身體撐起，雙腳在雙桿間前後擺動，臉紅氣喘後，又到單桿前雙手上撐上架，翻身數圈後下架。佟揚覺得這年輕人個頭不高，但肌肉均勻，動作靈活，架式十足，在他看來，有運動的潛能。

耍了單雙槓後，明輝氣喘臉紅回到佟揚身邊穿上夾克說：「小一時被學校選為體操隊種子選手，被迫苦練了三年，現在有時間仍會動一下。」佟揚以羨慕的眼神望看明輝說：「我服兵役時體能訓練，單雙槓都撐不上去，永遠被教育班長罰吊在那。」說著指了下現場的單雙積笑著，明輝半信半疑的回答：「不會吧！」「確實如此，由於臂力不夠，但是在結訓前測驗時，我掛在單桿上，班長用教鞭抽打我的腿，激我上槓，終於撐上去了。」說完兩人哈哈大笑。

「等一下帶你去看小時我與外公打賭一棟建築物用途。」明輝眼睛充滿期盼接著說：「在我離開這兒與母親移居台北前，外公所住之處前有一塊土地，鄉公所計畫建一座公共用途場所，外公認為是蓋「民眾活動中心」，我則猜是棟「圖書館」，直到外公走了，我去了台北，地仍空在那，十多年過去了，現在應該有建築物了。」

明輝在車上認真握著方向盤，腦中思緒所在地的線索，他慢條斯理的開著，幾經波折，終於在一座淺橘色長方行三層樓質樸典雅的建築物停下，明輝說：「就是這裡。」下了車佟揚跟著他，明輝童心未泯用卡通人物誇張小心翼翼腳步帶著佟揚走到正門，看了一副沮喪狀對佟揚說：「我跟外公都猜錯了！」

正確答案是「吳濁流文學藝術館」。佟揚瞭解紀念館的主角，是台灣文學鬥士，著有《亞細亞孤兒》、《無花果》等作品，曾在西湖國小任教十五年，也是明輝的母校。

兩人懷著仰慕的心情參觀了文藝館，一樓是作家之作品珍藏本室，存置了作家相關著作存書；二樓為展示空間，不定期安排展示主題，並提供給藝術家展示作品，而佟揚也摘取了作家所寫〈五湖春〉七言詩內四句作為今天訪問西湖鄉最好的比喻。

農村點綴起炊煙
幾隻烏秋作牧童
打木溪邊花似錦
最是五湖春好處

天色漸暗，明輝在歸程路上問佟揚：「現在接近下班尖峰時間，桃園段可能會塞車，八點前能抵達台北。」佟揚以長者關切口吻說：「慢開，不趕時間，中途可以休息一下。」

如同來時，車子仍舊在湖口服務站停留，是佟揚堅持的結果，接近曲終人散的時刻，他想做些什麼，但也想不清楚。兩人在快餐店用了晚餐，或許一天旅途的疲憊，或許離情依依，但佟揚此刻卻忽然惦記起家人了。想到早上離開家的感覺，他自問：「為什會演變成這個樣子？自己也要反省，對一些並不重要事情看法太固執，而產生了偏差。」看了一下錶他想：「兒子一家已經用過晚飯了，會不會擔心我？」兒子去年買了手機送他，為了聯繫方便，但他嫌麻煩拒絕使用倒覺得過意不去了。

隨後他快速在伴手禮店買了兩盒白豆沙竹塹餅，明輝協助將伴手禮放在後座上。

最後一段路程車子進入泰山交流道，佟揚看著身邊的年輕人說：「多關心身邊的人，心中的理想要繼續貫徹，朝向目標努力，一定有很好的將來，先祝福你！」聽了這番話，明輝早上出門的煩躁及滿腹牢騷一掃而空，他回看了佟揚說：「今天由於你讓我回味童年部份快樂時光。我會認真面對自己的人生，謝謝你的鼓勵。」

車子在早上的上車地點停了下來，對這一天的車資及酬勞，佟揚堅持要多付，而明輝要打折降價。最後佟陽以長者口吻命令明輝接受自己給的金額，明輝收了車資，並遞出一張聯繫名片。佟揚將一盒竹塹餅交給明輝說：「請你轉給母親。」明輝再度心存感激的收了下來。

佟揚提了伴手禮，想到等下回家，不管兒子及媳婦反應如何，自己要調整態度，主動表示善意關切，他知道媳婦最愛吃豆沙餅。未來新的關係發展或許有些難度，他仍期待自己調整態度後能有所改變。

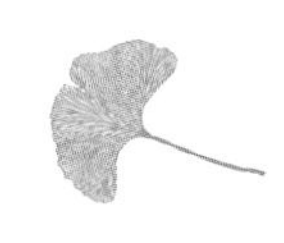

歡樂馬戲團

清晨六點，巴薩德開著法國產製的雷諾九號房型汽車，穿過伍佛布尼總統大橋後，右轉進入首府車站，車潮與人群流動漸增，車子穿行過林蔭密布的商業街（Rue de Commerce），在大街中央地段處兩層白色小樓前停靠，樓下牆角掛了畫有綠松樹標誌寫著Nabil咖啡廳招牌，咖啡廳以歐洲及阿拉伯混合風格為號召，樓上則是住家。在這條長約一公里的鬧街，百貨公司、商店、電影院及餐廳林立，這間咖啡廳在林蔭道上，顯現出獨特及搶眼的外觀。

巴薩德和他的助手穆沙下了車，穆沙打開後車門，將採購的食材依序取出，巴薩德開了咖啡廳門，讓穆沙將食材搬進廚房。巴薩德對穆沙說：「請把雞肉及牛肉塊洗乾淨，塗上香料，掛在轉軸烤箱上烤，十一點準時開始營業，另外要多準備些炸薯條備用，這幾天中午賣的特別好。」穆沙回答：「是的，Batron（老闆）請放心。」

這是一間可容納約三十位顧客的咖啡廳，主要販售阿拉伯及法國咖啡，兼賣黎巴嫩烤肉捲餅沙威瑪（Shawarma）、三明治、甜點及飲料。

巴薩德將四張摺疊白色桌子安放在人行道邊，撐開綠色狀如荷葉蓋的大陽傘。戶外咖啡座甚受顧客青睞，點一杯咖啡，坐看來往人群，眾生忙碌各有所求，頗有笑看紅塵的趣味。

巴薩德對穆沙說：「都準備好了，我要上樓去。」穆沙點頭。

助手穆沙二十多歲，是本地（象牙海岸）人，在咖啡廳已經工作五年。穆沙喜歡老闆溫文有禮的教養，沒有一般商賈的市儈粗俗氣質。生活低調、待人誠懇，且工資合理，也按規定給付加班費，是在這個城市中難能可見的好老闆。

巴薩德由咖啡廳邊小巷走向安全梯登上二樓，母親羅莎夫人（商圈人士對她的尊稱）坐在陽台上閱讀報紙，陽台的茶銅色欄杆爬滿了紫薇與鳶蘿花，花朵隨風搖曳，為早晨帶來寧靜的問候。巴薩德走到母親面前彎下腰親吻她的面頰說：「日安。」母親露出慈祥笑容說：「日安，早上市集採購順利嗎？」巴薩德回答：「順利。」巴薩德與母親面對面坐著，小圓桌上竹籃裡放置了可頌（croissant）、吐司、牛油、果醬及優酪乳等食品，母親為兒子倒了杯咖啡，用刀將可頌由切成兩半，塗上牛油與栗子醬，遞給巴薩德。巴薩德歡喜的接過可頌，並將可鬆沾浸咖啡，放進嘴裡吸食咖啡汁，露出兒時俏皮表情。羅莎夫人一邊看著兒子的可愛模樣，一邊再為兒子準備吐司。

她與巴薩德來到西非已有八年，巴薩德也已經二十八歲，雖然曾在貝魯特大學唸法律系，但因為戰爭而不得不輟學。一九七五年黎巴嫩發生外國勢力支持的長槍黨與政府軍對抗，企圖取得政權，內戰長達十多年持續至今。她的先生行醫，自己的娘家經營貿易公司，巴薩德父親被徵召到火線當軍醫救援傷兵，卻不幸犧牲。她悲傷欲絕，得到娘家及生活在美國兄弟們的協助，將所有儲蓄換成美金，透過各種關係，由陸路逃到敘利亞，再輾轉來到西非。她承襲家族商業頭腦的基因，開了這間咖啡店。因戰火而到海外避難的黎巴嫩人貿易、經營花店、美髮沙龍及咖啡廳都是謀生強項，這些行業多半帶有文藝與時尚氣息。

如果沒有發生內戰，美麗的貝魯特不會成為斷瓦殘垣般的死城，兒子也能大學畢業、甚至成家。現在母子倆在此地漂泊度日，沒有願景、沒有前途，這裡不該是兒子唯一的路，想到這兒，她感到揪心的難過。

巴薩德用完早餐，母親收拾碗碟時告訴他：「阿里來電話提醒你，下午三點要去運動。」巴薩德回道：「我會去。」阿里是他在貝魯特大學的同學，阿里主修體育，體格健壯、反應敏捷，酷愛希臘式角力。阿里父母在內戰期間遇炸身亡，父親生前將阿里交給在阿必尚市第二高地（Deux Plateau）高級商業地段，經營大型服裝店的弟弟阿塞得。阿塞得對姪兒視如己出。巴薩德與阿里年齡相仿，異國重逢遭遇相近，有患難兄弟般的情誼。

巴薩德與母親上午十一點準時下樓，母親掌櫃檯及收銀，此時沙威瑪在轉軸烤肉機中旋轉炙烤，一邊是牛肉、一邊是雞肉，散發出油膩肉香，肉汁由肉塊表面滲出，油亮色澤引出人的食慾。包餅、洋蔥、番茄片、薄荷葉及酸乳等材料陳列在食櫃中。穆沙正在廚房準備酸味雞及葡萄葉包飯等黎巴嫩名菜的備料，並且將金黃色厚切的薯條下油鍋，炸到七分熟，由油鍋取出瀝油備用，顧客點餐後再下鍋炸熟，外脆內軟的薯條，口感極佳。

巴薩德負責為顧客調理沙威瑪，以鋒利的刀一小片一小片切下肉片，將顧客所點不同口味雞肉或牛肉鋪在餅皮上，加入酸乳，番茄、洋蔥及薄荷葉，再灑上鹽巴，捲好再放入烤箱略烤熱後，用紙包好交到客人手中，職業化的熟練動作在三十秒完成一個捲餅，長期工作也練就肌肉飽滿有線條的雙臂。

咖啡廳由午十一時開始營業，通常到下午二時三十分結束。捧場顧客有同樣來自黎巴嫩的老鄉、法國人、日本人、在附近經商的臺灣人及一些當地人。顧客們普遍喜歡在戶外林蔭下用餐或點杯咖啡，坐看街景及人群。中午營業時段結束後，羅莎夫人會將所得鎖進保險箱，存到一定數目，便將這些西非法郎，透過老鄉介紹的外幣掮客換成美元，保值及作為日後計畫的儲金。羅莎夫人希望能送兒子到美國或法國繼續深造，完成大學學業。穆沙會趁下午休息空檔出外訪友或休息。巴薩德拿了運動袋，駕車到離咖啡廳不遠的金字塔（Pyramide）商業大樓去找阿里。

五分鐘後巴薩德到達目的地將車停好，走進大廳感受一股冷氣襲身，他自言自語說：「啊！好強的冷氣。」他與阿里約在地下室Saad健身中心見面。他遠遠看到阿里手裡拎了一個體育袋，正快步走近。阿里身高與他一樣，約五呎七吋，白皙皮膚及一頭的棕褐色捲髮，臉型輪廓深邃，與時下多數黎巴嫩青年一樣，上唇留了一撮小鬍子，有好萊塢默片時代男明星魯道夫．范倫鐵諾（Rudolph Valentino）的氣質。由於長期運動及練習角力關係，身材完美。兩人貼面握手擁抱後談笑著進入健身中心。健身中心在這個城市中屬於一流的規模，牆壁上掛滿了阿諾史瓦辛格與史泰龍等動作明星的大型照片，做為吸引會員的宣傳之用。

健身中心佔地約七百平方公尺，面積廣闊。左邊是方型拳擊賽台，四周用橡皮粗繩圍起，有兩個年輕黑人選手正在練習拳術。巴薩德先到健身部門利用跑步機熱身。阿里換上黑色衣連褲的角力服向健身中心老闆Saad報到，Saad年約四〇歲左右，剛新娶來健身中心運動的法國駐象國大使館簽組秘書法蘭索娃絲，兩人都是二度娶嫁。Saad也擔任象國角力協會總教練，正在加緊訓練選手參加一九八四年在洛杉磯舉辦的奧運會。

角力訓練場在右方，Saad正帶領八個選手，兩人一組，進行拉筋及暖身運動，阿里被邀請擔任助理及陪訓。他無法代表自己國家參加奧運，但能夠陪同其他國家選手練習。巴薩德做完暖身運動後，開始使用器械做訓練，練出了一身汗後，身心有種解脫與淨化的感覺。在這兒運動訓練可暫時抽離現實，沉醉在運動喜好中。他感謝阿里每週三次約他來到這兒，接受體力及動能訓練，是一種極好的享受。

巴薩德與阿里結束運動，阿里汗水如雨並喘息不停，在更衣室中他脫下上衣，露出肌肉說：「我可是拼了命在鍛鍊。」似乎揶揄巴薩德運動像蜻蜓點水。巴薩德瞪了他一眼，一拳作勢的打在他胸膛說：「真主阿拉見證，我比誰都努力。」兩人相視大笑，這是一種阿拉伯男性友誼的表達方式。換好衣服準備離去時，阿里突然認真地對巴薩德說：「我表妹要來這兒，她是我叔叔阿塞得的女兒，叔叔籌集一筆鉅款把她由戰區接來這兒團聚。」並從皮夾裡拿出一張照片遞給巴薩德看：「她叫賽娜。」巴薩德接過照片，端詳了一會兒，覺得女孩外型雖端莊秀麗但眼神透出一絲冷漠茫然。他禮貌說了句法文charmante（迷人），並且將照片交回給阿里。阿里得到巴薩德正面回應，滿心歡喜話別後各自回家。

非洲的午後陽光相當炙熱，商業街多數店鋪休息，五點以後再開門營業。巴薩德返回店裡，穆沙坐在餐桌前打盹兒。上至二樓，母親在陽台藤椅上午息，他悄悄溜回自己的房間，稍事休息，準備五點鐘下樓開始工作。

五點過後，商業街再次掀起一股人潮，附近電器行及唱片音響店鋪播放震天價響快節奏音樂招徠顧客，川流不息的人群採買或逛街。傍晚，巴薩德咖啡廳的來客量較中午減半。晚上八點以後，母親上樓與貝魯特親友電話聊天化解鄉愁，並且瞭解內戰最新發展情況，巴薩德坐在餐廳內，等候最後進門的客人。

這幾天晚間特別悶熱，燈下一群飛蛾圍繞圓形燈罩光暈撲撞，前仆後繼，看似極為興奮，正在自取滅亡。巴薩德看到此景探了口氣，陷入迷思及帳然。歷史創造了黎巴嫩人海外經商條件，他卻不是經商材料，也無經商喜好，在此地的八年，理想付諸實現的可能性遙不可及。他熱衷法律與藝術，現在卻為稻糧謀入了庖肆。阿里原有可能成為傑出運動員，現在卻要與軟性衣縷為伍，命運的發展既荒謬又無奈，充滿了不可自主因素。

泰瑞絲終於鼓起勇氣走進Nabil咖啡廳，幾個星期以來，心中模糊、漂浮的念頭間續纏繞著她。她是真的想吃飯或者單純想認識巴薩德？或許都有，但她不清楚。泰瑞絲走到巴薩德面前，像一位普通顧客點餐：「可以給我一份沙威瑪嗎？」巴薩德禮貌點頭問：「雞肉或牛肉？」，泰瑞絲點了雞肉。她站在巴薩德側身後認真地看著他，巴薩德全神貫注地以鋒刀將轉軸烤柱上的雞肉一片片切下，雙眼隨刀法上下移動，雙臂肌肉顫動。泰瑞絲數週前經過這家咖啡廳時注意到這位年輕人切割肉片的熟練動作及認真態度，深深被吸引著。

泰瑞絲決定今晚要與他說幾句話，她有點緊張，用不純正的法文說：「可以給我一杯冰水嗎？」巴薩德點點頭將食物及開水用托盤送到她面前。穆沙在餐廳外的人行道上清理桌椅並收了遮洋傘，準備打烊。巴薩德在櫃檯裡瞄看這位女顧客，她卷曲的頭髮燙直，面孔輪廓細緻，皮膚黑光鮮亮細膩，上身穿著暗紅色襯衫，領口有蕾絲花邊，配上咖啡色帶大白圈短裙，一雙修長玉腿加上高跟鞋，纖長十指塗上鮮紅蔻丹，色澤對比格外搶眼，整體看有如一朵引人入勝的黑玫瑰。巴薩德想到前些日子在對街鳳凰戲院看了一部法國導演Marcel Camus在巴西拍攝的電影《黑人奧爾菲（Orfeu Negro）》。他被這部黑人電影深深吸引，電影裡的嘉年華會、吉他演奏、森巴舞、非洲巫術、預言、愛情、忌妒、謀殺、死亡等發生在狂歡夜晚。當陽光再次出現，象徵新的開始，白天代表著希望，夜晚變成無節制的狂歡情慾與毀滅的預言。他覺得眼前這位女性與電影中最後走向死亡的女主角長得有些相似。他了解多數白種男性對於黑人女子存有異國（exotique）與熱情的幻想。他多看了泰瑞絲幾眼，泰瑞絲用雙手拿著捲餅，滿意的享受眼前食物。巴薩德忽然出聲詢問：「口味可以接受吧？」泰瑞絲有點驚嚇到：「非常可口，我等會要去工作，要填飽肚子，免得站的時候發慌，客人會以為我生病了。」巴薩德由她的談話及打扮約莫猜到她的行業。法文不甚流利，應該是鄰國女子。對於她的誠實，巴薩德雖然驚訝也感到坦然。泰瑞絲與巴薩德互相交換姓名後，愉快地走出餐廳。

餐廳牆上掛鐘正指向九點鐘，巴薩德與穆沙正準備關燈鎖門。住在隔壁Le Croix太太的十歲兒子皮爾氣急敗壞跑來，胖胖粉紅的臉蛋，湛藍色眼珠，來自法國蔚藍海岸，穿了時下流行的荷蘭翹頭木拖鞋道：「對不起，我要一些薯條。」巴薩德認識Le Croix夫婦，先生不務正業，加上酗酒，經常外宿不歸。太太在此地一家房地產公司擔任會計，結交了一個服替代役的法國年輕人，下班也常常徹夜不歸，使得皮爾與姐姐安娜生活沒有得到好的照顧。巴薩德有時看到皮爾在巷子裡與其他鄰居玩伴踢足球，眼圈青紫，身上也有紅條狀傷痕，猜想可能是父親喝醉酒對兒子動手施暴所致。皮爾過後仍帶傷與玩伴快樂踢球，忘記被毆打的恐懼與痛苦。巴薩德非常同情皮爾，看到他快樂單純的一面，苦中作樂。巴薩德生長在一個正常又幸福家庭，童年快樂成長，可謂一帆風順。然而卻要面對不可抗拒的大環境變動，家庭破碎，他與母親避難來到非洲。午夜夢迴時，想念祖國的地中海明亮氣候及貝魯特玫瑰芬芳。

巴薩德問皮爾：「這麼晚還沒吃晚飯。」皮爾聳了一下肩膀說：「母親有兩晚沒回家，冰箱裡的食物都吃光了。姐姐與我想吃炸薯條，我要買兩盒。」巴薩德多給一盒，皮爾付了二百西非法郎。巴薩德告訴皮爾說：「薯條冷了，回家要再熱一下。」皮爾笑著說：「姐姐會處理。」，拿了薯條高興地跑跳回家。

泰瑞絲走出咖啡廳，覺得今天與巴薩德互動讓她很滿意，心情不錯。她沿著濃密相思樹林大道走去，一陣強風吹來，樹上乾枯豆莢掉落滿地，有些暴裂開的豆莢，露出相思子（又稱紅豆），她彎下身子，撿起豆莢，剝挖出十餘粒如鈕扣般大小的豆子，豆身成正紅色，豆頂端冒出黝黑冠狀小點。她將一粒粒相思子用白手巾包好放進皮包，打算回家後放入玻璃瓶中。她覺得如果將相思子裝滿一整瓶，將會給她帶來好運。

商業街一直走下去，抵達協和廣場，對面是喧囂熱鬧的公車總站，附近有阿必尚商港、海關總署、電力大樓、郵局及Monoprix超級市場等，這一區的小巷中酒吧、舞廳及旅館林立。泰瑞絲會在附近逗留，常會遇見外國船員、歐美及日本觀光客、或來買醉本地男人，她察言觀色，然後對獵物熱情的說：「Amigo可以請我喝一杯嗎？」如果對方滿意，會請她到就近的酒吧坐坐，聊天營造氣氛後再決定是否要進一步交易。子夜之前，像其他女孩一樣，在街上自我兜售及商業行為。通常附近Grand Hotel是一般顧客同意去完成交易的場所，最近每晚多有驟雨，她擔心會影響覓客機會。

幾天過後的一個夜晚，咖啡廳打烊，巴薩德與母親在二樓客廳看電視。象牙海岸電視台正播放法國二戰前電影《露碼頭》（Le quai de brumes），這是一部法國經典老片，男女主角分別是Jean Carbin及Michell Morgan，片中有一畫面是男主角Jean Carbin凝視女主角Michell Morgan一對美麗會說話的眼睛說：「T'as beaux yeux Tu sais（妳有一對美麗眼睛，你知道嗎？）成為法語電影經典對白之一。以他的年紀，對黑白老電影應該興趣缺缺，但受到母親的影響他格外喜歡看黑白老電影，認為黑白有一種古典及追憶往事與懷舊的感覺。

電影演完，母親隨劇情發展結束回到現實，鬆了一口氣。她為巴薩德茶杯添了紅茶，母子兩人聊了一下近來咖啡廳生意，並對於營業額感到滿意。母親說：「我為你未能完成大學課程，及沒有在良好社會環境發展感到難過，這些年來，你很辛苦，待在此地沒有發展機會，黎巴嫩無法回去。在美國有親戚，我想送你去美國，畢竟，這兒非久居之地。」巴薩德安慰母親回道：「別為我擔心，能夠與母親生活在一起，是幸福的，我會找機會在此地繼續完成學業，工作就是學習。有句古語，如果生活中總是容易得到陽光，那你就變成沙漠了。」

屋內母子談話主題嚴肅，屋外低氣壓籠罩，山雨欲來風滿樓，暴風雨看似隨時會降臨。母親說：「今晚下大雨，會涼快點。」巴薩德點頭表示同意。狂風夾著暴雨千軍萬馬一掃而下，巴薩德急忙跑到陽台，準備將落地長窗關好，防止大量雨水掃進客廳裡。

當巴薩德在陽臺關窗時，看見樓下林蔭道上有一位女子正被兩個孔武有力的黑人壯漢挾持，一個用巨大雙手搶下女子雙手緊抓不放的皮包，另一個由後面抓住女子胳膊，朝女子臉部猛甩耳光，

皮包到手後，兩人將女子用力推倒在地上後揚長而去，整個過程約一分鐘。女子大聲呼叫救命，因雨勢太大，馬路上雖有許多車輛行駛，但車輛的雨刷動作掃除不盡大量落下的雨水，視線不佳，不容易看到剛才發生驚心動魄搶劫的一幕。

巴薩德目睹經過非常震撼，趕忙將落地窗關好對母親說：「樓下有人被搶還遭到毆打，

我下樓去看看。」母親說：「小心，記住拿雨傘，別讓雨淋到。」巴薩德急忙跑下樓，冒大雨走到人行道，那個被襲擊的女子趴倒在地上，極力想爬起來，由於身體受到巨大力道毆打，一時無法起身。巴薩德將受害女子扶起，女子嚎啕大哭，雨水蒙住了眼睛，巴薩德發現女子竟然是泰瑞絲。泰瑞絲看見是他，百感交集緊抱住巴薩德，巴薩德將泰瑞絲攙扶到巷內樓梯口處避雨，告訴她遇到搶案該去報警，泰瑞絲受到過度驚嚇，猛搖頭歇斯底里哭泣道：「不要，這樣麻煩更大。」

母親站在門口說：「進屋裡吧。」巴薩德看了泰瑞絲一眼，泰瑞絲在驚嚇抽泣中隨同巴薩德上了樓。母親對泰瑞絲有些印象，有幾次曾看見泰瑞絲在咖啡廳前閒晃。母親拿了棉花及治傷藥膏及一件舊歐式洋裝，叫泰瑞絲到浴室換衣服，巴薩德也去自己房間裡換衣服。

母親到廚房準備了熱咖啡牛奶（café au lait）用大白磁碗盛著，散發出香氣。泰瑞絲換了衣服出來，母親說：「喝了可以提神。」泰瑞絲表情有些靦腆說：「謝謝夫人。」巴薩德換好衣服走出來，看到泰瑞絲產生憐惜感覺，問到：「傷勢如何？要找醫生。」泰瑞絲回答說：「還好」。外邊依舊風雨交加。

母親說：「我拿一些止痛藥給你，你的口音不像本地人。」泰瑞絲嘆了口氣回答：「我是迦納人，先夫原是前政府國防部少將，一九八一年發生軍事政變，迦、德混血軍官Jerry Rawling發動政變取得政權，先夫在政變中被打死。先夫的好友協助我跟女兒通過邊境封鎖線來到此地，迦納使用英文，此地說法文，我的法文不太靈光，有一位親戚協助我在Treichville區租了一間小屋，工作難找，白天我陪女兒，晚上我必須……」。說到哽咽話語停止。

在鵝黃柔和的燈光下，巴薩德母子對於這位女子遭遇格外同情，同樣是流離異鄉，經歷求生存的艱辛苦楚，非常理解她的心情。泰瑞絲心情漸恢復平靜後說：「夫人，謝謝您的協助，我該走了。」母親掀起窗簾看見雨勢欲小不易便道：「雨一時不會停止。」泰瑞絲說：「女兒獨自在家等我，她還小，我很擔心。」她向巴薩德要了一個塑膠袋，走到浴室將溼透衣服放到袋中說：「跟夫人借的衣服我回去洗好再奉還。」母親擔心的說：「雨仍在下，錢包也被搶了，如何能夠回家？讓巴薩德送妳。」

巴薩德冒雨開車，雨水在前車窗漫流，前方視線極不清楚，泰瑞絲怕影響他開車分神，小心翼翼說：「我住Treichville區，在Franch Can Can夜總會旁邊的巷子裡，謝謝你為我做的一切。」巴薩德回答：「沒什麼，應該的。」車子經過戴高樂大橋，過橋下坡就到Treichville區，這個區是當地黑人非常活躍的商業區。Franch Can Can夜總會是象京有名脫衣舞表演場所，舞孃多來自東歐及法國。車子轉到夜總會旁邊巷子，右邊是一排排陽春式四層樓國民住宅。泰瑞絲說：「請在這兒停車，我住B棟頂樓。」巴薩德關心切入主題問：「妳是否考慮換份工作，原諒我，也許我不該說。」泰瑞絲嘆口氣說：「我的法文程度不好，人生地不熟，還帶了一個女兒，做這種工作是為謀生，實在沒有其他辦法。」她心情極為沉重。巴薩德對於自己單刀直入的問話有些後悔，便安慰她說：「總有辦法換工作。女兒幾歲？」聽到問起她女兒，泰瑞絲止住淚水說：「她叫朵朵（Toto），五歲了，很乖巧。」雨勢漸弱，巴薩德目送泰瑞絲下車後，開車回家。

巴薩德開車沿原來路程回家，雨勢已止，車窗外景物變得較為清晰。今晚所目睹及自己的作為，說不上見義勇為，算得上基本人道責任。受欺凌者是一個弱女子，他為自己能夠略盡棉力感到安心。他不能理解回教國家信奉《可蘭經》，婦女地位根據各國現代文明化程度，有不同地位，他的國家以回教人口為主，但沒有歧視女性，也沒有以周五回教安息日為假日的規定，與非回教國家一樣以週六及週日為例行假日。回教基本教義派排斥異族通婚，但他認為不同膚色、宗教及民族應該有自主選擇權利。

數天後，巴薩德在Saad健身中心與阿里見面，阿里笑說：「哈比比（阿拉伯對好朋友暱稱）賽娜兩天前已來到，叔叔訂這個星期天中午請伯母與你吃飯，地點是象牙旅館的諾曼地餐廳，叔叔會親自邀約伯母前往。」

兩人有說有笑敲定了時間，阿里認為巴薩德與賽娜是可撮合的一對，他總想為巴薩德做點什麼，以維繫更親密友誼。巴薩德回到家，母親說明阿里的叔叔已經來電話邀請用餐的事，有相親意味。七〇年代瑞士商業集團在阿必尚經營的象牙旅館（Hotel d'Ivoire）是全世界排名前十名的世界級旅館，位於象京第二高地，依山伴湖，白色圓環式高聳建築，玉立水涯，景色不凡。旅館庭園由人工湖及熱帶花卉環繞，饒富情調。各類建築及設施均有木橋連接，可在人工湖中泛舟及戲水。旅館內設有賭場、電影院、溜冰場、網球場、舞廳、超級市場及電影院等，屬於綜合性商業場所。有十家各具特色的餐廳，最有名的是法國「諾曼地餐廳」。

巴薩德與母親準時抵達餐廳，氣氛高雅，曾獲法國米其林二顆星評價。母親高興說道：「阿塞得近期生意做得不錯，今天來這兒用餐，是沾到我兒子的光。」巴薩德天真地笑了起來。阿塞得父女及阿里已到，坐在餐廳前面候客沙發等待。阿塞得與阿里叔姪都穿了質料頗好的西裝，且打了花俏顏色領帶，頗有個性。巴薩德穿了淺藍色西裝。母親穿的是淺銀灰色套裝，氣質高雅，沒有一般阿拉伯婦女過四十歲身材發福的情形。巴薩德見到賽娜，一襲淺綠色流行套裝，真實面孔與照片相似，但臉色如象牙般慘白，棕色大眼珠流露出拘謹與不安神情。

主人阿塞得坐中間主人位，左手邊是母親，右手邊是阿里，巴薩德則與賽娜坐在一起，巴薩德靠近母親，賽娜靠近阿里，使兩人更方便交談互動。席間，阿塞得主導了談話內容，如同演說般，滔滔不絕講述一些外國有頭有臉的商人與本地官員勾結營私舞弊，賺取暴利話題，及利用未上軌道的行政體系，走法律漏洞逃稅賺錢，商人經十足。阿里則用時下年輕人生活上時髦及流行的話題作球給巴薩德，讓巴薩德有機會找賽娜交談。但賽娜沉默寡言，雖然表現出是位好聽眾的模樣，卻有些心不在焉，不會主動與人交談。

甜點與咖啡送上來後，餐會接近尾聲，餐桌上仍是以兩位長輩談話為主。母親找話題問賽娜，戰爭中艱苦生活條件，女性用品在黑市流動情形及如何取得外界資訊。學校因戰亂停課，青年既不能就學又無工作機會，如果家裡沒有僑匯該如何生活，賽娜有時以一兩句話帶過，有時則沉默，眼神茫然。

阿里向阿塞得打了個眼神，向巴薩德母親說：「叔叔跟我送您回家，賽娜初來乍到，就由巴薩德當嚮導到附近走走認識環境或看場電影。」他們一行人到了旅館停車場，巴薩德目送阿里開車送走母親後，對賽娜說：「我帶你走走」，賽娜沒有反對跟著巴薩德走。

巴薩德熱心帶著賽娜到旅館廣場參觀，走到面積如網球場般大的人造冰宮，門口出售門票及出租溜冰刀鞋。場子裡擠滿了青年男女及學生，看似多屬初學乍練，多數人沿著溜冰場邊的銅管扶手小心翼翼前行，黑白相間的畫面，配上〈藍色多瑙河圓舞曲〉音樂，場面甚為突兀。

他們來到電影院前，兩尊墨綠色大理石大象成為入口的吉祥物，有氣派吸睛。電影院左邊看板貼的電影海報，放映法國導演楚浮的《鄰家婦女》（Femme à côté）。巴薩德問賽娜：「妳喜歡楚浮嗎？有沒有看過他的《四百擊》？」賽娜遲疑了一下說：「沒有看過，這部電影好看嗎？」巴薩德初次接觸賽娜還不了解她的個性，直覺認為一個女孩長期孤獨在戰地生活，是一種不幸。在戰爭與死亡陰影下所造成的恐懼傷害可以理解。巴薩德買了票帶著賽娜進去，一個半小時的電影，賽娜如同午餐時一樣，靜靜看著黑暗中銀幕上的光影流動，既無表情也無反應。由電影院出來，賽娜眼神似乎在探尋遠方的茫然。巴薩德原想與賽娜聊一下剛才電影的劇情，想找出可以共同聊天的話題，看到賽娜反應冷淡，只能作罷。

他開車送她回到阿塞得家，阿里開門，並且熱情拉住巴薩德到屋裡聊天，巴薩德以天已漸晚為由婉拒。他開車回家時，想到下午所經歷一切，可用風平浪靜、水波不興來形容，他沒有批評或貶抑的意思。他感謝阿里安排的一切。回到家，母親準備好了晚餐。週日母親會一展廚藝，犒賞兒子一周來的辛苦。母親問他：「對這個女孩印象與感覺如何？」巴薩德微笑不語。母親接著說：「矜持又文靜，是個好女孩。」

依照阿拉伯習慣，相親結束後，女方介紹人會主動連絡男方，表達女方滿意與否，如果滿意，男方可繼續交往進而討論文定。如果女方不同意，即告結束。如果女方同意男方不同意，男方須向女方介紹人說明，雙方告知都在保密情況下進行。相親後三天過了，阿塞得並沒有叫阿里傳話，巴薩德在健身中心遇到阿里，阿里也隻字不提女方相親後的想法，像是未曾發生過任何事。

泰瑞絲遇到搶劫與被襲擊事件後，她深刻體會在異國求生之不易，她已經考慮要更換工作及加強法文程度。女兒朵朵該上小學，她現在的工作沒有固定收入，而且對於成長中的女兒人格發展也會有負面影響。她在迦納有商業專科學校文憑，她想試著向英語系國家大使館或商行尋找秘書工作，店員也是選項之一。迦納駐象牙海岸大使館政治參事名叫高飛，是她先生的生前好友，她覺得或許能得到他的幫助。

根據過去逃難經驗及自我保護本能，泰瑞斯產生濃厚憂患意識，她將原先不固定的收入，一部分存下來，可維持二至三個月生活費。當務之急是找到一份適當工作，雖然難度很高，但她願積極進行。對於巴薩德給予的協助，在她遇到災難時及時伸出援手，一股甜暖湧上心頭。她想再見巴薩德一面。

八月底長假結束後，巴薩德的咖啡店生意格外忙碌，客人進出頻繁，戶外人行道的露天咖啡座全滿，顧客們愉快交談假期發生點滴趣事，賣弄一下小小虛榮心。此時泰瑞絲素裝淡抹站在咖啡廳門前，左手拎著一籃黃色大芒果，果香撲鼻。右手的紙袋裡面是要還的衣服，後面跟著一個圓臉龐，有著大大黑眼珠的女孩，她是朵朵。

泰瑞絲將芒果籃遞給巴薩德說：「今天與朵朵來這兒像羅莎夫人表達感謝。」並將紙袋交給羅莎夫人。巴薩德母子看到朵朵異口同聲地誇讚：「好可愛的女孩。」羅莎夫人由玻璃糖罐裡掏出兩根棒棒糖送給朵朵，朵朵認生躲到母親身後，但又不時側著臉好奇偷看。巴薩德將糖從母親手中接過，親自交給朵朵，朵朵猶疑後接過，巴薩德親了朵朵臉頰，泰瑞絲看到此舉認為他是蠻喜歡小孩的男人，很是感動。

巴薩德問泰瑞絲是否找到新工作，泰瑞絲說：「正在努力尋找中，但不是很順利。」巴薩德為了鼓勵及安慰她便說：「我也來幫你問問看。」泰瑞絲感覺這個男人有愛心，與她過去所接觸到的男性不同。巴薩德問：「我來為你準備兩個沙威瑪。」泰瑞絲要從衣服口袋拿錢付帳，巴薩德婉拒說道：「等你找到工作再還好嗎？」泰瑞絲轉頭看向羅莎夫人，她點頭微笑。巴薩德將沙威瑪包好遞給泰瑞絲，她感謝的接過來，說道：「我要帶朵朵去學校註冊。」羅莎夫人向朵朵揮手說：「要再來」。

巴薩德下午到Saad健身中心運動見到阿里，對於阿里遲遲未向他說明相親的結果感到有些納悶。他們倆原是無話不談，他當初一口答應相親是為了讓阿里能夠向叔叔交代完成任務，他不願讓阿里失望。或許賽娜眼光過高，對他不以為然，阿里怕傷害他，所以隻字不提。巴薩德迂迴地問：「阿塞得叔叔與女兒團聚，心情很好吧。」阿里傷感的說：「賽娜來到這兒與父親團聚，臉上從無笑容，沉默寡言，叔叔安排了餐會及拜訪親友，她多會拒絕出席，整天足不出戶。我們在象牙旅館那一次也是她唯一同意的一次，叔叔費了許多口舌勸她才肯接受，並說下不為例。」

阿里接著說：「最近她夜裡會喃喃自語或哭泣。叔叔感到事態嚴重，於是請了這裡最好的法國心理醫生Feraus為她治療。醫生說她在戰區生活受到死亡壓力及恐懼造成嚴重心理反差，有憂鬱及自閉傾向。」聽阿里說完，巴薩德對於賽娜健康狀況非常關切，想再與塞娜見面。除了是受阿里託付外，對同胞關切問候是做人最起碼的原則。巴薩德是一個做人做事圓通的人，他會敞開胸襟對待所有人。他安慰阿里說：「賽娜有親人的照顧及醫生的診療，會很快好起來。」阿里很感謝這位好友的理解與貼心。

巴薩德有些傷感，他忽然想到泰瑞絲，另一位不幸的女性，正在力爭上游，企圖改變生活，想活得有尊嚴。他靈機一動，詢問阿里：「阿塞得叔叔是象牙海岸黎巴嫩工商協會會長，在象京有超過上千家公司的企業會員，我最近認識一位來自迦納的女人，帶了六歲女兒在此處謀生，她有專科程度，可否請叔叔幫忙找一份秘書或店員工作？」阿里聽到楞住了問：「老實對我說，你怎會認識她的？」巴薩德細說與泰瑞絲相識的過程。阿里半酸半開玩笑，用黎巴嫩文學家紀伯倫（Kahlil Gibran）的詩句說：「當愛向你呼喚時，隨她去吧，雖然歷程是艱辛困頓，對吧？」巴薩德臉孔發紅搖頭否認沒再搭腔，阿里向他扮了個鬼臉。

巴薩德將阿里所說的賽娜近況向母親重述一次，母親聽了嘆口氣說：「戰亂帶給人類的災難綿延不斷，執政者若有智慧，不該為一己之私，或偏執目標，發動戰爭，為人間製造煉獄，罪惡之極。」巴薩德了解母親心情，她同樣是受害人。母親說：「這女孩慢慢調養應該會復原，我要祝福她。」巴薩德關心賽娜的健康，認為她如果要走出戰爭帶來的憂鬱症，歡笑應該是最好的解藥。

一週後，巴薩德接到阿里電話，阿里表示已經將泰瑞絲的事向叔叔說明，阿里擔心叔叔或許認為他多管閒事，畢竟人浮於事，求職困難重重，卻沒想到叔叔爽快答應。阿塞得認識一間採收可可豆的仲介Pisteurs公司老闆，這家公司是將採收的可可豆出口到英國加工，由於國際可可價格暴增，公司業務量增加，急需增加通曉英語人手，所以同意泰瑞絲先試用三個月。阿里將Pisteurs公司聯繫人的資料告訴了巴薩德，巴薩德十分高興，對這位兄弟心存感激，他衝動得想立刻去面謝阿里。他趕緊設法通知泰瑞絲友人，請友人速轉告泰瑞絲明天一早到咖啡廳來有要事商量。

第二天早上，泰瑞絲來到咖啡廳，羅莎夫人看到她流露疲憊的面容，關心地問道：「工作找的如何？是否有些眉目？」泰瑞絲一臉無奈的表情說：「這些日子我每天登門拜訪公司或商店，都吃了閉門羹，找一份固定酬勞不高的工作機會是如此艱難。在迦納大使館服務的參事高飛也在幫忙，還沒有進一步消息。」羅莎夫人神秘笑著向兒子打了個眼神說：「巴薩德有好消息了。」巴薩德說：「象牙海岸可可豆的仲介Pisteurs公司擴充業務，急需英文秘書或助理，已經將妳推薦給這家公司工作，趕快去報到。」泰瑞絲聽到這個消息眼睛一亮，抱住巴薩德在他臉上親吻一下說：「太好了！」巴薩德把公司及聯絡人名單交給她，並面授機宜。泰瑞絲說：「我已經在法語學會（Alliance Française）報名學習法文，朵朵在小學也開始學習法文。」巴薩德開心地鼓勵泰瑞絲說：「人靠勤勞，不靠性別與年齡，祝你成功。」

羅莎夫人身為女性長輩，非常關心賽娜病情。親自打電話給阿塞得了解情況，阿塞得接到電話沒有隱瞞賽娜的病情：「賽娜在家人細心照料、醫生治療與開導及環境變化（象牙海岸未發生戰亂等）條件下，心情已逐漸開朗，由心靈禁錮中走出來。我會讓她多接觸快樂的事情。這是一個好的開始，感謝你們的關懷。」羅莎夫人說：「我兒子與阿里情同兄弟，也把賽娜當成妹妹。」

時間一天天過去，距離一九八四年的來到只剩下兩週，商業街為迎接新年來臨的旺季，店家延長營業時間至晚上十點。一般家電、家用、服飾、玩具、食品、禮品等都是生意興隆，店內擠滿了為新年添置新裝或送禮的顧客，不論本地人、歐洲人或亞裔人都來到商業街上，享受採購的愉快。咖啡廳生意也出奇的好，下午停止了休息迎接顧客。

為了增加聖誕及新年氣氛，羅莎夫人特別向黎巴嫩老鄉經營的由國際花協會認證的花店，從法國訂了兩棵袖珍型黎巴嫩國寶香松，家鄉人傳說香松香樹味可以驅走憂鬱和壓力，並且有愛的守護功能。一棵放在咖啡廳做裝飾用，另外一棵由她與兒子帶著，送到阿塞德家。賽娜正在屋裡閱讀，阿塞得高興請賽娜出來會客，賽娜面帶微笑問好，羅莎夫人及巴薩德感覺賽娜精神與談吐較第一次見面時好了許多，人也變得開朗，感到非常欣慰。

一天下午，廣告公司宣傳人員抱了一捆海報走進咖啡廳，巴薩德放下手頭工作接待，宣傳人員由那捆海報中抽出兩張遞給巴薩德說：「這是『歡樂馬戲團』來表演海報，請掛在店裡牆上代為宣傳。」說完後並遞了兩張馬戲表演免費招待券。

巴薩德攤開海報，感覺有一股陽光與歡樂氣氛立即呈現在眼前，像一幅光線亮麗的印象派油畫。海報以黃色太陽光芒四射作基調，正中間是彩妝白眼圈紅鼻頭，頭戴花帽子小丑，周圍用空中飛人、大象、獅子、老虎、馬術、等串聯成一圈，並以四季花朵陪襯，非常特殊。巴薩德叫穆沙將兩張海報貼在咖啡廳牆壁上。

巴薩德看到海報表演時間從明年元旦開始，地點在伍佛布尼總統體育場，他想到童年在貝魯特，有回玲玲（Ringling）馬戲團團來表演，父母帶他去觀看。他第一次看到各種動物及特技與雜技表演，看似虛幻卻又真實的表演令他久難忘懷。馬戲團是一個製造驚奇與歡笑的樂園，豐富了他童年的記憶，儘管往事不再，有重新想回到現場的衝動。

泰瑞絲帶了朵朵來看巴薩德，並且高興的宣布，她去Pisteurs公司應徵工作，公司需要一位英文秘書與打字工作，她原先學過英打與商業文牘，另一方面老闆也賣阿塞得面子，不需試用簽了三年合約，明年一月正式上班。巴薩德與母親都替泰瑞絲感到高興有一個新人生。泰瑞絲由花布袋裡取出了一個橢圓形透明窄口圓肚玻璃瓶，裡面裝滿了紅色相思豆，瓶口封好，瓶頸綁了一條黃絲帶，泰瑞絲將瓶子遞給巴薩德感性的說：「每次我經過你的咖啡店人行道，都有枯葉及豆莢落地，我都會抬起豆莢剝開取出紅豆，我暗許心願，希望當我將紅豆裝這滿玻璃瓶時，會為我帶來幸運，現在心願達成，我願將經這幸運瓶子送給你們，其實我的幸運來自你們仁慈的給予。」聽完這番話，巴薩德母子深受感動，羅莎夫人不落俗套鼓勵泰瑞絲要認真工作，讓朵朵接受正規學校教育。

距離新的一年到來還剩下三天，國際可可與咖啡價格看俏，造成象國可可及咖啡出口數量大幅增加，市場景氣旺盛，巴薩德的咖啡廳晚間生意也出奇的好，晚上到十一點才能打烊。母親對於生意紅火及迎接新年的喜悅心情認為應該慶祝，於是對巴薩德說：「新年有假期，辛苦工作一年，應該歡樂，我們初二晚上去看馬戲團吧。」巴薩德高興回答：「我明天就去訂票，現已有兩張免費。」母親回答：「來算一下買七張。」巴薩德問道：「要這許多？」母親笑答「我們家兩張、阿塞得一家三張、泰瑞絲母女兩張不是七張嗎？」巴薩德問：「廣告公司贈送兩張怎樣處理。」母親說：「送給穆沙，他一年來工作很辛苦。」巴薩德請示：「年終是否加發他一個月工資？」母親毫不考慮回答說：「當然。」

第二天一早巴薩德根據咖啡廳張貼廣告上訂票電話號碼，訂了較昂貴的前座位票，並且打電話與阿里約定時間，也通知了泰瑞絲，大家都欣然接受，高興有機會在新年看到「歡樂馬戲團」，並相聚拜年。

元旦次日傍晚，巴薩德與母親先開車到了泰瑞絲住處，泰瑞絲已經帶了朵朵在樓下等候，非洲婦女在新年期間會用穿著新衣及整理頭髮式樣作為賀年，朵朵也換上粉紅新洋裝狀極愉快，有些手舞足蹈，不失天真表現出非洲人來自本能的結奏感。大夥兒親切貼面親吻賀年，泰瑞絲母女坐上了車。

馬戲團團表演場地搭在可容納萬人的「伍佛布尼總統足球場」中央，淺灰色八角形巨大帳篷聳立，頗具規模，周圍規劃了停車位置。巴薩德繞著表演帳篷找到離進口處最近停車區將車停好。進了表演場所，圓形舞台邊有寬敞通道，頭頂上除了表演空中飛人的鞦韆及安全網等設施外，各色燈光已經在頭頂轉動，強烈耀眼，配上電影默片時代卓別林模仿企鵝走路節奏感的音樂，凡布牆上畫滿了馬戲各種表演節目圖案，及貼有醒目紅底金字「新年快樂」及「一起來歡樂」法文字幕。數百名觀眾將在這兒享受快樂，對於這個非洲城市算是難得的一次的機會。

巴薩德找到了座位，阿塞得與阿里及賽娜已經抵達，大家互相擁抱祝賀新年，賽娜臉色紅潤較以豐腴且富有光彩。羅莎夫人緊握著賽那的手坐在一起，巴薩德坐在賽娜旁邊，另一旁阿塞得貼近羅莎夫人邊，依次是泰瑞絲及朵朵，阿里坐在朵朵旁邊。泰瑞絲熱情的向阿塞得道謝，感謝他介紹工作，讓她走出生命谷底。阿塞得略為顯得靦腆，用手指捏了下朵朵臉頓說：「好可愛的小女孩。」阿里也不時把巨大手掌伸出來，逗朵朵伸出手掌比大小，他的大掌將朵朵小掌包住，然後他伸出掌心，讓朵朵抽打落空，逗朵朵玩的很開心。

羅莎夫人與賽娜聊起一些近期生活小節，賽娜也有問必答，她也會主動向巴薩德說：「近期我在法國書店買了這一期〈電影筆記〉（Cahier du Cinema），裡面有一篇文章介紹上次你帶我看的電影導演楚浮，我要認真研究楚浮導演的電影了。」阿薩德感到欣慰說：「有好電影我一定介紹給妳」。

燈光暗了下來，節目一個接一個進行，沒又冷場，整個場子裡充滿神奇、驚訝、歡笑、呼叫、嘆息及讚賞。尤其是兒童與少年，毫不保留流露出天真本性。節目進行到一半，由七個身材高程度不一小丑表演，穿插了小動物配合節目演出，如猴子、小狗及海獅等，表現出小丑與動物間互動及模仿的滑稽動作深受歡迎，喝彩與掌聲不斷。

帳棚然外突然下起大雨來，雨珠打在帳篷頂上，如千軍萬馬，波瀾壯觀，但是打不斷場裡觀眾的熱情歡笑。巴薩德看得起勁，他找到了童年天真歡樂感覺，看到場內每張笑臉，不經意他在表演場對面遠處，見到了皮爾及姐姐與父母也在場讓他感到欣慰。雨下的很大，在他原先擔心結束後雨若不停，從馬戲蓬到停車位有些距離，沒有雨具如何能過去？他立刻停止去想這個問題，回到歡樂現場，不必為塵事煩心。

德國作曲家萊昂．耶塞爾的〈玩具兵進行曲〉演奏了起來，旋律輕鬆俏皮打動了每一位觀眾的心，一致隨著音樂節奏規律拍手打著拍子，歡聲雷動，表演節目即將結束，所有表演的演員及動物繞場一週謝幕。七個小丑分為七組，手裡拿了一大串卡通人物或動物造型氣球，色彩繽紛，站在出口分送給每位兒童，成人也有來要的來者不拒。彩色氣球在各處移動，巴薩德看見每人都面帶笑容，心情放鬆，馬戲團給人們帶來快樂與美好回憶。

馬戲表演散場了，雨也停止，巴薩德與其他人一樣走出了歡笑，回到現實。在新的一年，他與賽娜及泰瑞絲和阿里等都是為躲避戰火的年輕人，離鄉背井應該不算是幸運者，但每個不幸者也該有追求快樂與幸福的勇氣與機會，命運也許不能任意改變，但是追求理想或目標的心應該堅強及持續。面對不確定的未來，巴薩德已經知道用何種心情去面對。

離家五百哩

他在當天下午接到台北總公司指示，要他在第二天一早搭乘由法國Balore集團在象牙海岸經營的Sitarail鐵路公司的火車，從象國首都阿必尚到上伏塔（今稱布吉納法索）出差洽商一批棉花採購案，要做非洲大陸跨國之旅，他僅知道這條鐵路建成於一九二二年，全長一千一百五十公里外，其他方面一無所悉，想到旅程需穿過西非內陸心臟，佈滿漫茂密集雨林及渺無人煙的大草原，安全問題堪慮，便開始焦慮不安起來。其他洲際來非洲訪問的人士，第一個想到總是人身安全問題，包括可能發生情況的預知及防範。

他的秘書Samuel約四十餘歲，是鄰國多哥人，在一陣緊急電話及Telex聯繫處理後向他說明：「來回火車票已經訂妥，旅館也訂了，有關談話及書面資料放在這個牛皮紙袋裡，請參考。」說畢將資料袋遞給他。他問到：「你坐過這段鐵路。」Samuel回到：「Sir，不曾坐過，不用擔心，這條鐵路由法國人經營管理，也是西非地區通往內陸及撒哈拉沙漠主要交通動脈，政府安全部隊及法國公司雇用外籍兵團會隨車保護，很安全的。」他聽到此話略感安心。

他來象國工作兩年，黑暗非洲大陸虐疾、霍亂、黃熱病及其他熱帶流行病猖狂不絕，居住環境欠佳，衛生條件可以由本身提高警覺來掌握，但軍事政變、搶劫及偷竊等不可抗力事件則非他所能控制，所以他生活起居及外出格外謹慎小心，但也不全然固步自封。在象國生活期間，他也會與當地官員、商人、教授、小販、擦鞋童、電影院收票員，甚至超市前乞討的流浪兒等交談。整體感覺非洲人原始質樸、有天真善良本性，小部分貪及狡詐或許會呈現在個性特質上，但是與先進國家人打交道不是一樣會有此類風險需要防範，此次旅行或許可定位為體會非洲大陸真實面貌之旅。

第二天早晨，辦公室司機Sidi開車送他到象京火車站，他僅準備了一個手提旅行袋以減少負擔。象國境內鐵路網並非星羅棋布般密集，以他搭的這條國際線為主。公路運輸較鐵路廉價與便利。火車站不具規模，他搭的這班國際線火車每天只有一班，上午十點發車。他先到訂票處窗口拿了火車票，進入查票口驗票，看到列車已經停在月台，他上車依據車票號碼，走到C5號車廂，是臥鋪包廂，有兩個面對面座位，中間是一張小方桌，旁邊另一半是上下單人床，車廂內明亮乾淨，他感覺不錯。他將旅行袋放在腳後椅下，由車窗外看一些非洲婦女，頭部用各式各樣花布包起，身著色彩艷麗圖案誇張的長袍到處走動，宛如移動的多彩拼圖板，有後現代達達藝術氣息。非洲男士多穿著滾了深色或咖啡邊的白長袍，帶了穆斯林圓帽。非洲人由於捲髮，小女孩們多由母親將頭髮一根根拉直，接上人工做的細辮子，整個頭上顯現出小丘般，假髮辮子尾端紮了五顏六色髮繩，成了七十年代末期世界流行時尚之一。

他一時興起到其他車廂走動，瞭解一些情況，走進二等車廂，車廂裡幾乎坐滿了乘客，走道上到處可見包袱或竹筐及竹簍到處放著，表現了非洲社會不經心的隨意。他回到自己座位上，火車晚了十分鐘出發。他對了一下錶，是十點十分，他坐下目光朝向窗外，心生好奇並有探險的感覺，窗外景色隨時變幻，強烈的非洲陽光總是被一種混沌如濃煙般熱瘴氣掩蓋，藍天白雲情景非常稀少，除非到海邊才可欣賞到，海風吹散了瘴氣及熱浪，藍天與白色雲朵得以重見天日。

非洲被稱「黑暗大陸」，氣候炎熱瘴氣渾沌，開發較晚並有不明確的障礙，包括後殖民主義影響、種族問題、及行政體系與文化背景差異等因素存在。他並不是非洲專家，但從社會顯現一些表象能夠嗅覺出一些非洲特質。火車出了車站，漸漸車速加快，較為現代化市區及社區在鐵道兩旁匆匆掠過，約半小時後在廣闊的熱帶雨林穿梭，他朝車廂窗外仰視，一片漫無天日的叢林，呈現久遠未經觸動非洲處女地，他感覺到原始真意，火車在穿過阡陌縱橫的野生綠色灌木後，他看到赫紅厚實但童山濯濯的土地，樹立了許多高則一公尺，矮則四〇到五〇公分土丘，據說那是非洲大螞蟻窩，他想著孩提時代看過一部好萊塢非洲冒險影片《螞蟻雄兵》（The Naked Jungle 1954），故事發生在非洲，雖然荒誕誇張，還有成群結隊螞蟻將人啃蝕成為白骨鏡頭；現今人類對非洲天然資源掠奪破壞殆盡，原始生物鏈難以復續及存在，看到眼前即景，他有股莫名悲哀。

近午時分，火車到達象國中部車站停靠，列車長用法文宣佈停留二十分鐘，眼前一陣人潮進行上下車。他想利用火車停靠時走動及瀏覽。他朝供餐車廂走去，餐車裡置放了四人座及兩人座餐桌約十張餐桌，餐桌上鋪了白色餐布每張餐桌放了透明小玻璃花瓶，插了鮮紅的火鶴花，象國熱帶花卉處處可見。他看了裝飾感覺簡明舒暢。車廂後段靠車門通道是小型酒吧，有一個非洲女孩在調酒，態度天真，隨時面帶笑容。餐車內已有三桌客人。

他沒吃早餐，覺得飢腸轆轆，決定坐下用餐，穿白襯衫黑西褲帶花領結的男侍者，將他帶到靠近車窗的兩人座位，並送上菜單，他點了一瓶啤酒，一份法式棍子麵包做的火腿乳酪三明治及一杯咖啡，啤酒先上，他喝了一口，冰涼透徹心脾，感覺很好，自在地注意車廂內乘客走動及表情。

車門被人推開，他看見一名中年非洲婦女，肥碩體型，手裡拿了兩個空的寶特礦泉水瓶，身後跟隨著一男一女約莫五到六歲小孩，一左一右，各自緊拉住婦人袍擺，眼眶淚水仍未消失，流露出似乎因饑餓表現出哀怨眼神。這個突然出現的場面深深吸引他，他聚精會神注意後續發展。

婦女走到酒吧前低聲向正在調酒的女侍者說：「可以給我一些飲水嗎？孩子口渴要喝水。」女侍者感到突然，看了婦人點頭同意，婦人靦腆將空瓶遞上，女侍者開了水龍頭注滿了水還給婦人，婦人接了水瓶後道謝，又小聲向女侍者懇求，女侍者先猶豫了一下，然後打開廚櫃及冰箱，把一些乾棍子麵包和可頌裝進一個透明塑膠袋裡，遞給了婦人，婦人雙手接了塑膠袋道謝，帶了兩個小孩離開。

他看到剛才發生情景對這位女侍者肅然起敬，或說此舉是慷老闆之慨，但出於善心，令他另眼相看。他想到非洲面臨最大危機之一，是人口成長率無法控制及糧食不足問題，部分國家因地理條件（面臨沙漠地區及水源匱乏）、天災、兵變等導致糧食不足造成動盪。象國盛產可可（七〇年代產量世界第一）咖啡（世界排名第三），在西非地區算是物產富饒國家，他所接觸到這個國家勞動大眾，一天頂多只能有賺取溫飽，生命延續條件如此艱困。

當男侍者端上他所點的三明治時，他看到三塊烤得焦黃棍子長條麵包，飽滿的顯現在白色磁盤上，中間露出粉紅火腿片及黃色起士，原先飢餓的感覺突然消失。他想略盡一己之力，為需要的人做點事情。他另外加點了兩份，連同原先點的原封不動，請男侍者一併用紙袋打包。他喝完咖啡拿了紙袋走出餐車廂，穿過了兩節車廂，找到了那位婦人，兩個小男孩乖乖的圍母親身邊啃著乾麵包，滿足寫在臉上。另一個較大女孩抱住一個嬰兒，雙臂搖晃著在哄嬰兒入睡。婦人敞開胸膛為另一嬰兒哺乳。他被這個畫面震攝住了，生命成長條件是如此不堪與無奈，車廂內空氣污濁及隱隱出現汗臭氣，使他有想即刻離開的念頭，但心念一轉，他想到來此目的，離開的念頭頓消。

兩個小男孩瞪大了眼看著這個外國人，他誠意的將紙袋遞給婦人說：「這一點點食物是送給您的兒女，願她們能夠接受。」婦人臉上先是驚訝，然後道謝流露出盡在不言中的感激。他走回自己車廂沉重的心情頓感輕鬆，他感覺行善要及時，善念不立刻履行會稍縱即逝。

火車繼續前行，他回到自己車廂坐定，忽然有人將車門打開，他看見一個約莫二十多歲出頭的非洲青年站在車廂門口，是典型非洲人的橢圓形臉型，但他鼻樑較挺有骨有肉，棕赫色眼珠，捲曲短髮，黑透發亮皮膚，倒是沒有一般非洲人的厚唇，開口說話露出了整齊白牙，他根據自己的判斷，整體感覺是個知識份子或學生。非洲青年禮貌開口問：「對不起打擾，請問這是C5車廂嗎？」他沒記住車廂號碼，由上衣口袋裡掏出票根對了一下確定說：「是的。」青年關了門，躬身表示禮貌後坐在他對面左方，將行李袋放在自己位子下，兩人斜距離對坐，會減少壓迫感。

他與這個非洲青年寒喧自我介紹以後，他知道面前這個年輕人是象牙海岸人，阿必尚大學法律研究所學生，名字叫Kouadio，利用學校復活節假期到上伏塔第二大城Bobo Dioulasou（火行駛三分之二行程）探視在那裡經商的舅舅。他看了Kouadio一眼，想到黑人經過列強白人數百年殖民統治，在心理上對白人會產生敬畏反應，或許認為白種人有坐在雲端高不可攀的感覺，自己接受儒家思想薰陶，沒有對種族的差異產生不同觀點而有差別待遇。

兩人目光交集，分別露出微笑表示並不排斥對方，他想到象國在西非地區發展堪稱典範，不論政治環境或經濟條件均高於鄰國許多，一般西非其他國家將象國人民與驕傲畫上等號。他篤信佛教，相信緣分，並認為應該廣結善緣，他想多瞭解Kouadio內心對當前世局及非洲地位看法。Kouadio由腳下旅行袋裡取出一份象國最暢銷法文日報「Fraternité Matin（博愛晨報）」，翻閱了後，用雙手將報紙遞給他問到：「先生要看嗎？」他點頭接過報紙說：「有何新鮮事？」Kouadio注視他認真地回答：「法國總統大選，這次左派社會黨候選人密特朗將會當選。」他好奇問到：「右派勢力仍強，現任總統季斯卡尋求連任啊。」Kouadio說：「人心思變，社會黨施政應該符合潮流與貼近民意，季斯卡七年來表現平凡，他沒有戴高樂的大氣與高瞻胸懷，也沒有龐畢度之睿智與手段。對於非洲外交政策，保守且故步自封，令人感覺無望。」

這個年代左派社會主義在歐洲掀起了流行風潮，尤其在學術界，他瞭解Kouadio也該屬於新潮時代學生，他問到：「由外交關係角度分析，社會黨是否會對非洲原先殖民地國家政治與經濟有一番新思維？」Kouadio義正詞嚴解釋道：「雖然做過列強殖民地，但自由、平等與博愛也是非洲人民共同爭取的願望，經濟自主這個領域裡，受到國際化及教育不足等因素，完全自給自足暫時難以達成，殖民時代留下好的要保留，不好的當然要放棄，我們需要國外資金、技術及管理，部分政客或軍系利用殖民主義或種族製造仇恨或對立，奪取自身利益，將是非洲悲劇。」他想到說：「貴國Le Vieux『法文老人之義』，是象國人民對於自六十年代獨立後首位總統伍佛布尼（Felix Houphouët-Boigny）暱稱，象國殖民地時代他做過法國衛生部長）在西非地區樹立了良好發展典範，並且具有指標性，個人領導風格如何能持盈保泰，是一門學問。」Kouadio回答道：「我同意您的看法，老人問政風格剛中帶柔，有時也會容納異己，身受人民愛戴，在非洲歷史上有一定地位，與法國也保持良好關係，成為穩定國家力量。但要擔心的是他年紀大了，未來政權如果不能和平轉移到第二代，非洲是多元種族部落制度，有心人士利用種族與部落矛盾操弄，導致內戰，前車之鑑，屢不見鮮，我非常擔心。」一九九三年十二月七日，伍佛布尼總統辭世，政局開始不穩，叛軍反對民選總統血統不純正而開始作亂，二〇〇二年全面爆發內戰）。

他從Kouadio談話中瞭解，法國政府對於優秀非洲殖民地青年，會提供獎學金或財力支援，去法國留學，學成後多成為社會中流砥柱及親法派，也是國家部分精英來源。他想到非洲大陸文化及文字基礎薄弱或欠缺，以象國為例，官方語文仍為法語，他就這點點的矛盾性向Kouadio提出：「未來非洲文化發展，是延續現有各族部落模式各自發展，或由流通的外來語文教化人民及表達文化方式，教育水準提高後，文化才有發展。」Kouadio頭微揚自負的說：「我們熱愛自己文化，由於各族群散落分聚，全國溝通仍需要靠外來語，非洲要時間成長。」他繼續問道。「據我所瞭解，政府內閣包括部長身分在內官員提案「象國象人化」，國內重要國營企業不再靠外國顧問及專家指導（約四萬法國人），如果職業教育不普及，會發生青黃不接的斷層。Kouadio回答道：「非洲終歸要由非洲人來經營管理，也牽涉到對土地認同問題，遲早要做的。」

他看了Kouadio一眼，一系列念頭呈現在腦海中，未開發黑暗大陸殖民時代自由革命—新興獨立國家—移植政治體系—外援—文化衝擊與保留等，他覺得焦點模糊，問題混合在一起變得格外複雜。他把眼神瞄向車窗外，舒緩一下心情，過了幾分鐘，他心情放鬆。他想到眼前這個年輕人，應該受國家培育，但在非洲，受正規教育及就業機會仍偏低，農業發展條件不佳，一些底層工作需用勞力，多由內陸低度開發國國家如上伏塔、馬利、迦納等勞工湧進，他想瞭解這年輕人對於外勞看法問道：「象國對於外勞採取開放政策，外勞在就業市場佔有一定比例，我辦公室司機是馬利人、秘書是多哥人。我想主要象國經濟發展條件好，政局穩定，可提供更多商業與就業機會。」

Kouadio說道：「黑色非洲人民千萬個部落本屬一體，我們有一共通點，我們皮膚是黑的，我們為黑色感到驕傲。」他點頭回應同意此一觀點。

火車在遼闊廣袤、一望無際草原奔馳，不時發出汽笛鳴聲，在非洲草原自然環境裡，他所坐的火車是一個移動社會縮影，每個人先有一個共同抵達的目的地，然後各自離開尋求下一個不同的目標，他看車上乘客有「五百年修得同車坐」及「同車共濟」的感覺。

他望了Kouadio一眼，Kouadio開朗一笑作為回應。數小時近距離接觸，他在非洲這幾年，對於非洲人身體氣息感覺是強烈及令人暈眩。有教養及經濟條件許可非洲男士，為掩蓋體味，多會使用古龍水降低氣味，表示對別人尊重，似乎與性向無關。他嗅到Kouadio所使用的是德國四七一一牌子，有些檸檬香味，擦在Kouadio身上，經過體溫及汗水化學發酵，有股說不出的奇異氣味，入境隨俗，他已經可以接受。

車窗外景色隨時變換，遠方地平線的光芒漸暗，火車進入兩排茂密的樹林叢中，透過車窗，在漸暗的天色下，他看到一群猴子在樹林間中交錯跳躍。他很好奇，猜想是猴子群在黑夜來臨前回家最後活動吧。火車走出叢林，邁向平原，天幕被染成金黃色，太陽快要下山，遠方一陣沙塵起伏，他看到一群具大身影在塵土中移動，他看不真切，好奇的問Kouadio：「是野象群在走動嗎？」Kouadio說：「應該是羚羊或是野牛群。」並解釋說：「象牙海岸是殖民時代白人獵殺野象後取走象牙，因象牙轉運港而得名，現在西非地區象群已不多見，聯合國保護大象對象牙實行禁止規定是良法。另外，鄰國迦納因產金礦美其名為『黃金海岸』。」Kouadio看到他對自己介紹非常有興趣，本想介紹西非洲有個小國叫貝南，該國南部一個小港城叫阿波美，是販賣奴隸聞名的「奴隸海岸」，話到唇邊，他又止住了，基於民族自尊，他不願討論這段販賣奴隸血淚史。

車窗外呈現一片漆黑，遠方如同一片暗幕，偶爾會看到一些成串微弱光亮，應該是非洲人用黏土搭建的土房部落，沒有電力設施，家家照明設施多使用中國大陸出產煤油燈。依照自然生活定律，農業社會日出而作，日入而息，數千年不變。工業革命後，這個定律被顛覆，太陽西沉後，電力發達，造就了白夜。但在非洲鄉間，月光與煤油燈是夜晚唯一可應用的照明用具。

車廂旁邊開始有些白人及本地人在走動，是用餐時間，他大方問Kouadio：「該吃晚飯了，一起去餐車用個晚餐。」Kouadio反應驚訝，對於突如其來的邀請有點不知所措道：「太客氣（C'est gentile）。」他知道Kouadio答應。他邀請Kouadio動機是直覺認為非洲人是友善的，過去沒來非洲之前，某些與非洲人打過交道朋友描述黑人多貪得無厭，他想貧窮與貪婪不應畫上等號。

晚餐來用餐乘客較多，男侍者有禮貌的把他們帶到中午他坐過的餐桌，並分給他們菜單，他點了一客法式洋蔥湯，一份牛排煨四季豆，甜點點了焦糖布丁。男服務員則向他覆誦一遍並等待Kouadio點餐，Kouadio看了他一眼認真看了菜單說：「我來一客義大利通心粉。」他覺得Kouadio太客氣，說道：「夠嗎？」Kouadio說：「那我加一塊黑森林蛋糕。」按照外國習俗，他不便越俎代庖自作主張幫客人點食物表示好客，他另外點了一瓶Evian牌礦泉水。

食物送上來後，他想到來非洲，所吃食物仍脫不了中菜或西餐。對於非洲食物他瞭解有限，從未有機會嘗試過當地菜。他有時假日興之所至去逛黑人傳統市場，看到食物小攤子有炸好的魚（非洲人吃魚，不刮魚鱗，不清內臟）、紅辣椒燉牛肉（當澆頭配米飯吃）、烤大香蕉、油炸樹薯、烤田鼠與山雞等食品。他好奇問Kouadio：「非洲較著名菜為何？」，Kouadio放下手中刀叉停頓了一下，愉快的介紹：「最傳統及頗負盛名的菜叫kejenou，做法是將雞肉切塊與蝦肉用油炸過後，放入土甕中，注入清水與香料，再加入切好的洋蔥、蒜頭、青椒、馬鈴薯、番茄、胡蘿蔔及捲心高麗菜等用溫火燉二到三小時後加入長米粒煮就完成了。」他隨着Kouadio敘述，腦中浮現各種顏色的蔬菜，及在甕裡沸騰及溢出的香味，脫口說出：「真好吃！」Kouadio笑了。經過了Kouadio此番介紹，他後來在象京象牙旅館「非洲爵士」餐廳嚐到了此道菜，他把這道菜與「佛跳牆」聯想在一起，雖然兩道菜的口味絕不相同，他的聯想出發點是一種文化衝撞。

他接著問Kouadio說：「你對於中華飲食觀感如何？」，象京僅有一家名叫金龍的中國餐廳，他宴請華人（包括臺、港商）及當地商業夥伴都會約在這家餐廳請客。老闆姓朱，是來自上海的香港人，為人精明熱情，太太負責掌廚，調製名菜包括魚翅湯、清蒸魚、蠔油鮑魚菜心及北京烤鴨等。最受當地人士青睞是沙拉菜包春捲、咕咾肉、楊州炒飯與豆沙鍋餅，他至今仍懷念。Kouadio回答他說：「我有一位伯父，名叫西蒙•阿蓋，曾經擔任駐聯合國大使，被中國總理周恩來邀請訪問北京，吃到了正宗北京烤鴨，他曾經向我描述吃烤鴨的絕妙口感，伯父是美食家，北京烤鴨該是中菜首選之一。」他從Kouadio話裡聽出一些玄機，臺灣與法國在一九六四年斷絕外交關係，受到法國影響，非洲各國家與臺灣相續斷交。他來象國時，臺灣與象國外交關係不穩（雙方直到一九八二年始斷交），但也維持了十多年，象國外長在斷交前密訪中國，真有「秘密外交」及「烤鴨外交」一說。

一陣長談之後，餐車牆上掛鐘指向九點三十分，晚餐結束，重新返回車廂盥洗之後，他與Kouadio互道晚安，Kouadio爬到上鋪，他在下鋪將護照及文件放在枕頭下入睡。

子夜以後，他感覺周身發涼，空氣中約略帶有沙塵及石灰味道，他坐了起來，約半小時後，火車如久經奔騰快馬，漸漸停下並不斷的喘息。此時Kouadio也在上鋪坐起睡眼朦朧說：「應該到達邊境，海關官員會來查驗護照及簽證。」

不一會有人輕敲門，Kouadio去開了門，兩名身材高大長相體面的年輕海關官員，穿着黃卡其布制服，配上紅色滾金邊配肩，看似威嚴出現在眼前。兩名官員向他敬禮，笑容滿面查驗護照，Kouadio連同他的護照一同拿給官員，兩名官員動作熟練的查驗並蓋了入境章，雙手將護照送還，並且說：「對不起，打擾了，祝您在上伏塔旅途愉快。」他感覺到與其他非洲機場或航空站官員比較，這個國家雖然貧窮，但貧而有禮，誠屬難得，隨後幾天他所接觸的人也多如此。

他再度醒來看了一下手錶，已是清晨六點，上床鋪空了，Kouadio在目的地Bobo Dioulasau下車。他起床梳理，並將護照及重要文件整理好，擺在小桌前，他發現一個小信封，信封左側有當地流行的手繪彩色非洲舞者，裡面寫著：

尊敬的先生，
感謝您豐盛的晚餐及愉快談話讓我收穫良多，我把在象京地址及電話留在此，請保持聯繫，並祝旅途愉快。

Kouadio敬上

他看完信後，將信收在記事本裡。

透過晨光，他看到車窗外一片無垠的紅黃相間土地上，星羅棋布生長了一些根莖作物，給人一種看不到盡頭的荒蕪、光禿及淒涼的感覺，與前一個國家（象牙海岸）天然環境截然不同。對於自己面臨一個陌生國度，他繼續好奇的探索，火車經過之處，雖是清晨，遠方男女兒童在奮力用鋤頭挖地，應該是在種植花生或棉花種子吧，一般兒童此時刻應該是好夢方酣，或者享用母親準備豐富早點。這裡的兒童卻要為生活奮鬥，讓他敬佩及遺憾。敬佩他如此認真工作，對自己生命盡責，遺憾自己無能為力提供任何協助。

上伏塔靠近撒哈拉沙漠，天然環境極差，國境內三條命名為黃、紅、黑河的河水，河流帶有大量泥沙，污濁不堪使用，飲水供應都成問題，農作物種植耕育受到限制，條件奇差，不具備吸引外商前來投資的條件，為了求生存，年輕人外流鄰國打工。非洲也有勤勞的人民，他有了新認識。

火車要駛向終點，查票員開始進行驗票，歷經近二十四小時車程，他將到達一個與他目前工作，看似相同，又有諸多不同的國家。火車經過平交道，有柵欄放下，很快進入居民密集的城市，列車長宣佈，火車將於五分鐘後進入首都瓦加杜古（Ouagadougou）。

他下車經過月台，一攤攤小販擺在月台上，形成小型商場，為販夫走卒及市井小民提供了商機，也是非洲原始商業型態特色。小販們以微笑對他，期望能獲得青睞購買商品，他內心湧起悲憫之情，如此多的小販，僅靠一列車乘客作為行銷對象，旅客購買慾望有多少？購買力又有多少？他對於非洲總體經濟略有所涉獵，以這個國家經濟模式來看，中小企業發展受限於商業交易行為的薄弱基礎條件不佳而難有發展。他想到這些小販縱然沒有生意上門，至少也構建了商業行為，為推銷努力過，儘管場景是如此不堪，他對這些小販不可為而為之的精神肅然起敬。

讓他感覺意外的是瓦加杜古火車站，新建的兩層白色建築物，氣勢較象國火車站有規模，是法國政府援助蓋建。他從月台到車站邊廊，轉進大廳，想到秘書Samuel提醒他回程火車票需要事先確認及劃位，他問了服務台車票確認櫃檯在二樓，他沿樓梯走上去。

他忽然聽到了非常熟悉的音樂旋律，是六十年代美國四兄弟（The Brothers Four）合唱團所演唱的一首輕快、但傷感的民謠風格歌曲〈離家五百哩（Five Hundred Miles）〉，他仍略為能背出歌詞：

If you miss the train I am on, You will know that I am gone, You can hear the whistle blow a hundred mile, One hundred mills, one hundred miles, one hundred miles, one hundred You can hear the whistle blow a hundred mile.

他上了二樓，清楚聽到這是一首法文歌曲，由一位聲音低沉男歌手所唱，法國翻唱英文歌曲少之又少，他很想瞭解這首法文歌背景。他覺得能夠搭乘火車由一個異國到另外一個，離家超過500哩，聽到這首歌他有奇妙、感動及思鄉感覺。

二樓中央放了綠色盆栽裝飾組合，牆壁掛滿了大型觀光與宣傳海報。他沿著音樂旋律，在大廳邊的辦公室找到了放音樂的人，一個年紀約二十歲模樣的女孩，桌上放的錄放機正播放這首歌曲。

他走到女孩面前禮貌的問到：「小姐，可以告訴我，回程火車票要在哪兒確認？」女孩關上錄放機笑說：「您是Chinois（中國人）嗎？」他回答：「我來自中華民國臺灣。」女孩豎起大拇指說：「Bon（好），我叫Melisa，請將車票給我，我來為您服務」，他將車票遞給Melisa說：「好美麗的名字。」Melisa嫣然一笑，拿了票去辦理。

數分鐘後，Melisa回來說：「車票已經確認，位子也劃好，後天早上十點準時出發。」他回答：「謝謝，你剛才放的那首歌好聽，是誰唱的？歌名為何？」Melisa道：「我再來放一遍。」並拿了一張椅子請他坐下。

歌聲再度播放，男歌星唱腔低沉沙啞，很隨意自在沒有刻意追求唱腔。他傾聽歌詞，約摸抓到認為主題是與火車笛聲及離別有關，應該與英文原版歌詞接近。Melisa說：「這首歌是我同學在電臺歌唱節目聽到錄下來的。」Melisa是他在上伏塔第一個正式接觸的人，和藹友善。他向Melisa道謝並告別。下樓時，「離家五百哩」這首歌旋律在他腦中盤旋不去。

他在瓦加杜古停留期間，洽談商務非常順利，採購棉花合約談妥，他壓力大減，心頭像放下一塊石頭。停留期間短暫，只能走馬看花，他所接觸此地人士非常友善，讓他對非洲人多了一層認識。

第三天一大清早，他整理一下行裝及資料，提前一小時離開旅館抵達車站，車站大廳乘客零星，沒有大火車站人潮洶湧的感覺。他在大廳書報亭買了些黃銅製的小動物如水牛、鱷魚、長頸鹿及野馬等模型土產作為紀念。他悠閒地在大廳閒逛，「離家五百哩」旋律又隱約在他腦中湧出，他確定這次是幻聽。

大廳牆上掛的圓鐘提醒距離發車時間還剩二十分鐘，他朝驗票門走去準備登車。忽然聽到後面有清脆呼叫聲：「先生！先生！」他回頭一看，是Melisa。她手裡拿了一個小牛皮信封說：「日安，先生，前天早上你聽到我放的那首歌，我問了我的朋友，歌名叫「我聽到火車笛聲（J'entends siffler le train）」歌者名叫理查．安東尼（Richard Anthony）這首歌是一九六二年發行。因為你喜歡這首歌，我準備了一份拷貝給您，Bon Voyage（旅途愉快）！」Melisa將信封交給了他。

當他聽完Melisa的話，驚訝於非洲人的熱忱，雖然生活在烈日與風沙的惡劣環境中，物質條件極差，但這些黑膚色的朋友同樣擁有一顆友善的心。他激動地回答Melisa說：「我真不知如何感激妳，這是我在非洲收到最好的禮物。」

蒂蒂與荳荳

他記憶深刻而且仍感受到昨晚除夕歡樂氛圍，令人眼花撩亂的煙火、此起彼落砲竹聲、車輛傳出間歇不斷的喇叭聲，及港灣停泊船舶鳴放氣笛，顯示出送走舊歲及迎接新年曙光來臨的隆重。他漂洋過海來到西非洲，在這濱臨大西洋及幾內亞灣有個令人遐思名稱叫「象牙海岸」的國家，歷史記載這個國家曾經出產或轉運堅硬滑潤，色澤高雅的象牙聞名於世，他想到象牙昂貴價值，大象被人的貪婪遭到大量獵殺，造成象群瀕臨滅種危機，在這個美麗國名下，有著自十六世紀以來令人嘆息血淚斑斑的殖民地剝削史。

在異國渡過除夕倍感孤獨，他用灑脫態度面對。一般華人賀年通俗的想法是用「除舊布新」及「新年新希望」等賀辭作為激勵，對過去生活不美滿或失望的人新年會帶來救贖希望。非洲土地人民，結合原始與純樸善良本性，新年是全球化節日，對於這塊土地的人而言，代表一個嶄新開始，同歡共慶。

他看待元旦假日認為應該放鬆心情面對，要自我淨空，不該被塵事紛擾，揮別過去，迎接未來，並應該有些犒賞式表現。他想要安靜獨處，輕鬆自在，抒解過去一年工作所帶來重覆與制式無奈延續所造成的疲憊。

當陽光照進他的起居室時，他感覺到美好一天降臨，一年之始，一日之晨，是時間精華，想到這兒他思緒開始浮躁不安起來，新年整個城市除餐飲及娛樂業不受休假影響外，其他各行各業都休息，許多地方呈現少有的寧靜。他忽然心血來潮本能自言自語道：「去辦公室看看吧！」這想法在他腦海閃電般快速浮現，離鄉背井，萬里之遙，總該做一個有責任心的人。他沒有辦法完全放鬆下來，即使在元旦，他仍然無法忘情於工作，他想自己真是無可救藥了。

他離開住處前忽然想到去年元旦早上，去辦公室途中所發生的插曲。他面帶詭異笑容，從書桌抽屜取出一疊面額五百及兩百西非法郎（CFA）（八十年代初一美元兌換二五〇西非法郎）及一些銅板輔幣放入褲袋。他穿過馬路，對街金龍及Pichiano兩家中、義餐廳昨晚跨年營業，周圍空氣仍彌漫著鞭炮、煙硝、酒味、菜餚混合油膩的味道，昨晚肯定有一番盛況。他看了一下錶，早晨八點四十五分，到坐落在市中心金融區辦公室S. M. G. L大廈步行大約十五分鐘。他新年初一有過一次在鬧市漫步經驗，車少人稀，享受此刻街景的寧靜，感覺通體舒暢及沒有壓力。

他穿過馬路來到Score超市，因為是公休日，原先超市前廣場出現賣花、海蝦、彩票、水果、烤香蕉小販、擦鞋童及報販子等都不見蹤影。超市正門右側長型停車場，如在營業時間總是車水馬龍，停車位會被小童們用空紙箱占著，當顧客開車進入停車場時，小童會將紙盒移開，並指揮客人停車，表演交警指揮架式，看了令人發笑。車主多會打賞一點小費，算對失親兒童自立謀生的鼓勵。停車場邊人行道，平常總會有兩個身體行動不便的男孩坐在地上，看到經過的行人，都會雙手合十微笑問安，善心人士會在他們面前所放紙盒投放下銅板，他們會微笑答謝，如果路人置之不理，他們也依然微笑答謝，表現出天真及謙卑本質。

突然遠方跑來兩個約七、八歲男、女學生到他面前，有禮貌向他鞠躬，細聲說「Bonne Année，Bon Santé」（法語新年好，身體健康之意）後，靦腆低下頭。他對兩個小朋友答謝，瞭解用意，本能反應從褲袋掏出準備好的兩張紙幣給他們，兩個小朋友感到意外，興高采烈收下道謝離去，他想這兩位學生在街上給路人拜年，應該還沒有收到賀歲錢吧。

他記得去年元旦走在街道上，一些學生與兒童會在馬路上向他拜年。他感到好奇並且有點手足無措，不知如何應付；事後他向當地友人請教，瞭解這是當地兒童祝賀新年一種禮儀，有些類似歐美萬聖節（All Saint's Day）前夕的鬼面日（Halloween）性質。在遠古農業時代歐美國家，利用節日感謝太陽神的保佑豐收，及迎接新一年到來，相信醜陋面具，尤其是以南瓜挖空做成的面具最能驅邪避魔及帶來好運。進入現代演變成兒童穿戴了魔鬼或精靈服裝與面具，躲在各處陰暗角落或敲門嚇唬人，表現出「不給糖就搗蛋」的威脅態度，通常被威脅者會準備糖果或銅板打發鬼面人離去，討個節氣。

他有過一次被嚇到的經驗，數年前他在瑞士蘇黎世工作，萬聖節晚上，他八點多才下班，回到公寓住所，他住二樓，黑暗摸索準備按牆上自動電燈開關，突然由樓梯邊暗處跳出一個身著尖帽黑袍，臉帶白色骷髏頭，手執長彎型割大麥鐮刀魔鬼造型的鬼物，他結實被嚇到發慌腿軟，手裡公事包掉了下來，他歇斯底里用英語大吼：「你是誰？你想幹什麼！」以掩飾內心懼怕。只聽到對方：「唉呀！」叫了一聲，連忙丟下長鐮刀及摘下面具，是一個年約十歲瑞士男孩，被他劇烈反應嚇到，面孔發白用顫抖不甚流利英語直說抱歉，重新拿起鐮刀與面具落荒而逃。他驚魂甫定，想到了今天是鬼面日，對於剛才自己誇張的表現有些懊惱，畢竟這是約定成俗遊戲，他認為自己不夠冷靜，如果他不能給予對方糖果或銅板配合遊戲，也不該發脾氣，掃到別人的興頭。每次想到這樁鬼嚇人，人嚇鬼事件，他都會啞然失笑，自嘲魯莽及膽識不足。

他經過法國書店，一棟咖啡色五層樓現代化建築，代表法蘭西文化與語言推動指標。後面是Nour Al Hayatt商場，商店林立專賣高檔及進口貨品。元旦假日，周圍環境安靜，他穿過書店來到對街人行道，右側種滿了非洲三色堇及大型淺橘黃色天堂鳥花，一排巨型孔雀開屏式旅人樹，幾顆翠綠芭蕉樹迎風搖曳，有數隻難得一見的非洲蜂鳥，拇指般大小，振翅吸食長串型粉紅芭蕉花蕊，他正駐足欣賞，突然有一個人影閃電般出現在他面前，一個小男孩，身穿藍色運動衫，前胸後背各貼了一張紅紙，上面寫了黑S字母，眼部帶了用黃色硬紙板剪的眼罩向他說：「我是超人。」隨後手舞足蹈來了段非洲街舞，最後說出祝福話語。他笑著給了賀年禮物，小孩雙臂伸直做出要飛天的模樣道別。

他已能看到辦公室大廈，眼前一亮，有一個大約十歲非洲女孩出現在他面前，女孩外型與氣質不凡，面孔線條柔和，皮膚黑底透亮，有黑到骨子裡的感覺，圓滾大眼配上長睫毛是非洲女性本色，微笑時眼鼻嘴構成特殊弧形線條，展現了天真本質。非洲人由於頭髮短曲，這女孩將頭髮規律梳拉成朵朵小圈，接上一條條細長假髮辮子，每條辮子配上不同彩繩，辮尾綁了五顏六色的蝴蝶髮飾，身著紫色滾有白色蕾絲邊洋裝。女孩手裡拿了淺藍色小紙盒，走到他身前說：「我叫蒂蒂（Ti Ti），是聖約瑟芬基督學校學生，新年祝福您。」他回道：「新年快樂，學業進步。」看到女孩手中紙盒有點分量，他好奇問：「妳是在募捐，今天運氣好嗎？」蒂蒂回答：「是的，爸媽還有老師都叫我們利用新年假期做些能夠幫助別人的事。」他聽了感到驚訝，此間兒童在新年多利用在街上向路人賀年，找機會獲得贊助零用錢買書、看場電影或買糖果吃，雖然是小錢，多數父母無力負擔，走向街頭向行人祝福，希望獲得回報，以滿足新年小小慾望。他問蒂蒂：「父母同意你走上街頭募捐。」蒂蒂答到：「同意。我與班上一些同學說好利用新年機會，在街頭募捐，將所得到的金錢捐給聯合國兒童基金（UNICEF）。」他聽了難以置信，蒂蒂表達內容超過她的年齡，他緊接問道：「你們援助目標是誰？」蒂蒂毫不考慮答到：「幫助非洲內戰國家失去父母及家庭的兒童。」路邊種植粉紅色與白色夾竹桃樹及木槿花正迎風起舞，他想到一句濃縮成語「十步芳草」，用在蒂蒂身上該屬恰當。他愉快投了一些紙幣在紙盒內並說：「祝你好運。」蒂蒂笑答：「謝謝，希望能夠再見。」

他走進辦公室大廳，辦公室在十七樓，他進入電梯時，跟在後面是大廈管理經理法國人

Baudinaux先生，喝得酩酊大醉搖晃走進電梯，高興與他握手，並感謝他送的香檳酒年禮。他也禮貌性的回拜，Baudinaux住在頂樓二十九樓。他出了電梯想到新年意義對於Baudinaux應該另有一種心境。

辦公室雖然是假日，中央空調冷氣照開，目前整個大廈空盪，除了他與Baudinaux外，來的人有限，他知道冷氣費包括在辦公室租金內，假日開放並非節省能源之道。他在辦公室心情放鬆的草擬一些商業信函，並翻譯了駐在國商情及撰寫經濟發展現況，上班後即可請祕書發出及處理。

時間在身邊一分一秒的流逝，假日工作環境安靜使他不受干擾，工作效率也大增，他喜愛這份自己尋求的寧靜。新年的第一天有工作可做讓他覺得自在。

他燒了熱水泡了一壺烏龍茶，由冰箱取出家人前兩天寄給他的新年賀禮，鳳梨酥與花生糖，他品嚐著鳳梨酥果香芬芳，花生糖甜膩可口，配上烏龍茶的生津止渴，新年身在異國，用簡化詩句「異鄉異客，佳節思親」為他下了註腳。

下午三時正，他連續工作超過五小時，窗外陽光格外炙熱刺眼，他認為工作該告一段落，他想到該調劑一下身心，他是一個影迷，可接受看任題材電影。他翻了前天報紙娛樂版，最近報章及電台介紹一部動畫影片，是宮崎駿（Hayao Miyozaki）的《風之谷》（Nausica de la valleé du vent），由影片資料片段介紹內容看來，是一部描述對人性批判及環境保護預言神話故事，他喜歡故事主題，決定去看四點半那一場，他整理好辦公桌後離開。

西部非洲因接近赤道太陽直射，午後氣溫升高。他從有冷氣的辦公室走出來，一股熱浪襲身令人窒息，他感到有些暈眩不適，但兩三分鐘後他頭腦逐漸恢復清楚。他要去的電影院是靠近市中心商業區高地（Plateau）的Chardy大道市政府公園對面的Studio Cinema，是複合式現代化建築，有大小六個廳，同時放映六部不同類型影片，對影迷而言是個留連忘返尋夢好去處。

雖然炎熱造成汗流浹背，心情卻是輕鬆愉快，大街上所遇到過往行人臉上多堆滿笑容。他在路途中碰上一個女學童向他賀年。又有一個婦女懷中抱了一個約一歲大的幼兒，婦女看到他這個異國人，搖著懷中幼兒小手向他說：「新年快樂！」他也不吝回報以微笑。

他穿過市政府公園，園內一些青年男女坐在樹蔭下草地上聊天或午休，另外有幾對白人夫婦騎著自行車在園裡漫遊狀態悠閒。公園中噴水池有十二道強力水柱同時向內彎曲噴出水花，在空中會合後大珠小珠落入水池中，像是對新年發出祝賀。他走在水池邊，水柱受到風吹的影響，部分水花濺到他身體，他感覺到格外清涼，周圍有因水花帶來新鮮濕潤味道。

他在公園不遠處發現極似早上所遇見女孩蒂蒂，那女孩正拿著淺藍色小紙盒向一對白人夫婦募捐，那對夫婦各自在紙箱投下善款。他走到女孩面前細看後確定說：「蒂蒂，又見面了。」女孩驚訝並困惑的看著他，還來不及回答，他急忙解釋說：「早上我在S. M. G. L大廈附近遇到妳，你還跟我拜年。」女孩不解的回答：「你遇到我？拜年？對不起，我不瞭解。」他信心十足問女孩：「妳是在聖約瑟芬基督學校就讀？」女孩答：「對的。」並且低頭思考後恍然大悟說：「先生，請等我三分鐘不要離開。」隨後跑走。他不知女孩葫蘆裡賣的是什麼藥，他看了錶，離開電影開場時間還有半小時，他還有時間等候。

數分鐘後女孩再次出現在他身邊時沒有落單，她身邊有一個面孔、身材、髮型及服裝如複製人一樣的出現在他面前。他驚訝問到：「妳們是……」兩個女孩齊聲回答：「我們是紫色姊妹花。」站在左邊女孩說：「我是早上與你見面的蒂蒂。」說完握住身邊女孩的手說：「她叫荳荳（Dodo），比我晚五分鐘出生，是我的妹妹」。

看到這幕場景，他認真打量後說：「我被你們弄糊塗了，讓我再想一下。」他有把握對自稱蒂蒂女孩說：「妳不是蒂蒂，你是我剛才認識的荳荳，她才是我早上遇見的蒂蒂。」他剛說完，倆姊妹抱在一起大笑問到：「我們想跟你開一個玩笑，互換身分來考驗你的智慧，一般人第一次與我們見面總是無法分辨出，請問你用什麼辦法認出的。」他做了一個鬼臉，右手用食指點了一下太陽穴，解釋道：「不要忽略小地方。我早上遇見蒂蒂時注意到辮子尾紮的髮飾是蝴蝶形狀，剛才與妳談話時，發現妳的髮飾是蜻蜓形狀，不同處就在此。」說畢，三人笑成一團。

在新年遇到這一對非洲紫色姊妹花，也是一種有趣的經驗與收穫。

宵禁令

八月份的雨季炎熱悶濕，天空被灰濛瘴氣籠罩，氣壓低的讓人喘不過氣來。素玲全身黝黑發亮的皮膚流出大量汗水，濕透了花布衫裙。她由住處花了約一小時，來到莫拉維亞市（Monrovia City），喬治五世商業街的一棟三層樓建築，底層兩邊搭著中國宮廷式大紅樑柱，畫了龍翔鳳舞圖案，中間橫批是三個極不恭整的漢字「筷子樓」，字形如同黑人肢體舞動，又像甲骨文，但富有動感，大概是黑人廣告商根據中文字模擬畫成的結果，整個招牌裝飾類似好萊塢拍攝中國故事所搭的建築物布景。素玲每天看到這座招牌，卻有華麗與安心感覺。她感受到為外國人工作的喜悅。在她心目中，華人對這非洲女孩的最早印象是來自一本英文小說，初中時課外讀物唸了美國女作家賽珍珠（Pearl Buck）所寫的《大地》（Good Earth），描述中國人在惡劣艱困環境下似稻穗般不屈不撓一步步茁壯成長，她以能在這家餐廳為臺灣人工作為榮。

素玲的老闆周先生十年前由臺灣先到西非洲獅子山謀生，開了一家中餐館，並與香港商人李四增合夥經營鑽石礦開採業務，餐廳可以保本，但鑽石礦交易需要承擔國際行情風險起伏，及大盤吃小盤或遇到國際騙子等風險，幾乎無法獲利。隨後獅子山政局動盪不安，周先生有商人靈敏度，在很短時間內將餐廳脫手，出清手中鑽石礦股份，遷來賴比瑞亞，在首府開設了這家筷子樓。周太太原先是位美容師，配合先生事業及節省成本，餐廳由她來掌廚，倒也能烹飪出可口與叫座的菜。中國餐廳在此地為數不多，筷子樓也做出了名號，連賴比瑞亞民選前總統陶伯特和他家人也常來餐廳光顧，每個月至少一到兩次，偶而也會訂外燴送到總統官邸，另外一些政府及駐賴他國大使館官員也都會利用這家餐館作為交際聯誼場所。

素玲推開餐廳大門，看見周氏夫婦正坐在大廳靠邊角落處聊天。素玲向他們倆問好，周先生個兒不高，身材削瘦，雙眼銳利有神，周太太用花布巾包了頭髮，皮膚白皙，一臉富態像。兩人點了頭，周先生問素玲：「來上班路上平靜嗎？」素玲答到：「宵禁造成生活非常不便。」說罷低了身子由周氏夫婦前走過上了樓梯。

周先生嘆了口氣說：「四月中發生軍事政變後，公佈了宵禁令，每晚九點半停電封鎖道路，生意沒法做，中午客人也比政變前減少了一半。」周太太道：「這兒局勢發展怕會是跟獅子山一樣結局，該早點想辦法。」周先生說：「我早想過，有象牙海岸來的臺灣大使館官員、記者和臺商正在這兒考察訪問，我邀請他們今晚來用餐，順便瞭解那邊中餐館行情，這兒軍政府抓權後恐怕不會走回頭路讓民選政府當家，以後麻煩大了。」周太太無奈說：「獅子山如此，賴比瑞亞如此，下一個又將如何？」周先生深表贊同的點了頭，下個國家如何恐怕誰也說不準。

素玲在這家餐廳工作了三個年頭，通常早上十點上工，先到三樓周氏夫婦起居室做清理工作，二樓則是兩間貴賓室為特別顧客所使用的包廂，另一間作為存放中國料理及乾貨倉庫。素玲非常幸運，二樓有空了一個小房間含盥洗室給她使用，比她與母親現在住的舊式公寓條件好得太多。有時周太太會將過時的舊衣服及鞋子送給她，她如獲至寶，在這個非洲物產尚屬豐富國家，由於人治不當結果，人民變得一窮二白，大多數人在艱辛條件下活著，看不出未來有任何希望曙光。

每天素玲會先來到三樓周先生起居室，整理房間及洗滌衣服，寬敞客廳放置兩張黑檀木太師椅，中間有一茶几，茶几上擺了一張A4紙面積大小金色浮雲雕花木製相框，彩色照片裡有四個人物，老總統陶伯特夫婦分坐兩張太師椅，周氏夫婦端正站在後面。總統是一位胖嘟嘟的老人，面孔狡智威嚴，又帶點親和力，一頭雪花白髮顯現了歷經風霜及波折歲月痕跡。總統夫人雍容端莊，頭戴一頂白錦緞滾邊圓黑帽，氣質高貴不凡。周先生照片中有小人物能與九五之尊元首成為朋友的攀附權貴恭敬表情，露出結交權責以圖為證、提高身分的滿足感。

素玲凝視著照片，然後將它拿起放入懷中擦拭作為清除灰塵一種尊敬舉動，這張照片是她替他們照的，她內心充滿傷感，想到能夠數次在餐廳近距離看到總統夫婦，為他們服務，與他們交談，認為是畢生榮耀。她腦海浮現出由媒體資訊殘留印象及自身想像，勾勒出真實與虛幻交錯，血腥與不可磨滅悲劇畫面。

四月十二日對於素玲來說是一個刻骨銘心永遠難忘日子，原本自由民主成為黑暗非洲大陸典範的國家，但由一個名叫多伊（Samuel Doe）的陸軍上士帶領了十七名士兵發動政變，占領總統府，逮捕了總統陶伯特一家及政府官員，迅速取得了軍方支持，成立了軍政府。臨時軍事法庭以迅雷不及掩耳方式，將總統及一千重要官員以叛國及貪瀆罪名宣判死刑，並且大肆渲染在首府近郊可可海灘公開處決，荒謬到開放國際媒體採訪，殘忍及違反人道手段，引起國際社會及人權組織重視交相譴責。

軍政府掌權後立即宣布戒嚴，並且頒布宵禁令。頭一個月周先生擔心軍人假借肅貪、排外等原因來餐廳敲詐勒索，停業一個月。素玲感受到以前與現在軍政府管理生活下體制的差異，現在士兵可以公然在大街對百姓搜身逮捕，不經司法途徑，治安更加敗壞。每晚九點半以後宵禁讓商業活動時間縮短，全國夜間猶如鬼域。素玲不瞭解陶伯特總統被標上叛國及貪瀆罪名原因，她第一次對老總統產生印象是在就讀小學時，教室牆上掛了他的照片，背景是類似美國但只有一顆星的星條國旗。她以後數次在餐廳看到老總統及家人，有幸為他們服務，每次看到這張照片，心中產生一種莫名的感傷，對於這位老者，素玲只能默默為他在天堂能夠幸福而祈禱。

坊間流傳著美國第十六任總統林肯解放黑奴，發生南北戰爭，戰爭後被解放的黑奴送回到這塊土地建立國家，百年來與原住民黑人生活原本相安無事，歷史沉澱了隔閡。但是現在一個原住民位階甚低，具有野心的陸軍上士，處決了外來尋根歸宗的民選總統，顯示出複雜的種族仇視情結發酵，倒行逆施為這個西非小國帶來後患無窮的災難。

素玲完成了三樓清理工作，心情平靜下來，回到二樓屬於自己容身房間，一床一桌一椅，還有一面中國製造菱花形帶有化妝抽屜的鏡台，停留在這屋裡，她感到舒坦安適。政變發生後，素玲徵得周先生同意接母親來此避難，躲過軍人燒殺姦擄與暴徒趁火打劫，並化解了她與母親在動亂中孤立無助的恐懼感。

政變已經過了四個月，軍政府血腥治國在聯合國及鄰近國家施壓下，擾民行為稍有收斂，市面趨於平靜，筷子樓重新營業，中午顧客減少許多，晚上宵禁幾乎無法營業，僅偶有一點生意。素玲換上中式旗袍制服，這是海外中國餐廳吸引顧客製造的異國情調賣點，男侍者則多身著有飛龍圖案的唐衫，頭戴瓜皮帽，素玲紅底金線綉團形「壽」字織錦料子旗袍，裹在女體中，有鮮明「紅與黑」對比，並能產生視覺鮮明及文化衝擊效應。

周太太在廚房裡與助手保祿忙碌起來，保祿曾經在臺灣援助賴比瑞亞的製糖工廠當過工人領班，略通中文及閩南語，糖廠關閉後，保祿毛遂自薦來到筷子樓工作，頭腦反應靈敏，能夠勝任餐廳一般燒炒。政變期間，周先生害怕局勢一發不可收拾，如果機場關閉插翅難飛，便與保祿研商應對之道，保祿表示可安排車子穿過山區到邊境，進入象牙海岸去避難，讓周氏夫婦寬心不少。

「餐廳不怕大肚漢」，每天上午十一點半，周太太會準備炒飯、炒麵、或炸薯條、魚塊等食物作為工作人員午餐。素玲、周氏夫婦及保祿圍桌而坐共食，食物雖然簡單，但有家庭團聚氛圍，且能夠閒話家常。素玲自幼沒有上過餐桌吃飯，像她貧苦人家出身，吃飯時由母親用盤子盛些食物，隨處就地而坐吃了起來，素玲期盼有一天能與母親在餐桌上進餐。

中午餐廳陸續有客人進來用餐，由身分及舉止言談表現看來，以商人及白領階級為主，另外有一桌來自東非肯亞及本地印裔商人。客人較平時增加。素玲忙著帶位及招呼，並且兼顧服務酒吧飲料及茶水等。有一個中年黑人操著本地口音英文要求素玲：「能否開一下電視？有重要新聞宣布。」

餐廳中央靠牆壁有一方型柚木櫃子，櫃上放了一台電視機，素玲在忙碌中打開了電視，黑白螢光幕出現了浮動畫面及受干擾雜音，素玲調整了開關並不見效，她在客人面前假裝生氣用力拍了電視兩側，畫面及音響竟清楚起來，引來哄堂大笑。客人們不論距離遠近，不約而同凝視住這方盒子。周先生也停止與客人寒喧，注視著電視畫面。

素玲為各桌客人分送飲料，她忙進忙出如蝴蝶穿花叢般嫻熟將啤酒、礦泉水、果汁及飲料等分送各桌。她知道電視將有重要消息公佈，牆上紅心型電子鐘指向十二時三十分。

素玲過去兩周內從電視、報紙等媒體，並道聽途說及客人間談話片段瞭解這事件發生。賴比瑞亞大學兩位教授及九名學生，在學校被軍政府逮捕，理由是在校內散播質疑軍政府合法地位、嚴重違反人權、箝制言論自由及戒嚴禁遲遲不肯解除等言論，臨時軍事法庭開庭審理，將在今日中午宣判。聯合國及國際媒體擔心軍政府會對這些人處以極刑加以聲援及施壓，國內民怨沸騰，以多伊殘忍及草莽的個性，執政後排除異己絕不手軟，留下了令人唾棄惡名，雖然人民對於這個政府澈底失望，仍寄望軍政府有些許仁慈心，期待能夠釋放教授與學生。

素玲認為這個事件不單純僅是箝制言論手段，背後存在複雜無法直言因素，黑皮膚同種間仍有差異及區別，愚蠢造成種族流血事件。方盒子出現影像及聲音，眾人摒息觀看。那個名叫Steve Ousmann的新聞播報員正襟危坐，小心翼翼用標準美式英文讀稿：

本日上午十時，政府軍事法庭就賴比瑞亞大學教授Williamson及學生Nasu等共十一人在學校散播不當言論，誹謗政府，嚴重違反戒嚴法，依法應判處極刑。但軍事法庭審判團姑念及該等犯人均屬初犯，並有悔意，為表達軍事政府愛民之心，及維繫社會和諧發展，特宣判該等犯人在軍人監獄受感化教育一年，以儆效尤。

當播報員將這條新聞報完，整個餐廳顧客都激動站了起來，為這些被拘押的教授及學生暫時能逃過軍政府魔掌感到欣慰，大家鼓掌叫著：「自由萬歲！」「人權萬歲！」周先生深受感動，自動到酒吧開了啤酒，免費請所有顧客飲用，做為慶賀這群知識份子能暫時逃過鬼門關這一劫。

素玲被這種場面震撼，感動得眼眶濕潤鼻子發酸，她急忙跑到戶外，坐在樹下痛哭起來，心酸與委屈的感覺一股腦爆發出來。她痛哭發洩後感到好過些。戶外街道、商店及住家隱約傳出了歡叫聲，如壓力鍋在強火燃燒下，整個鍋蓋由底部掀了開來，熱氣久久無法熄滅。

素玲對於政變後國家前途感到悲哀及無所適從，一個效法美國超過一〇〇年首個非洲民主國家，民主體制被破壞殆盡，未來何去何從，素玲與多數人看法一樣，盼能由這個判決案子，使當政者能夠改變無理及令人痛恨的作為，掌權人私心自用缺少公理與正義，多數人民只能無可奈何默默承受，生活條件越來越差，想到政變後部分人採取流亡國外，但那是一條沒有保障全然不知未來的道路。

素玲調整了激動情緒，心情平靜下來趕回廚房，將周太太烹飪好食物依序送到客人桌上，看見在座客人心情愉快，滿臉笑容享受著食物，她希望人人能夠保持這種心情，但她知道這種情境得來並不容易。

今天生意不錯，周先生送走最後一位客人是下午三點鐘。他對太太說：「四位從象牙海岸阿必尚來的臺灣朋友，住在非洲旅館（Hotel Africa），晚上宵禁，我四點鐘把他們接來，五點用餐準備一下。」周太太平靜回答說：「知道了。」周先生指示素玲整理二樓貴賓室及安排五人座位。素玲原先認為晚上沒有生意，她可利用這段空檔為母親到藥房買藥，母親最近一直咳嗽及頭痛，腳部浮腫，她非常擔心。宵禁後晚上幾乎沒生意，她多可在晚上八點以前到家，陪母親度過恐怖黑暗長夜。素玲鼓起勇氣向周先生提起請假買藥事，周先生未置可否回應了一句：「嗯！有病該去看醫生。」素玲不好再說什麼，老板是有權決定給不給假的。

素玲目送周先生駕駛中型巴士離開，她先進了餐廳大廳開始收拾午餐客人所留殘局，將用過碗盤及酒杯拿到廚房，所有餐桌換上乾淨桌布，再放好乾淨碗碟及餐巾布，然後走進廚房開始清洗碗碟，洗畢放在碗盤架上晾乾。周太太及保祿已經在廚房開始準備晚上宴客食材及料理前置作業。

素玲走到二樓將貴賓室冷氣打開，大圓桌紅色桌布讓人感覺喜氣洋洋，仿製青花瓷器包括三層盤子、湯碗、飯碗及湯匙，黑木筷子擺好。桌後是黑底金色八仙過海畫像屏風，紅木唐式椅子配上黃色織錦緞椅墊，古色古香。整理好房間，素玲回想政變前晚間餐廳高朋滿座，為盛況不再而傷感。

周先生下午五點準時將客人帶到餐廳二樓貴賓室，有五短身材新聞社通訊員姜先生、大使館年近六旬經濟參事岳先生、生產海灘鞋工廠老闆范先生及貿易商鄧先生，他們來此各有目的，包括瞭解賴國最新政局發展、新聞採訪、政變後經濟、市場走向及拜訪客戶等。客人們向周先生打聽軍政府新管制政策，會否再有新政變發生可行性，周先生也就本身所瞭解詳加說明。周先生也拜託了通訊員姜先生代為留意阿必尚適合開餐廳的地點，等姜先生回去後他會盡快過去部署。

周太太從廚房出來取下花布頭巾，黑髮披肩，上二樓向客人打招呼。素玲端了熱茶與飲料，又在高腳水晶酒杯斟了紅酒。周先生與客人高談闊論。周先生叫素玲通知廚房開始上菜。素玲在服務客人期間也賣弄了幾句中文「謝謝」及「你好」等句子，雖然發音不準但能博君一笑，素玲以對待自己家人態度服務客人，上菜、斟酒、收盤等都面帶笑容很是敬業。

宴會接近尾聲，客人酒杯裡殘餘紅酒所剩不多，素玲把餐桌菜盤一一撤下，清理了桌面，替每位客人換了乾淨盤子及一碗白水，周先生說：「甜點是拔絲蘋果。」客人用筷子夾了麥芽糖包裹著的蘋果塊，過水後晶瑩剔透，外脆內軟，口感極佳。客人叫好說：「大嫂如果能在阿必尚一展手藝，絕對數一數二。」

素玲將一壺新茉莉花茶送上桌，她工作告一段落，向客人鞠躬下樓退回廚房開始加速清洗碗碟。現在是晚上八點，工作需一小時多，如果九點結束，她就無法在半小時內趕回家，想到生病的母親，自己沒時間去為母親買藥感到愧疚。

素玲想到每晚宵禁從晚上九點半開始，到次日清晨六點結束。宵禁開始鳴放空襲警報音響後立即斷電，軍人在全國商業區及主要街道設立檢查站，戰車及軍車載有荷槍實彈士兵巡邏，在路上無法歸家路人必須就近躲藏，不能讓軍人發現，否則會被軍人拘捕或以違背戒嚴法罪名下獄。近期發生一些農民不瞭解宵禁嚴重性，黎明前在橡膠園割膠而被誤殺事件。素玲痛恨宵禁，認為原是戰爭時期維持社會秩序，採取非常手段保護人民安全，卻成了軍政府控制人民恐怖作為。

素玲有過一次難以忘懷的經驗，上個月某一晚上，周先生好友印度商人，也是賴國印商商會秘書長，在餐廳舉辦商業餐會，請了幾個重要人士餐敘，餐會八點半結束，素玲八點五十分完成收尾工作，她瘋狂朝向回家路上跑，在抵家還有約二十分鐘，行路距離宵禁警報器想起，所有燈光熄滅，後方遠遠有戰車聲音傳來，她驚嚇萬分，與其他一些路人一樣，趕緊由馬路跳到路邊，繼續在田埂小徑跑著，以免被軍人抓到。她躲入甘蔗田中，在甘蔗葉密集生長處坐下，她將身體盡量用衣服包裹起來避免被蚊蟲叮咬。近處蛙鳴與遠遠戰車在馬路行駛聲音，讓她感到極度不安，死亡陰影隨時威脅著她。漫長時間讓她無法睡眠，腦中盡量想一些過去發生愉快的事情，或與母親生活親情間互動記憶，作為排除恐懼方法。慢慢地她支持不住闔上了眼。但很快她被成群紋子叮咬醒來，整晚和恐懼及蚊子戰鬥。

天漸破曉，六點整解除宵禁警報器想起，素玲拖著疲憊步伐走出甘蔗園，許多人由陰暗處出現，如同幽靈般走到大街，每人都帶沉重無奈的表情轉向下一個目的地，素玲想，「宵禁意義何在？」

周先生陪同客人下了樓，周太太與素玲由廚房出來送客，周先生說：「我送客人回旅館。」然後對素玲說：「我順路一起送妳回家。」素玲有些受寵若驚，用眼神詢問周太太可否，周太太去廚房拿了一塑膠袋說：「沒有完成的工作明天早點來做，我準備了米飯及雞肉，回家可熱給你母親吃。」素玲感覺到這位太太平時看似沉默寡言，但對人和氣、善解人意也有愛心，讓她感動與覺得窩心。

素玲隨著四位客人上了巴士，周先生開車，大使館經濟參事岳先生坐在他身邊，素玲單獨坐在後座。巴士經過市區主要街道，來往車輛速度超過平常，駕駛人個個歸心似箭。簡陋的公車候車亭一群男女焦慮等候著，期待宵禁前最後一班車能夠準時抵達擠得上車，行人則是神情慌張趕路，宵禁後一切都要停止。

周先生邊開車邊說：「這兒無法跟西非小巴黎阿必尚比，軍事政變後發展會更差。」窗外街景如殘，因為電力不足，各處燈光泛黃幽暗，眼前浮動流瀉的畫面，如電影膠卷磨損出現下雨般視效。車子到了非洲旅館，客人下車後與周先生話別互道珍重。

周先生車子速度加快，且抄了近路，十多分鐘光景就開到了素玲住處，還不到九點鐘，素玲下了車，再三感謝老闆。周先生從駕駛座前小抽屜箱取出一個白色小紙袋，上面印有綠色蛇型與劍標示，遞給了素玲說：「這是藥房買的奎寧、治感冒及胃痛三種藥，給母親吃吃看，如果不見效還是要帶她去醫院。」素玲接過紙袋，還來不及道謝，周先生立即開了中型巴士離去，留下內心感激的素玲無法當面表達。

馬馬杜奇異之旅

馬馬杜推開窗子，窗外一片朦朧黑暗，高遠處閃著點點微弱的亮點，分不出是星輝或是燈光，感覺到所住的Treich ville區仍在沉睡中。他睡眼惺忪的注視著房間，這是一長排簡陋四層公寓的二樓一間小單位。整間屋子，中間用窗簾布隔開，一半是臥室，他瞧見妻子摟住三歲的女兒，正香甜地睡在地上的兩張涼蓆上的神態，昨晚女兒哭鬧，讓他與妻子都沒睡好，憐愛心油然而生。拉開窗簾布，另一半放置一張本地木匠做的小方桌及四張椅子，手工粗糙，未經磨光及上漆，簡陋設備表現出非洲原始，未經雕琢與返璞歸真的特性。

他沒點燈，在暗處摸索穿好汗衫及短褲，想到目前的工作，有一種奇異的感受，在不屬於非洲人民生活文化與生活領域裡，能夠接觸一些新鮮事務產生想法，以前並無這種感覺。馬馬杜與多數上伏塔人一樣，因國內求職條件艱困，他必須來到這個較富裕的國家打工，首都阿必尚在法國殖民時代素有西非「小巴黎」之稱，這個都會的勞動市場對於外來勞工諸如工人、僕役及基本低階層服務業，接受外國人申請。他有機會為外國大使館官員擔任廚房及清潔等工作感到滿意。他看了妻女一眼，輕輕地帶上門，披星戴月趕赴工作地點。

馬馬杜加快步伐在六點鐘趕到巴士站搭上首班公車，車上已經擠滿了乘客，多屬於打工勞動人士及學生。窗外看到一些小販攤子，有顧客在購買熱咖啡及抹上香甜雀巢煉乳的法式棍子麵包（bagutte），看到這種場景，他突然感覺到飢餓，有點難受。公車經過市區新完成的六線大道，路面沒有畫白色分道線，據說交通部認為畫了分道線，會破壞路面美觀，一種不可思議想法，因噎廢食，忽略道路安全。公車司機仍有睡意，眼看跑偏了路線方向，為避開對面來車，急忙一個大轉彎，造成乘客東倒西歪，有人沉不住氣叫到：「喂！司機大人，醒醒，天亮了。」引來哄堂大笑，司機不好意思的降低了車子速度慢慢行駛。

公車到達馬利之家（Maison de Mali），這座由藍色馬賽克磁鑲在六角形表面，呈現不規則立體感的新建商業大樓是馬利共和國在本地投資事業。由於是新開張，除了馬利大使館外，尚沒有其他廠商進駐，雖然嶄新但缺乏生氣。馬馬杜急忙下了車，穿過兩條橫街步入小坡，一排殖民地時代風格的白色公寓出現在眼前，公寓對著幾內亞灣，這座公寓所在地屬於高級住宅區。馬馬杜出了一身汗急忙走進公寓後面，由安全樓梯進入三樓後門，時間七時正，他的奇異之旅開始。他先到為工人準備的盥洗室清洗身體後，腋下噴了在Yobougon黑貨市場買的仿名牌迪奥古龍水，自己感覺神清氣爽，換上工作服準備工作。他打開廚房百葉窗，陽光出現，他在走廊上聽見K參事因昨晚有應酬晚睡，現在仍在主臥室打鼾，聽到這種聲音產生一種安適感覺，主人的睡眠狀況很好，就會有個好心情。

馬馬杜為K參事準備的中式早餐是K太太教的。兩年前K太太吃了不潔生菜沙拉，腸胃不適及肚子痛，經診斷感染到寄生蟲病，在此地醫療不見效，飛到紐約就診及探望兩個兒子與女兒，現在已經痊癒，住在兒子處不願再回到非洲生活。馬馬杜認為K太太是位個性開朗的異國女性，也是他首次接觸到外國人士並令人尊敬。K太太雖然法文不甚靈光，但與他比手畫腳，都能順利溝通。K太太在時家裡常請客，並且玩麻將遊戲，客廳常出現四人嘩啦嘩啦洗牌及大叫：「碰」的聲音，馬馬杜也知道那是好牌的一種表示，中國人雙手移動式的麻將牌較西洋撲克牌有趣許多，並可讓人通宵不眠而戰，樂此不疲。

馬馬杜用電鍋煮好稀飯，並準備好油炸花生米、罐頭沙丁魚及發酵類似起士味道的豆腐乳等小菜，放在餐桌上。他利用空檔把客廳落地長窗打開，將報紙放在客廳茶几上。他在後屋陽臺遇見二樓工人米契爾，年輕的塞內加爾人，正由後樓梯走上來，互道早安。米契爾主人是一位退休的法國軍官，現在被象國情治單位聘為高級顧問。有一次，馬馬杜問米契爾：「你的主人早上吃些什麼食物？」，米契爾回道：「法國棍子或可頌麵包、火腿肉片、還有好媽媽牌（Bon Maman）栗子果醬與咖啡。」兩人都對對方主人吃的食物感到好奇，某次在主人上班後，各自拿了主人吃剩的食物交換品嚐，有種不刻意安排又難以形容新鮮經驗。

K參事約六十歲的年紀，身高六呎，原先體重超重，後來採取規律節食，倒減了約四分之一的體重，現在維持在八十公斤，是他認為最為得意之舉。他禿頭長臉，面露慈祥，但眼神有透視看穿別人想法的銳光。

昨晚他去機場接一位由臺灣來的朋友，今天起床較晚，臉上露出疲憊之態，他的修養不差。他看到馬馬杜把早餐準備好，叫了聲：「馬馬杜！」馬馬杜緊張回答：「是的，老闆。」畢恭畢敬出現在他眼前。K參事說：「阿勞（司機）來了嗎？」馬馬杜立即跑到樓下車庫察看。K參事對於馬馬杜工作感到滿意，馬馬杜是經由司機阿勞介紹帶來應徵，他對馬馬杜臉上面頰的兩條細長約三公分刀疤痕感到好奇，他後來知道那是非洲原始部落與兒童割禮相似表現一種考驗男性勇氣的殘酷習俗。

司機阿勞在樓下停車場剛洗完車子，馬馬杜下樓兩人先用土著話問候一番，馬馬杜把老闆命令交代清楚後，回到屋裡。K參事用完早餐後，穿好正式服裝好整以待，司機阿勞上樓，他穿了大使館發的黃色卡其布制服，戴了大盤帽，手上帶了白手套，長相在非洲人裡算是神氣的。K參事交代司機，今天要早些到辦公室，現在就要出發，並叮囑馬馬杜準備午餐。

馬馬杜送走主人，緊張的心鬆弛下來，對於主人他有一種超乎尋常的敬畏，司機阿勞告訴他有關K參事年輕時的英勇事蹟；中日戰爭期間，K參事在震旦大學畢業後，投入國民政府軍統局工作，以諜報人員身分表現優異，並潛伏在上海，對敵偽佔領區重要人物展開突襲、暗殺及破壞工作，據說曾經暗殺了三個日本軍系情報人員，並且做過黑牢。馬馬杜看到K參事想到這些情景會不寒而慄。

馬馬杜走到長方形客廳，雪白牆上掛滿中國字畫，對馬馬杜而言，進入另一種迷思，體會到客廳是充滿了中國元素及富有神秘感的地方，他第一次看到粗藤製的家具，典雅古樸，搭配了黃色錦緞椅墊，又顯現高貴華麗氣息。兩組茶几上各擺了一對粉彩金魚水藻吉利花瓶及牡丹花玉石盆景，客廳中央鋪了一塊龍鳳呈祥大紅地毯，這些都是上次臺灣在本地舉辦國貨展的展品，展後留下來當酬謝禮物，送給K參事。讓馬馬杜驚訝的是，落地窗外左右各放了一對巨型紅木雕刻的唐獅子，K參事太太戲謔向他解釋說：「這對獅子可以驅邪及吃魔鬼，你可不要碰牠們的嘴巴，當心牠們會咬你的手。」馬馬杜心思單純，原本還信以為真極為恐懼，但看到K太太不懷好意的大笑後，他知道是在開玩笑。馬馬杜對於中國文化及藝術是一無所知，這個國家對他來說絕對遙遠與陌生，但他感覺到幸運的能接觸與感受，尤其有關思想與生活上的，雖屬皮毛，但彌足珍貴得來不易，與自己生在一望無際的撒哈拉沙漠無法作出聯想。客廳中央放了一台十六吋彩色電視，是向本地一個做電器進口的臺灣商人買的，K參事如果晚上沒有應酬，多會看新聞節目，馬馬杜在工作或走動時會被電視畫面及聲音內容吸引，主人不在家他不會有打開電視看的想法，身分拿捏得很準，不會逾越規矩。

客廳清掃告一段落，馬馬杜探望落地長窗外跨灣高架大橋，車水馬龍，內海灣有一些汽船、渡輪、及舢板船航行，對岸一些高大茂密的芒果樹林排列，中間夾雜一株有火紅花串的鳳凰木，是萬綠叢中一點紅的寫照。室外瘴氣彌漫開始炙熱難當，馬馬杜熱得冒了一身汗。

記得上工的第一天，K太太對馬馬杜（Mamadou）這個非洲男性化並且普遍採用的名字，為了便於記住，想成「毛毛豆」就順口叫出了，而馬馬杜並不知道K太太把他名字叫成中國的一種豆類，就算他知道也不會介意，他對這些年K夫人的教導心存感謝。他由冰箱取出雞肉及牛肉化冰，然後去浴室洗滌衣服。

衣服洗好後曬在後門公用陽臺曬衣繩上，他回廚房開始做午餐，固定三道菜，數年來如一日，是K太太教的。有清炒包心菜、雞丁炒洋蔥及胡蘿蔔番茄紅燒牛肉。K參事不挑食，過去家裡有朋友來玩麻將，K夫人掌廚，可以做出許多美膳，馬馬杜跟著學了一些，偶爾他也會換一道新菜，如紅燒魚、清炒蝦仁給主人吃。

十一點半，上午該做的工作大體完成，他坐在廚房牆邊椅子上，打開了黑色電晶體收音機，這也是K太太送給他的新年禮物。他聽的頻道是象牙海岸國家電臺，正播放本地女歌手艾伊莎・蔻內（Aïsa Koné）的歌曲「情網」，磁吸透亮的歌喉吸引著他，他站起來有一股想隨歌起舞的衝動，隨後想到在屬於另一國籍主人家裡，自己此舉該屬失禮，就打消了跳舞扭動身子念頭，又恢復謹慎小心面貌。「主人」對他而言是尊者，應該用父執輩態度面對。廚房外街角斜坡可以看到車的流量增加。他看見K參事銀灰色標緻牌五〇四座車輕滑下小坡，他趕緊走出廚房，跑到玄關準備開門迎接。

馬馬杜接過K參事公事包，發覺主人臉露疲倦，司機阿勞跟了進來。K參事脫下西裝外套，洗了把臉，坐在餐廳準備用餐，馬馬杜將菜端上桌時想到：「主人竟然不吃米飯。」他有些疑惑：「中國人不吃米飯真是少有又特殊」。

K參事用完餐後回房休息，當地大使館下午四時才開始上班，工作時間為兩小時。馬馬杜看見司機阿勞歪著頭，對著水龍頭喝水，之後說要到附近市場買午餐。馬馬杜將剩菜裝在一個盤子裡。阿勞買了一包蒸樹薯及一串烤青魚回來，兩人在後門走廊鋪上報紙，馬馬杜拿了剩菜，兩人共享午餐。馬馬杜感覺樹薯配烤魚吃味道很好，他自己做的中國菜，阿勞吃了讚不絕口。

K參事醒來，大約下午三點鐘，盥洗後換好衣服，並叫馬馬杜去跟阿勞說準備出發。突然門鈴響了，馬馬杜急忙去開門，是麥太太來訪，她年紀約五十出頭，皮膚白皙，擁有東方婦女丹鳳眼及櫻桃小口，但眼口鼻配在一起，用中國人審美觀看來並不周正，馬馬杜認為麥太太是東方美女。麥太太與先生都是馬達加斯加土生土長華僑，夫妻倆都在法國留學，六十年代麥先生應此間法國建築投資公司聘請擔任會計工作，麥太太頭腦靈活長袖善舞，自己也開了間貿易公司，由法國進口高檔成衣及食品賣給象國達官貴人或富賈。麥太太是以毛遂自薦方式，到K參事辦公室搭上線，K參事倒也認真介紹給麥太太幾檔子生意，麥太太認為K參事是睿智長輩，有些家庭事務可向他請教。麥太太不太懂普通話，兩人交談用法文或半鹹不淡的廣東話交談。馬馬杜請麥太太在玄關椅子坐下，進去通報；K參事笑容可掬出來迎接說：「來啦，歡迎。」麥太太隨K參事進客廳面對面坐下，麥太太從皮包裡拿出了兩罐鵝肝醬說：「我爭取到這個牌子代理，這兒Score超市已經向我訂貨了。」K參事道謝並說：「下次來不要再帶東西來啦。」

馬馬杜分為主、客送上兩杯香片，將落地長窗關上開了冷氣，低頭恭敬退回廚房，他直覺認為K太太不在，麥太太常來探望K參事，有可能是主人的copine（法語親密夥伴之意）。在非洲回教徒可以娶四個太太，有個南非小國國王妻妾達百人以上，非洲人交朋友交心，男情女願有親密關係以平常心看待。

廚房裡可以隱約聽到客廳傳來對話，K參事是個很好的聽眾，他會在對方表達完畢，沉思後說出得體地回答。麥太太語調忽而高亢，忽而急促，有時卻又平靜。馬馬杜聽到麥太太斷續說出，她在越南淪陷區的姐姐及姐夫來信說，西貢要改叫胡志明市，共產黨政府對海外有親戚關係或僑匯供應者，開放可以申請出國。她計畫提出申請姐姐一家來此，詢問K參事意見。K參事回答：「這是好機會，先出來安頓好後，再走下一步。」

馬馬杜坐在廚房斷續聽到麥太太不時提到尚馬利（Jean Marie）名字，讓他的精神為之一振，尚馬利是麥太太獨子，正在巴黎大學進修，馬馬杜見過這個年輕人，那是上年七月暑假，麥太太帶兒子來看K參事，並向K參事借單人床給兒子用。馬馬杜感覺尚馬利流露出桀傲不馴的叛逆氣息，倒是對於這年輕人能夠唸到大學感覺到羨慕，自己僅讀完小學，還記得小學赤腳上學，他好奇K參事對向馬利看法與態度。只聽到麥太太說到：「真沒有辦法，尚馬利又交了新女朋友，還要帶女朋友一起來非洲渡假，法國人對來以前非洲殖民地渡假是新鮮事兒，並認為能夠懷舊及尋找昔日榮耀。他就是不肯好好唸書，女朋友不斷的換。」K參事安慰道：「年輕人，在學校男女社交活動，也屬正常，別想的太嚴重，新鮮感一過，畢業後到社會做事就會好。」麥太太有點激動地說：「怕是沒有這樣簡單，我不在他身邊，他像脫韁野馬般，我跟他爸爸說破了嘴，叫他以課業為重，他不聽也不搭理。等他回來，我把他帶來，請你來開導。」K參事笑答：「好，等他回來我請你們全家吃飯。」聽到回應，麥太太情緒漸告平息，似在黑暗裡見到一絲光線感覺。

馬馬杜間續聽到從屋內傳來高亢的女高音與低沉的男低音法文含糊對話，因為過於傾神去聽，加上起早與工作忙碌，腦子裡出現了一句非洲人喜歡說的口頭禪：「我很疲倦（Je suis trés fatiqué）。」他剛想到「疲倦」再也忍耐不住低下頭，闔上眼皮，夢中場景回到小學，老

師拿了教鞭考問他「疲倦」法文字母該如何拼出，他想到被教鞭抽打的疼痛，嚇得反而拼不出法文字母，忽然聽到一聲大吼：「馬馬杜」，他驚醒的站了起來，幸好是K參事叫他。

他急忙走出廚房，發現K參事正送客，麥太太搖擺著身子，面露滿意笑容話別。送走麥太太，K參穿了西裝上衣，馬馬杜替主人拿了公事包，下樓送主人去上班，直至主人座車離去。

馬馬杜再度上樓準備開門，對面鄰居的門打開，馬馬杜故意放慢打開門鎖動作，想看誰會出現。一樓的門房告訴他有關這個神秘房客一些情事，公寓住了一位曾經自封為帝王的中非某國男主人，及一對黑白混血（métise）女兒，約八到十二歲之間。馬馬杜曾經被K參事告誡少跟對門的僕役互動，更勾起了他的好奇心。

大門打開，一年輕白人保鑣出現，身後跟了一位年紀在六十出頭，體型高大魁偉，黑白雜交細短捲髮，印堂有三道深皺痕，熊眼厚唇，一身淺灰色高檔進口西裝，非常貼身，顯示出軍旅鍛鍊出的身材，表情雖然寞落，眼神卻流露出威嚴與肅殺之氣。馬馬杜被這位大人物震懾住了，兩腿發軟，心跳加快，直冒冷汗，情不自禁向他深深一鞠躬。他倒是大氣伸手回了個軍禮，虎虎生風隨保鑣下了樓，坐上黑頭轎車揚長離去。

馬馬杜趕緊進了房間，鎖了門回到廚房，他的思緒略顯迷亂，剛才看到這號人物，氣勢上證明屋主確實是中部非洲產鑽石國家被廢的皇帝，他軍旅出身，靠政變取得政權後，當上總統，後來野心更大，自比非洲拿破崙，又自封為皇帝，最後為鞏固權力，能夠獲得原先宗主國支持，娶了法國女子為妻，加封為皇后，並生了兩個女兒。皇帝、美女、鑽石、賄賂、軍火商勾結、血腥屠殺等加上獨裁的統治，成了這小國必然承受之重。皇帝執政後期，更變本加厲，昏庸殘暴，雖無吃人之舉，但壞到勾結廠商，強迫小學生不論家境貧富，上學必需購買指定價格昂貴校服穿著上學，引起公憤，學校拒買，皇帝竟然下令軍隊開槍射殺了近三百名示威小學生，引起國際與全民公憤，在聯合國人權委員會及法國政府派軍施壓下而被罷黜，隨後被安排政治庇護流放到此地，與K參事成了對門鄰居。馬馬杜想著感到不平，認為世界上的事不盡公平，就如五根手指不一般長，他看了一下自己的手掌，搖頭嘆息。

天空烏雲密布，雷聲陣響，他趕緊走到廚房外陽臺，把上午曬的衣服收了進來，架起燙衣架，開始用熨斗燙衣服，通常他會用較高溫度將衣服燙熨兩次，防止「破皮蒼蠅」在衣服上產卵，如未經熨斗高溫處理清除，蠅卵透過人體溫度孵成蟲後，鑽到人體裡吸血生長，麻煩可大了。

馬馬杜進了客廳把冷氣關掉，推開落地長窗，屋外昏天黑地，雨水排山倒海從天降落，陽臺花草盆景被雨水打得搖擺不定，窗外跨灣高架大橋車隊紛紛亮起了雨燈，有秩序開著。馬馬杜望著窗外雨景，想到太太與女兒，他每天早出晚歸，幸好星期天不用工作，可以與家人在一起，是件可期待的事。想到工作，想到他的主人K參事，他是滿意的，他能在不同文化裡去享受一些奇異的事務，在他看來，該是一種無形的收穫。這幾年工作下來，他懷疑自己工作表現主人是否滿意，主人除了要求他做所該做的事情外，沒有與他正式交談過，諸如關心他是那國人、住在哪兒、結婚與否、有沒有小孩等事，也許主人已打聽過，毋須再問。有一次，他到K參事辦公室請雇員打一張工作證明，辦理居留用。他看見K參事坐在大辦公室裡，臉上掛了金邊老花眼鏡，全神貫注在看公文，看到他來雙眼一瞪，讓他打了一個寒顫，很有將軍或諜報員的派頭。比較起來K太太會關心他及他的家庭與想法，他又懷念起K太太來了。馬馬杜喘口氣準備去做晚餐，電話鈴聲響，K參事打來說晚上有應酬，不要準備晚餐。馬馬杜喜憂參半，喜的是他可以早點回家看到妻子及女兒，一整天下來他確實思念。擔心的是主人晚上出去吃飯，飯後若有牌局，恐怕回家要近天亮了，他很關心主人，認為經常熬夜，對身體不好。

K參事準時六點到家，司機阿勞把車鑰匙交給他後鞠躬告別。K參事走進臥室換了便服，洗了把臉，坐在客廳閉目養神。此間晚餐時間多是八點鐘。馬馬杜端上了一杯熱牛奶，一小碟美國脫脂花生，是為主人準備外出晚餐前墊底的食物。K參事拿起牛奶吹涼，喝了一口說：「可以回家了。」馬馬杜機械化的回應：「是的，老闆。」後退出客廳。K參事出去晚餐通常自己開車，在家吃飯也會在七點半以前結束，非常體恤屬下，讓屬下早點回家。

馬馬杜熄了廚房的燈鎖了門，以輕盈步伐離開，由一個奇異空間回到現實，心靈有種飽滿及舒坦感覺，他兩手往下甩，哼起曲調，格外瀟脫。他胃部感到空虛，經過商業街，他在土耳其人開的烤羊肉串店前停下腳步，想買一串來果腹，又想起妻子已經準備了晚餐，還是回家吃晚飯吧，自己要節省一點，新年到時，他準備買兩份禮物送給妻子與女兒，他撫摸著肚子，加快腳步朝向公車站走去。

逍遙遊

這個原名叫飛枝的鏈型島嶼（現中譯名為斐濟），十八世紀初，屬於英國的殖民地，英國官派總督由印度引進了大量奴工，種植甘蔗，壓成蔗糖出口，成了南太島嶼產糖一張王牌。到了二十世紀七十年代獨立自主後，成為大英國協一員。八十年代，印度人口數首度超過了斐濟土著，民選政府閣員多由印度裔人士擔任，而引起軍人發動政變，解散了民選政府及國會，隨後這種情況一直延續着，民主、種族與軍權三方角力，演變成了黑色荒謬政治劇。

每次政變後，影響了島國經濟發展，受過高等教育印裔家庭便進行移民，外流到澳紐或美加，使得印度人口比例減少。十年後印裔人口再度成長，斐濟人在國會又成不了多數黨，造成印裔人士民選獲勝組閣，軍事政變再起。中國人多於十九世紀初葉來此地種蔬菜及從事勞力工作，為這個島投入建設，立下汗馬功勞，離鄉背景的命運感覺到身在異鄉更需要埋頭苦幹，付出更多力量才能立足。政變後華人倒成了平衡斐濟人與印度人口的棋子，有了舉足輕重的地位。

阿鯤是第三代華裔島國子民，第一代是在一九二〇年代漂泊輾轉來到島國，像多數華人出去闖盪及探索新世界的心情一樣，總希望能夠認真刻苦，闖出一番事業，更好情況能夠光宗耀祖，衣錦榮歸。退而求其次則在當地國能出人頭地，或衣食無虞，子女成才。而也有不少人自小離鄉背井，在異國奮鬥，面臨主觀與客觀等因素，臨老一事無成，飲恨異鄉，無法落葉歸根。

阿鯤祖父在島國種菜，並且娶了當地土著女人，僅得一子即阿鯤的父親。經過二十多年努力發展，慢慢由種菜收益存了點錢，頂了個雜貨鋪，做起了老板。阿鯤父親延續祖父產業，並且與當地經營餅乾廠李新女兒李笑眉結為夫婦，生下了獨子阿鯤。阿鯤隔代遺傳具有斐濟人四分之一血統，父母對於他的教育著力甚深，供他上最好的英文學校，周六及周日也在「逸仙學校」補習中文。阿鯤讀到中四，也就是高中一年級時，雙親不幸相續過世，對於十五歲青少年而言，正處於一個青春徬徨期，需要父母或親友心靈上開導，無奈與徬徨讓他領悟到生命是生理及心理無止休止的需求延續，生命終將會枯竭邁向死亡，養成了他豁達開朗個性。

阿鯤高中畢業後，參加教育部委託紐西蘭大學安排大學入學會考，通過考試後，可順利取得證書，申請澳、紐大學或南太平洋島嶼國家合資在斐濟首都蘇瓦設立的「南太平洋大學」。阿鯤選擇就近的「南太平洋大學」，利用父母留下的一筆現金遺產，加上雜貨鋪雇人管理，所得利潤可供生活無虞。住處木屋在蘇瓦Rewai區，是祖父時代建成，作為棲身而用。阿鯤在大學選擇主修國際政治，他認為大洋洲在國際舞臺屬於邊陲地區，此區島國媒體資訊報導多以澳、紐觀點出發，面臨區域性衝突，此地區應該屬於「西線無戰事」。但大國在此地區軍事、商業及海洋資源布局採取與奪利活動，島民應該有知及表達民意的權力。

阿鯤對於此一地區成為美國與法國核爆試驗基地，不能認同並極為反感。大學三年期間他在一次由政治學客座教授德國人Korr舉辦「核爆犧牲下比基尼島」研討會上，震驚發現二戰後，美國持續對原子彈及新發展氫彈進行試爆，利用當時美國託管的馬紹爾群島（現已經獨立）進行核爆，規模最大一次是在鄰近比基尼島進行，由於該島受到嚴重放射性污染，居民被迫遷居，加上氣候因素，放射性物質在高空比預期高，受高空氣流影響，吹向有人居住的珊瑚礁環，兩天後當地居民才被通知疏散隔離，對比基尼島居民造成重大輻射傷害。

研討會播放了黑白紀錄片及幻燈投影，受嚴重輻射塵影響，島民有皮膚灼傷、頭髮脫落、甲狀腺疾病及惡性腫瘤等，一張張黑白幻燈照片顯示該島青年、老弱婦孺等的無辜與無奈，變形的臉孔及痛苦的表情，在做無聲的抗議。阿鯤眼睛濕潤了，全身發冷。無辜的小島民眾無法與超強抗衡，對於強權無公平法則，只有逆來順受。他不禁擔憂此一區域如何能夠在冷戰後，避免涉入列強競逐成為強權任意擺布棋子。

法國在南太平洋法屬里尼西亞莫魯亞島總共進行六次核子試爆，一九八五年七月正值阿鯤學校暑假。「國際綠色和平組織」的彩虹戰士號（Rainbow Warior）計畫帶領抗議船隻，到法屬波里尼西亞核爆試驗基地附近進行抗議活動，該船在紐西蘭商港發生了爆炸事件，導致葡萄牙籍攝影師費南杜・派瑞拉（Fernando Pereira）遇炸身亡。法國此一野蠻之舉引起了國際社會對於此事件之高度關注，更加深了南太平洋島國對法國採取強烈抗議。

阿鯤看了這條新聞後，義憤填膺，認為作為此一地區以龍頭自居的澳、紐兩國能夠發揮影響功能有限，雖然對於這些小島國給予援助及協助在國際舞臺代言。但法國於島國政府軟土深掘，在軍事、文化及教育方面著力甚多。阿鯤作為一個移民者後代，對於島國之愛與認同一如本地人士，他瞭解該怎樣做。

阿鯤聯絡了學校「國際政治論壇社」十多位會員，趕到學校開會，認為聲援「國際綠色和平組織」是島國每一份子都應表達的道德勇氣，並作了兩項決定，以該社團名義向法國大使館提交抗議書，且準備在大使館前示威抗議。

大夥兒寫了一封抗議書給法國總統密特朗，信中最嚴重一句話為「社會黨左翼執政擴充軍備進行核試驗極為不智」，並趕工做好了布條與標語，跑到法國大使館抗議。法國大使館在蘇瓦商業中心ANZ商銀大樓四樓，十餘人在大使館電梯邊一字排開，警衛通知了大使館人員，警方派了兩名身高馬大穿蘇魯（Sulu即裙子）的警察來規勸，請他們下樓，阿鯤等人堅持大使館應該派官員親自接見，島國警察值勤不配槍枝，僅有一隻警棍掛在腰間，做為裝飾及嚇阻作用。兩名警察過去從未處理學生在大使館示威案件，有點手足無措。經過一陣協調，大使館由政治參事Bernard Boulard出面接下了抗議書，並且對阿鯤等示威學生說：「希望你們能夠去學習法文，多瞭解法國文化及歷史。」

阿鯤一行改到樓下大廳示威，大廳傍走廊接通一個四方型庭園，周圍都是商店，過往人潮洶湧，一些支持者加入行列表示支持。不一會《斐濟英文時報》及「法新社」記者都拍了照片及進行採訪。近午時分，他們結束了示威活動，在場支持者除給予熱烈掌聲外，並提供飲料鼓勵。阿鯤感到人民沒有冷漠。

次日，《斐濟英文時報》及「法新社」都發布這則新聞，前者更以聳動標題介紹：「首椿大使館示威，南大學生反核」，占有四分之一版面照片搭配。阿鯤也由收音機聽到了澳洲國際廣播電臺向全球發布此則新聞。住家附近鄰居們也都來向他致意，有些人還送了香蕉蛋糕、牛油餅乾及花束。他首次感到有一種被人重視感覺，但隨即壓制了此種想法，他不喜英雄崇拜，此舉目的僅為「愛土愛民」，他自己認為是一個簡單之人，人如其名「南海之鯤、逍遙自在」。

阿鯤不瞭解他的舉動，引來了一場政治風暴。示威事件後的三天，法國大使杜邦要求拜會斐濟外長Mavoa，洽談主旨為援助案。杜邦大使向M外長說明法國向南太島嶼國家援助預算案現況，M外長回應表示關切彩虹戰士號爆炸案對區域和平影響後續發展。杜邦大使表示，法國政府會以公平態度將兇手交給紐國司法單位審判。M外長表示瞭解法國立場，有些事件是不能用激進手段解決，小島國人口少，但仍須重視人民感受。杜邦大使表示瞭解，也希望前天在大使館示威事件是個案，希望不要再次發生，以免影響兩國外交關係。M外長說：「我們會注意防範。」杜邦大使提到：「前次提到軍事援助，貴方提到援助直昇機一架，做為緊急救助用，我方同意辦理，另外將對南太平洋大學提供二十名赴法國研習獎學金。」M外長滿意的說：「我們有自主外交權，袋鼠與Kiwi鳥（意指澳、紐）不能左右我們，上次美國核子艦艇借港口停泊，以自身利益考量，我們不懼壓力；日本漁船在近海捕捉鮪魚，在本地加工，有經濟效益而予同意，我們有自己立場。」M外長知道法製直昇機要價一四〇〇萬美金。一場看似會是唇槍舌劍爭辯，由於各取所需，雲淡風清，笑談間解決了問題。法國大使走後，M外長立刻向Mara總理面報，並建議總理府要求請教育部及內政部禁止學生再對國際政治議題在公共場所進行示威。

元月開學，阿鯤收到了大學勒令退學通知，他沒有將此事看得太嚴重，他去找校長理論，校長說由於他發動遊行，有損學校名譽及形象，是校董會董事一致決議的。他心情頓顯失落與沮喪，但沒有多做爭辯，默默離開。他並不瞭解被學校開除背後真實意義。直到彩虹戰士號爆炸肇事者——法國三位特工，在紐西蘭監獄服了短暫刑期後，返法還受到英雄式的歡迎。紐國政府放人的理由是重視維持與法國關係，並以溫情呼喚法國人應感念紐西蘭著名閨秀派作家凱瑟琳．曼絲菲爾德（Katherine Mansfield 1888-1923）在法國文壇被推崇的地位，及去世後葬在法國，兩國文化及商業關係應該有更大改善空間。阿鯤哭笑不得，頭痛欲裂，足不出戶近一個月，是閉門思過、或是潛心修練，只有他自己知道。

阿鯤出關後，並沒有向父母友人或遠房長輩請益出路，未來出國深造或是專心經營雜貨店或經商，他才二十一歲，路要如何走下去，他沒有為自己設定計畫或目標，也沒有太大野心，如同多數人一樣，在平凡中生活，未嘗不是一種福氣。他父母留給他的房屋住處無虞，若是遇到會理財者，可將住屋重新裝修變更格局，部分房間可以出租，增加收入，他無此計畫。雜貨鋪每月營利約二〇〇斐幣（約二五〇美金），維持一人生活無虞。他的生活簡樸，多數島國人民，尤其鄉下人多屬此類典型，樂於平淡生活。

阿鯤對自己僅差一年就可拿到大學文憑並不後悔，他以高中文憑向斐濟教育部報名參加紐西蘭大學入學會考，通過會考就可申請就讀紐西蘭大學。同學亞欽向他建議：「你那棟屋子可以賣四到五萬斐幣，如果雜貨店頂了也值五千斐幣，可供你在紐西蘭大學考插班唸到畢業，那兒就業及發展機會多，在華人商圈容易找到工作。」阿鯤笑著並未回答，心裡篤定自己已不會這麼做。

阿鯤在家閒盪了半年多，遠房親戚余其祥伯伯來看他，告訴他斐濟規模最大的鄭氏肉品工廠需要一名送貨員兼任司機，可考慮去工作，阿鯤同意了。肉品工廠在蘇瓦近郊Rewanqa

區，早上他搭公車到肉品工廠，將宰殺過及處理好肉類分別按照規定或需求送貨，路線他都熟。只是有時在工廠看到一些活潑可愛小豬，幾分鐘前還靠在母豬身邊吸奶，幾分鐘後就成了處理好的烤乳豬肉，感覺殘忍與不捨，工作了三個月之後，他辭去工作，並且開始吃素了。印度宗教Hare Krishna素食店的食品，成了他的最愛。

一年以後，阿鯤曾就讀的大學在市政府大廳舉行畢業典禮，亞欽邀請他參加畢業典禮，他有島國人不記宿怨的氣度，慷慨答應。由於南太平洋大學是這個地區十二個島嶼國家政府集資成立的大學，其他島國學生也多邀請該國官員參加畢業典禮，盛況空前。各國同學身著島嶼不同傳統服裝，多采多姿。斐濟學生穿著樹皮漿製的Taba布，布上塗上黑色與咖啡色相間圖騰畫，原始拙樸。男女同學也都帶上各國編織不同形式花環，充滿熱帶的熱情歡樂氣氛。

阿鯤靜靜坐在大廳最後一排，居高臨下，畢業典禮請了教育部長印度裔的阿里博士致詞，太太貝西·阿里是華裔，曾經是阿鯤的高中英文老師。看到參加畢業典禮同學們個個神采飛揚，親友們對畢業生親吻或擁抱祝賀，阿鯤想到自己的境遇，有些傷感，眼睛濕潤起來。他身邊坐了個女孩，打扮時髦，看上去二十出頭，她看到阿鯤拭淚舉動，輕聲說道：

「參加畢業典禮會令人又興奮又傷感。」阿鯤轉頭看著她，她自我介紹：「我叫Rosie，姓周。」

阿鯤問她：「是誰畢業啊？」Rosie回答：「我的男朋友。」阿鯤向Rosie說了自己被退學的遭遇，問Rosie：「你的男朋友是哪個科系，叫什麼名字？」Rosie回答：「他叫鄺漢生，唸經濟的。」阿鯤回答有些印象並說：「他母親是開北京飯店的方麗麗嗎？」Rosie以點頭回答他的問題。阿鯤又聯想到了Rosie家事業是開周氏超級市場。Rosie說她高中畢業後去紐西蘭奧克蘭大學就讀企業管理，讀了兩年輟學返回斐濟，目前協助經營家庭事業。阿鯤想問她：「是不是唸不下去了？」話到嘴邊收住，畢竟他們是第一次見面。

Rosie言談間表情豐富，肢體動作多樣，帶動髮香飄入阿鯤鼻孔，兩人並肩而坐，交談中Rosie潤滑白皙左臂與阿鯤右臂不經意觸動，勾起了阿鯤對於女性遐思，阿鯤提醒自己要克制。她的視線轉向舞臺，校長在頒發畢業生證書，畢業生一個接一個上臺領取，Rosie緊張注視臺上，唱名到經濟系，校長頒發到第三人時，Rosie興奮的比著臺上領獎的人說：「那是他。」

畢業典禮結束後，茶會在市政大廳外花園草坪舉行，畢業生由親友們陪同，在進入茶會會場前照相。Rosie留了名片給阿鯤，並要了阿鯤家電話號碼說：「我要去與漢生合影留念。」後就飄逸而去，留下了一股淡香。阿鯤也提起精神到茶會地點找了亞欽。亞欽父母俱已年邁，兩老顯得十分開心，亞欽白淨斯文面孔一直保持微笑，看到阿鯤來到興奮地要與阿鯤合照。阿鯤在會場遇見校長，並且向前鞠躬問候，校長露出意外尷尬表情回答：「許久不見了。」阿鯤回答到：「校長好。」阿鯤仍在腦中保留他進大學第一天看到校長的感覺，就是「嚴肅及博學」。對於自己被退學一事，倒不太介意了。

阿鯤參加亞欽畢業典禮一個月後，Rosie忽然來電話，阿鯤驚訝及喜悅，一陣寒喧後，阿鯤問：「妳與漢生進展如何？要訂婚嗎？」Rosie語氣轉為低沉說：「很煩，明天下午請你喝茶，我們見面再談。」阿鯤高興接受。

第二天下午，他們約定在Jules & Dale咖啡店見面，這家店鋪由一對紐西蘭年輕夫婦開設，先生調配咖啡頗有一手，太太烘烤麵包、糕餅及生日蛋糕手藝精湛。阿鯤看到Rosie身著時下流行鵝黃色絲料洋裝，頭髮剪短了臉孔更見清秀。阿鯤也刻意選了米色襯衫配牛仔褲。他兩自各點了一杯咖啡及一盤Scone與一塊栗子蛋糕。Rosie話匣子打開滔滔不停：「我與漢生交往三年多，論家世，我家財力強過他家，雖然他母親開餐館，人面廣，交際手腕靈活，也算中上之家。但我父母對漢生並不滿意，勸我要多加考慮，我與漢生感情穩定，漢生答應畢業後與我訂婚。近半年我們見面機會減少，因為他說要準備畢業考，我也很自制。畢業典禮上，我才發現他對我的態度有所轉變，我問一句他才答上一句，並且表情冷漠，原有熱情消失，近來約他出來見個面，他都推說他母親要他晚上打理餐廳業務。有兩晚我偷偷去餐廳瞭解狀況，發現他根本不在餐廳，服務員告訴我漢生近來晚上並沒到餐廳工作。」

Rosie品嚐了一口咖啡，呈現出憂鬱及不安表情繼續說：「前天我去Workout運動中心做有氧運動，教練Quake告訴我，過去幾天他經常看到漢生騎重型機車載一個女人出遊，這女人竟是太平洋海產公司董事長Whiteside的女兒Linda。我當場呆住無法接受，但仍強作鎮定回答：「那是他們的選擇，與我無關。」Quake說：「那就好，想開點，Linda本周六晚上在Lucky Eddies迪斯可舞廳舉行派對，邀請了我參加。」」。阿鯤認識Quake，他父親是澳洲來斐濟的傳教士，母親是大溪地人，他遺傳了父親藍眼珠及身材，母親黑髮及棕色光潤皮膚。從小練習健身，在小島也算得上一號人物。

Rosie說著說著眼淚掉了下來，阿鯤遞上了餐巾紙問到：「你找他單獨談過嗎？」Rosie開始啜泣道：「他叫人傳話說我們倆關係完了，我有女孩子的自尊，難道我要登門到他家求他回心轉意？我想請你幫我一個忙。」阿鯤沒有馬上搭腔，等待Rosie情緒逐漸緩和。兩分鐘後，阿鯤露出溫柔眼神說：「我能做些什麼？」Rosie抬眼說：「星期六晚上，我也透過關係，在Lucky Eddies訂了一張檯子，邀請你做我嘉賓，我要跟他一別苗頭，你可以充當我的男朋友甚至未婚夫好嗎？」阿鯤猶豫了一下，心想到：「此舉不會傷害到別人，感覺Rosie是好女孩，我要幫她這個忙，雖然這要求很唐突。」他爽快答應。

周六晚是小城瘋狂之夜，Lucky Eddies迪斯可俱樂部更是島國及國外觀光客的歡樂宮。島國發展觀光事業，夜生活由於有Lucky Eddies的存在，號召力倍增，這個俱樂部成為青年男女宣洩情緒與體力的社交場所。觀光客來到蘇瓦訪問，如未能來這家俱樂部一探，有如深入寶山空手歸。

俱樂部在市中心一棟十九世紀歐式二層樓建築的二樓，面對國家圖書館及奧林比亞運動中心，地點適中。俱樂部樓下是全球馳名連鎖披薩店。樓上整個為俱樂部所擁有，整個佈置以玫瑰紅為基調，橢圓形的舞池，可同時容納百人跳舞，舞池邊座位安排井然有序，成梯形由高到低，前桌人擋不到後桌人視線。透明玻璃屋是燈光、音效及DJ工作室，整體感覺類似古羅馬人獸競技場，所不同是在這兒人們可發洩心中慾望狂歡起舞，而非缺乏人性的人與獸或人與人血腥捉對廝殺。

阿鯤與Rosie約定晚上七點半在Lucky Eddies門口會面，當阿鯤抵達時，聽到陣陣強烈及快速節拍的搖滾音樂流洩出來，阿鯤對這家俱樂部早有所聞，但從來沒光顧過，心中有一種興奮與期許，他願意以冒險心情去嘗試一種奇妙與未知結局之旅。Rosie準時抵達，經過一番刻意打扮，秀髮經過修飾造型，烘托秀氣臉蛋，墨綠色泰絲小晚禮服顯現出嬌柔與高貴，阿鯤眼前為之一亮，Rosie牽了他的手進入俱樂部。

阿鯤與Rosie被安全人員帶入舞池南邊靠走道座位處，各處座位已經坐滿了六成顧客，他兩人坐定後，各自點了飲料。Rosie有點忐忑不安起來，她用眼角向舞池及周圍座位掃瞄。阿鯤注意到Rosie此舉想必在找漢生及其新女友，但是仍未出現。舞池已經有些情侶及男女在跳舞，隨著音樂節拍扭動著軀體，阿鯤看到青年情侶多瘋狂勁舞，宣洩青春動能，他心裡也有想加入衝動，他想邀請Rosie跳舞，但經過猶疑後沒有啟口。

半小時以後，Rosie在緊張與焦慮的情緒下，在俱樂部入口處看見了漢生與他的新女友Linda一起進來，Linda是典型澳洲少女，金髮碧眼，輪廓深邃，高而尖挺的鼻子，半月形微張嘴唇，身材雖非高頭大馬型，但圓潤豐滿。漢生與Linda相擁進入俱樂部，後面跟了Quake，穿了網狀T-Shirt，緊崩的牛仔褲，一身打扮誇張了胸肌、二頭肌及大腿；Quake後面跟了他在中央警察局服務的弟弟Benson，是個面目清秀的白面書生。他們一行穿過舞池引起一陣騷動，眼尖的Quake老遠看到Rosie，向Rosie揮手招呼並眨了眼，Rosie也招手回應，由於Quake走在最後，漢生並未注意到Rosie在場。

Rosie打從漢生進入俱樂部起，開始不安起來，在強烈音符震動搖滾樂曲及吵雜談話中，雙方人馬沒有正面交集。Rosie隨時提高警覺注意對面「四人組」行動，阿鯤則默默觀察。忽然Rosie在五彩繽紛燈光閃耀下，看見了漢生與Linda並肩而坐，雙手放在桌上十指相扣，狀極親暱。阿鯤看到Rosie失望的眼神，將手伸出握住了Rosie的手，Rosie一下子激動地掉下眼淚，她抽咽地說：「我很好，沒事，我要去化妝間，過一會來跳舞。」Rosie匆匆離座走進化妝室，對着鏡子嚎啕大哭，經過一陣宣洩後補了妝，表情平靜的回到座位上去。

Rosie看到漢生與Linda已在舞池翩翩起舞，她想鼓起勇氣走到舞池與漢生打招呼，這時正播放著英國文化俱樂部樂團Boy George唱的Do you really want to hurt me成名曲，Rosie想到漢生真傷了她的心。Rosie盡量讓自己心情平靜下來，過了一會兒，她拉了阿鯤的手說：「我們去跳舞。」前首舞曲結束，漢生與Linda與其他幾對舞者仍留在舞池等待下首舞曲，音樂繼續開始，應該跳恰恰舞步，阿鯤的舞藝普通，Rosie帶著他跳，但眼神一直注著漢生與Linda舉動，並向漢生所在方向移動。

Rosie以嫻熟舞步帶著阿鯤靠近漢生與Linda方向，她終於正面對著漢生，Rosie身體以優美姿勢舞動著，表情平靜向漢生說到：「好久不見了，沒想到會在這兒遇到你。」並且用奇怪眼光瞅了Linda一眼，漢生對Rosie出現在身邊感到驚訝，尷尬，想不到Rosie會在這裡出現，他覺得有點理虧並帶歉意，結巴回應Rosie一句：「很巧。」雙方楞在那兒。漢生無意將Linda介紹給Rosie，阿鯤及時湊了上來解圍，Rosie握了阿鯤的手表現款款深情的說：「這位是我未婚夫阿鯤，我們相識五年，近期考慮走進教堂。」漢生揚了一下眉摟住身邊的Linda語氣平淡地說：「祝福你們。」Rosie認清了漢生態度，對漢生澈底感到失望，並認為自己有被遺棄感覺，但她沒有輸。

阿鯤護送Rosie回到自己座位上，安慰著Rosie說：「好機會在後面，真金不怕火煉。」Rosie有些懵懂點了一下頭表示瞭解，認為來此目的已經達到，沒有必要再在這兒耗下去，眼不見為淨。俱樂部由晚十點起達到高潮，D.J名叫Peter Edward，是個年輕有活力的歐洲人，在斐濟國家廣播電臺主持兒童節目「問與答」，在青年學子心目中屬於偶像級人物。舞池人數增加，Peter用詼諧的話語宣佈：「各位晚安！在這個瘋狂的周六夜晚，大家盡量享樂，感謝各位捧場，尤其是我的好朋友漢生、Linda、Quake、Benson、Fatiyaki、Temo及Adi Lidia（Adi斐濟酋長女兒稱呼，公主之意）的光臨，現在我放一支慢節奏歌曲The Power of Love祝福大家。」Rosie聽到後感覺不舒服，便用手指點了一下阿鯤的手說：「我們走吧。」阿鯤點點頭替Rosie拉開椅子，護送Rosie離開。經過舞池，阿鯤看到瘋狂及因酒精麻醉的舞者透過身體語言動作，吸引對方而感到好奇，阿鯤有點意猶未盡。

阿鯤搭上Rosie紅色喜美轎車，Rosie專注開車面無表情默默不語，車子開到阿鯤家，下車時，Rosie微笑感激地說：「謝謝今晚幫我。」語畢並在阿鯤面頰輕親吻了一下，阿鯤楞住了說：「再見了，多保重。」阿鯤目送Rosie的車子在黑暗中消失，心頭湧上了甜蜜的感覺，這種感覺以前不曾有過。

阿鯤見證了Rosie所遭遇的感情挫折並且深表同情，重新建構Rosie與漢生和好機會渺茫，阿鯤使不上力，但他對於Rosie好感慢慢在發酵，他肯定Rosie的做法，仗已經打過，阿鯤對Rosie產生情愫。

俱樂部一別，他倆無任何互動，阿鯤想到Rosie藉他來挽回顏面與自尊，內心該有所掙扎，並能求得一份補償。阿鯤心目中對於Rosie印象極佳並有些動心，他不瞭解Rosie對他的看法，但又不懂得如何積極爭取及表達，他內心矛盾。有好幾次他衝動拿起電話　想撥號向Rosie表達對她的感情，最後都因缺乏勇氣以放下話筒告終。

兩個月過去了，一個颶風將來襲的前一個早晨，屋外風雨交加，阿鯤在家閱讀當日英文《斐濟時報》，在社會版赫然發現一則驚人標題：「北京樓小開方漢生車禍身亡」。阿鯤著實嚇了一跳，趕忙閱讀新聞內容：「昨天早上九點，蘇瓦北京樓餐廳經理方漢生架著重型機車從太平洋港區（Pacific Habour）回蘇瓦工作時，超速度駕駛，企圖超越前面一輛大貨車，轉彎時為躲過對方開來的公共巴士而閃進路邊，人與機車急速翻飛彈在路邊草叢中，當事人當場昏迷不醒人事，直到下午兩點才被路過農夫發現，抬入當地診所，由於診所設備簡陋，醫務人員無法處理，又緊急轉送蘇瓦市立醫院搶救，漢生已經腦死，直至午夜停止呼吸。醫院輾轉才查出當事人身分，隨後通知其家屬來處理後事，受害人家屬向記者表示，對醫院在事發後未能立即通知家屬及緊急搶救極為不滿。」

阿鯤看完新聞後震驚萬分，他第一反應是要打電話通知Rosie，對方電話無人接聽。他決定冒雨到漢生家去向漢生母親方麗麗吊唁，畢竟他過去與方麗麗及漢生有數面之緣，車禍意外在這小城也算件大事。

方麗麗家住在蘇瓦市郊Namadi Heigh地區，是一棟淺綠色兩層洋樓，多位駐斐濟外國大使官邸設在此區，屬高級住宅區。阿鯤搭了計程車直駛方家門口，冒雨穿過花木扶疏的庭園，來到客廳。客廳依據斐濟島國習俗，整個客廳將桌椅撤除，地板上鋪著重要儀式才使用的樹漿皮做的涼蓆，周圍放滿了花束，部分有地位酋長也獻上了尊貴及代表身分的Tanoa（鯨魚牙齒）掛在牆上，屋內穿黑色服裝來弔唁男女席地而坐。阿鯤在客廳中央首先看到了漢生的外婆，她白髮蒼蒼，布滿皺紋的臉上哭到近似昏厥，缺了牙齒乾癟的嘴唇讓阿鯤為之心痛動容。他走到外婆面前抱住外婆並安慰她，外婆哭泣減緩但仍抽咽，似乎在絕望中燃起一絲溫暖。外婆抽咽停止後，口齒不清的一直感謝阿鯤；阿鯤再度擁抱外婆後，轉向客廳另一角落向方麗麗問候。

阿鯤剛才進入客廳時，因為被愁雲慘霧悲傷氣氛所感染，並未太去注意在場各方來賓。方麗麗雙眼紅腫，看到阿鯤到來停止了哭泣，沉重點了頭表示心領。阿鯤赫然發現陪在麗麗方左邊竟是Rosie，右邊是Linda。兩人在極度悲哀之下面容憔悴。Rosie看到阿鯤沒有任何表情，如同陌路。阿鯤瞭解這兩個女人的感受，愛情衝突與矛盾之中，得到一方喜悅，失去一方悲哀，共同失去了愛人，敵意消失了，都變成了受難者，造化弄人代價卻是如此之大。

漢生告別儀式在蘇瓦市中心有一三〇年歷史的基督大教堂舉行，阿鯤沒有參加，但送了花圈。事後由參加朋友口中知曉，Rosie及Linda都以家屬身分出席了告別式，表示相愛無法延續，但仍用愛心送這個男人最後一程。據說方麗麗原先非常不諒解Linda，認為是她給兒子帶來了亡命厄運，尤其兒子徹夜未歸，於Linda住處過夜後回家發生車禍慘劇。Linda痛不欲生，並由她父母親自帶著登門謝罪，真誠最後終於感動了方麗麗，敞開胸懷寬恕了Linda。後來方麗麗將北京樓及房屋脫手，離開傷心地，舉家移民到紐西蘭生活。Linda在斐濟嫁給一個英國酒商後婚姻生活美滿。Rosie到紐西蘭找到工作，現在定居紐西蘭，阿鯤看似有譜的初戀也告無疾而終。

公元二〇〇〇年跨世紀的第一天，千禧年之始，全球第一道陽光在浩瀚太平洋海域中昇起，普照在斐濟的上空，是島國之驕傲，人民以無比歡樂心情渡過此一時刻。阿鯤也走向海邊，迎接新世紀第一天來臨。

阿鯤已邁入不惑之年，認識他的人對於他目前情況會感到驚訝，他留了長髮，把披到肩膀頭髮盤到頭頂，梳了一個髮髻，削瘦的面龐，仍保持學生時代體型。身著灰色襯衫，灰色長褲，一雙島國人愛穿的涼鞋，他成了島國唯一的拾荒者。

阿鯤將父母留下的房子及雜貨鋪脫手出售，與十多年前學生時代風格完全不同，他有著波西米亞人的灑脫不拘氣質，也融合了華人智者的道骨氣質。他現在居住處是市郊向印度Haresh公司倉庫邊租了一間小屋，屋內設備簡陋，僅安置一床一桌及簡單家具，生活回歸簡樸歸真，他用苦行僧方式來歷練自己人生。

新年過後的第三天，阿鯤開始了跨世紀第一天志業，經過三日假期狂歡，島國人民開始收心工作。阿鯤慶幸能夠與世界一同歡慶跨世紀，迎接金禧新年。他要做回饋大地工作，於是將深赫色凡布口袋搭在肩上，右手拿了長竹夾子開始工作，經過除夕夜與元旦假日，商業區及主要街道留下了無數空鐵罐、玻璃瓶與紙片及垃圾等。

他熱衷於資源回收，以認真態度來看待環境保護。他認為人類不應該用漫無節制貪念破壞生態環境。當他收滿數口袋廢棄物後，他會一次用自行車將廢棄物送到印度人Sharma所開的廢棄物回收站進行處理。一公斤廢紙可換得一角，一個鐵飲料罐五分，一個玻璃瓶也可換取一角，一天下來也會有大約二十斐元收入。每當他將分類廢棄物如空可樂罐由布袋中倒出，看到各類瓶罐被踩踏擠壓成奇形怪狀，想到回收後成能夠再生成為新產品，也許價值微不足道，心理却產生些許成就的感覺，他對能略盡棉薄之力，協助維持環境的感覺真好。

「一簞食，一瓢飲，人不堪其憂，回也不改其樂」，阿鯤有華人血統，多數華人認識這位在歷史上赫赫有名中國大哲學家孔子，阿鯤誠然不能瞭解孔子說這番話的真意，倒能印證了阿鯤對生活態度，他也能夠領略到「民胞物與」精神，也是他追求的生活目標。

新的一天開始，阿鯤走在街上，看到周圍的環境，綠樹花叢仍在晨光中閃動著露珠，空氣中充滿清新甜美。阿鯤心情格外輕鬆，哼著無名曲調，有點像流行斐濟民歌「Isa Lei」，又似島國青春流行歌手Daniel Castilo唱的「日落與月光（Sunset Moonlight）」阿鯤來到「南海咖啡屋」，這家小餐廳是他初中女同學桃樂絲與她先生開設，夫婦倆皆是島國第三代華人。餐廳門口右邊是收銀處及玻璃食櫃，剩下四分之三空間安置了八張餐桌配上長型沙發椅，典型島國餐廳布置，餐廳內充滿咖啡及烤麵包香味。

阿鯤將行當放置在雨傘架處，他看到了食品櫃裡各式各樣的食物，中西斐合璧，包括了三明治、炸薯條、乳酪麵包、牛肉派、叉燒包、炒飯、炒麵、餛飩湯及芋頭燒肉等，有幸福與滿足感覺。他是素食者，於是他向桃樂絲點了一塊酥皮蔬菜派及一杯咖啡。桃樂斯圓潤臉龐露出了笑容說到：「早安，阿鯤」，阿鯤親熱回道：「早安，My Dear。」女侍者將熱咖啡及剛出爐橢圓形蔬菜派送來，他用銀色湯匙輕輕劃開蔬菜派表皮，露出熱騰騰帶汁的胡蘿蔔及馬鈴薯餡，小心翼翼挖一匙送入口中品嘗，對於對他能夠吃到這種食物感到惜福。

桃樂絲在櫃抬前忙著招呼客人及收錢，得暇也會與阿鯤聊上幾句。她與阿鯤在初中男女同校同班，阿鯤在校算是模範生，留給她很好形象。畢業後她在一些華人聚會場合也見過阿鯤並當面交流過。桃樂絲對於阿鯤被學校退學、與Rosie的戀情（局外人都如此說）、變賣了住屋及雜貨鋪一文不名，現在又成了拾荒人而感到不解。桃樂絲關心問到：「你現在住在哪兒？」阿鯤回應道：「靠近Samabora郊區租的屋子。」桃樂絲續問：「聽說你父親留下的房子賣給了廣泰集團余其祥，雜貨鋪賣給了和泰公司方源財，是什麼原因？」阿鯤苦笑未回答，桃樂絲追問：「現在這種情況，可以維持生活嗎？以你的條件，為何不找一份固定工作？為何不找喜歡女孩組成家庭？」阿鯤認為全然不回答不禮貌，於是說了：「有些人可以，有些人則不行，我是屬於不行的那一種。」桃樂絲知道再也問不出什麼東西，便放棄不再提問。

阿鯤用完早餐付了賬，桃樂絲少算了一點錢，是同情及憐惜的感情表達，看到阿鯤孤獨身影在她視線前消失，她想到阿鯤還不是太老，變成這種樣子，現在仍孑然一身，她自己結婚兒子都讀初一了。她突然想到在宇宙繁浩星辰領域裡，總會有一些星星脫離運行軌道，獨自而行，在夜空中發出一道光芒後，煞那間在黑暗中消失。那是彗星，也許阿鯤是彗星化身，她又認為這個比喻有些不著邊際笑了起來。

阿鯤固定在每個月最後一個星期五，將一個月由檢拾廢棄物所得款項，扣除自已生活費後湊成整數，裝進信封。他會衣冠整齊出現在鬧區太平洋航空公司大廈三樓「紅十字會斐濟分會」，分會會長是歸化斐濟的英國人史密斯女士，她看到阿鯤來到，露出尊敬眼神說：「阿鯤先生好久不見。」阿鯤面帶笑容愉快回答：「夫人您好。」史密斯夫人微笑點頭。阿鯤由口袋中掏出信封雙手獻給史密斯夫人說：「我這個月的，由心發起。」史密斯夫人接過信封以正經的口吻誇讚：「謝謝你一貫的支持慈善事業，及所付出的愛心，有你真好。」史密斯夫人接下信封，並開了收據交給阿鯤，阿鯤靦腆說：「再見夫人，我還要去二樓。」史密斯夫人說：「祝你週末愉快。」

史密斯夫人送走阿鯤，她知道阿鯤到二樓捐血中心去捐血，他對阿鯤充滿了敬意。幾年來阿鯤對於紅十字會一些國際慈善救援活動，他總是熱心捐款。特別是有一年島國面臨颶風來襲受到重創，阿鯤捐了兩萬美金。另外有關援助非洲飢餓、愛滋病患病兒童等，阿鯤都有捐助為數不少款項，慷慨熱心超過了當地一些富賈。每個人其實都有慈悲心，有些人的慈悲心被世俗矇蔽，黯然失色，而阿鯤的慈悲心確能發揚光大，表現了人類原本就有的高貴情操。

當阿鯤走出捐血中心時，心情格外輕鬆、喜悅並有如負重擔感覺。已是近黃昏時刻，他穿過馬路來到海邊步行道上，他在想自己誕生及居住的斐濟的一大島Vidi Levu，近年來他用騎自行車方式走訪了其他城市及地區，包括擁有國際機場的Nadi市、產糖區Sigatoga及農業種植區Lautoka、Ba等地做收集廢棄物及處理垃圾志業，表達了保護環境及愛護土地的心願。他正計畫坐船到第二大島Vanua Levu去繼續推展工作。

阿鯤坐在海邊，涼爽海風徐徐吹來，近處椰樹搖曳，海邊遊人如織，男女老幼都有，大夥像一家人般，愉快交談，完全沒有陌生感，並且不設心防。阿鯤雖然孑然一身，但他對人能夠敞開胸懷，廣結善緣，所以並不覺得孤寂。

阿鯤朝向海的另一端望去，山巒如帶，影影綽綽，火紅太陽圓滿無缺，威力染紅了天邊雲彩後，逐漸向海岸線下沉，黑夜正式來臨。阿鯤思忖一路走來所追求的「無拘無束，逍遙自在」的生活方式，或許在一般人眼中是微不足道，但他還會繼續無怨無悔的走下去。

鴿兒迷蹤

他在斐濟首都蘇瓦市居住，時間是上個世紀九十年代初，小城有五萬多人口，聚集了美拉尼西亞原住民、印度人及華人等是一個多元化種族城市。小城環繞湛藍珊瑚海，到處椰子、鳳凰木及參天芒果樹林立，綠茵叢花處處可見，是南太平洋典型熱帶花園。他住在市區Butt街，是主要道路Mark Street周邊的一條小巷，一棟三層樓的公寓，他住在二樓，二房一廳，客廳落地長窗外是一陽臺。成了他在世外桃源獨自居住的神秘花園。

陽臺上置有一茶几及兩把象牙色藤椅，他在陽臺靠近落地長窗左邊放置一盆巴西鐵樹及一盆發財樹，兩盆植物栽種在寬厚的黃土陶盆中，他時時加土施肥，葉兒長得欣欣向榮。他另外從花市添購的野蘭、木槿、火鶴、月季、石榴及芒草等花卉，使陽臺充滿生機，綠意盎然，常會有各類鳥類在陽臺花木中駐足鳴唱，成了他欣賞自然花香與聆聽鳥語的好所在。

他感覺到在此地工作與自然接觸機會較多，在民風純樸小城居住，外在物質引誘較少，可有更多時間去閱讀及思考。上一世紀八十年代斐濟政府仍拒絕澳、紐兩國協助在該國設立有線電視台，全國僅有一家國營廣播電台，用英語廣播，早上六時開播，晚上十點收播，成了除報紙外瞭解外面世界唯一工具，使他的生活較少受到一些國際環境及流行時尚影響，或許生在國際地球村，每日發生新聞是生活不可缺少要件之一，但他對資訊落後這點倒能夠坦然面對，隨遇而安，有點避世味道，也減少了受到塵俗紛擾，在當地倒可真心交了些好朋友。

鄰居斐濟太太Wanga的女兒Maria，在「逸仙學校」讀初二，這所學校建立於十九世紀初，從事種菜及雜貨為主的華人，有感於第二代華文教育在異國闕如，應該得到延續，而捐錢贈地興學，建立該校，時間回溯到一九三七年延續至今，成了全國最好中學之一，每週有固定中文課程。Wanga太太拜託他周六上午給女兒補習兩小時中文，讓Maria替他打掃房間兩小時做為交換條件，Waga太太要女兒能夠學習些家務，也是斐濟女孩閨訓之一，他樂於接受，雖然居室不大，不需專人打點清掃，但他能教授中文，又提供女孩自我訓練工作機會，一舉兩得何樂不為。

南半球十二月屬於盛夏，氣候炎熱，早上拉開落地長窗，看到有一隻帶有灰色羽毛的鴿子在洋台上飛躍盤旋，時而翱翔，時而落在陽臺的欄杆上咕咕而鳴，他並不覺得驚奇，過去他的陽臺上會經常有鸚鵡、黃鸝、斑鳩、九宮及痲雀等鳥類停留作客，他認為陽臺是鳥兒飛翔的停轉站，他並沒有太去注意這隻鴿子舉動。

一周後的星期六早晨，Maria來上中文課，課程結束後Maria說：「我先來清洗陽臺及整理花木吧。」他答道：「不急，先把可樂喝完再說。」說畢Maria坐回座位將可樂喝完。過了一會Maria拿了水桶及長刷子到陽臺工作，Maria忽然驚訝叫道：「快來看啊！」他好奇走了出去，Maria指著巴西鐵樹盆栽黃色陶盆說：「你看，鴿子在陶盆裡做了一個窩。」他放眼望去，果然在鐵樹陶盆裡，有一隻鴿子，似乎就是先前看見到那一隻，蹲在由熱帶樹類如鳳凰樹乾枝及乾草稻梗等造的鳥窩，鳥窩造型組合是亂中有序。

Maria皺了眉頭向他說：「要不要把牠趕走，不然陽臺會有很多鴿糞便，小鴿子出生要花三多月才能獨立飛走，而且母鳥餵食會很吵。」他搖頭表示：「看情形鴿子媽媽正在孵小鴿子，牠選在此地孵化後代，也是經過一番選擇，認為這兒安全，不要打擾牠。」此時另一隻公鴿來，在窩邊徘徊，隨後兩隻鴿子飛走，大概去覓食了。他看到窩裡有兩個鴿蛋，十分鐘後母鴿回到窩裡繼續孵育。

在母鴿孵育過程中，公鴿會經常來探望並代班哺育，經過了三周後，他看到兩個小鴿子光禿禿粉紅色內身破殼而出，發出了尖叫聲。他走近鴿巢，兩小雛鴿在母鴿身子底下扭動，母鴿開始對兩個雛鴿餵食，斷斷續續。偶而公鴿也加入母鴿行列。每次母鴿出去覓食，兩隻雛鴿在窩中晃動，母鴿飛回後立即將喙裡的食物反哺向兩隻雛鴿餵食，通常餵食一隻，另一隻一定嚎叫，此起彼落，呼叫較強的雛鴿似乎較受到母鴿關注，可多爭取到一些食物，弱肉強食的自然生存法則由此可以證明。

剛開始他聽到叫兩隻雛鴿叫聲感到心煩氣燥，幾天後就也習以為常了，他認為那是生物求生本能表現，不該嫌棄也不需要抱怨。

一個月後，兩隻雛鴿在母鴿細心照顧下，全身長滿了細緻羽毛，也可以顫抖的步行，有時跳下鳥窩，由於陶盆面積對雛鴿而言太高，無法飛回去，就在陽臺上亂竄，弄得滿地鴿糞，他想到Maria建議有道理。又有一次，一隻雛鴿在巢中，另一隻墜落到樓下游泳池裡，害得他急忙冒雨到樓下用清理游泳池樹葉的尼龍網將牠撈起，放回巢中。

兩個多月過去了，公鴿已經不見蹤影，想必代育任務完成而飛離，母鴿掛了單，由於兩隻雛鴿食物需求量大，母鴿在外面覓食時間較長，他上班時間為了避免兩隻雛鴿進入客廳，將落地長窗關起，他判斷雛鴿大概還有兩個星期便可飛行，自力更生。

如果兩隻雛鴿發育完成飛走了。他會依依不捨嗎？他不去想這個答案。進入元月底，天氣變得陰晴不定，兩隻雛鴿已經大到擠在巢裡有局促之感，但仍沒有能力振翅高飛。一天早上上班前將落地長窗關好，透過玻璃看見兩隻雛鴿正在嗷嗷待哺，母鴿不見蹤影，他把鴿子家庭看成了一分子，下意識地說了聲：「再見。」

忙碌了一天後，他回到住處，匆匆將落地長窗打開，發現鴿巢空了，陽臺留下兩根細小暗灰色羽毛。他感到驚訝自言自語道：「鴿子不見了。鴿子不見了。」難道兩隻雛鴿飛走了？還是摔落到樓下去了，母鴿也失蹤，他趕緊跑到樓下尋找，沿著游泳池邊道附近草地及花樹邊遍尋不見蹤影。

夜幕低垂，他坐在陽臺涼椅上，鴿子行蹤成謎。他又想到是否是給蒙哥鼠（Mongoose）叼走，蒙哥鼠是在斐濟的印度人自印度引進來對抗蛇類，導致斐濟現在成了無蛇的島嶼。蒙哥鼠不會爬牆，二層樓高自然爬不上來，他對於自己想法感到可笑。他將雛鴿失蹤情形電話向Maria述說，Maria的答覆也讓他哭笑不得：「不要擔心，牠們去了該去的地方。」

兩天後是星期六，他心情逐漸平息，他請Maria將鳥窩清理出，又在花盆裡填了新土。二個月來，巴西鐵樹與發財樹枝葉生長得更為茂盛，要感謝鴿子在此停留。他將雛鴿想成由鴿子媽媽帶著遠走高飛，在廣大的森林中生活，或者加入了鴿群集體飛翔，有一個美好結局。

突然有一隻體積甚大飛禽懸空飛下來，快速俐落降在陽臺木製圍欄上，銳眼凶狠，尖喙勾爪犀利，看到他後快速振翅飛走，他驚呼：「老鷹！」恍然大悟。

火龍果花傳奇

他晚間多會在這座小城的林蔭道上散步，在南十字星路路邊，參天綠鬱的雨樹群老樹幹可雙人環抱，歷經歲月滄桑，依然挺拔。每當雨後，吊鐘狀粉紅花朵瓣配上白絨毛般花蕊散滿了一地，他會在樹群附近駐足良久，這些超過數百年樹齡大樹，每天寂靜聳立在路邊，作為一個又一個時代變遷的見證體。小島近百年變化不大，都市建設緩慢對於自然植物還未到趕盡殺絕地步，值得慶幸。因為受到時間洗禮及風兒的傳媒，雨樹群茂密枝幹間寄生了一些根莖植物，他會好奇看著那些寄生根莖成長狀態。他發現有一種莖狀植物類似仙人掌，又有點像曇花葉片，攀生樹身，高高掛在那兒隨風搖動，似乎向人招手問好。

小城位於南太平洋颱風眼中心位置，四、五月份常有颶風光顧，每一次颶風施虐後，他總會在風靜雨止後，對小城花草樹木做一次關懷探訪。海邊確實有些椰子樹因樹根生長在土壤中並不扎靠，被摧殘的東倒西歪，公園各處花果自飄零。部分被颶風吹垮屋頂，主人已經爬上屋頂展開緊急修繕，重建家園。他走到雨樹群邊，殘枝落葉鋪蓋滿地，雨樹都安然無恙。他發現地上有一些長型節狀綠色莖根，狀似曇花葉片，莖身長成三角棱型立體狀，莖塊表面佈有仙人掌般帶刺荊棘，正是他感到好奇的植物。他將它拾了起，怕被刺扎到手，小心翼翼拿著，回到家裡放入白色瓷花盆裏，到樓下土堆挖了些泥土，將植物種好，放在陽台木圍欄杆邊，將L型植物倚靠在欄杆上，讓它便於攀爬生長。

他每天早晨除了澆水及定期施肥外，偶爾會與它對話：「又是新一天開始，努力啊。」他從植物百科全書中發現了這種植物叫火龍果藤，夜間會開出類似曇花花朵。他希望能夠儘早看到這種美麗花朵綻放風采，這種念頭一直在他心中盤旋，但植物需要時間生長進化，一年、兩年、三年過去了，沿陽台圍欄攀沿形成帶刺綠牆，堅硬枝幹顯現出強烈生命力，尤其面臨風襲雨打，屹立不搖，有龍騰虎躍趨勢。每晚工作回來，看到層層密佈富有生命力的綠色植物，身心舒緩，瞭解自然界生生不息的繁衍力，宇宙奧妙無窮，每個份子都該有其位置，人然動植物亦然。

火龍果藤陪伴了他在這島嶼渡過了寂靜的四年，他與自然對話沒有雜音，人生道路向前鋪陳，沒有辦法留住美好時光，但可保留部分珍貴回憶，他要離開這兒回國工作。最後一週他發現了火龍果藤綠牆開滿了花苞，綠色碩大花萼使人想起了曇花，花萼因成長而變換色彩，由深綠淺綠到黃綠色，大花骨朵已含苞待放，他能欣賞到花朵怒放情景嗎？

離開島國返國的前一夜，忙於結束工作及辦理移交，身心疲憊。回到家中，推開落地玻璃窗，呈現在他面前是一個大驚奇，他認真計算一下，八十幾朵火龍果花全部同時綻放，千姿百態，美不勝收。一股輕淡花香迎面撲鼻，花朵呈現如同白錦緞般純淨，黃色密麻的花蕊，婷婷招搖。「花若解語還多事」，花不能解語，但花有情，知道主人別離在即，送給主人一個經過漫長等待與關切，圓滿及美麗的回報。

婚禮不思議事件

一、時若靜好

這幢折扇型呈幅射狀的白色六層樓龐大建築物，正面頂尖有一高聳鐘樓，但銅鐘闕如，做為殖民地時代色彩的一種點綴。這幢屬於代表列強，負責這個島嶼對外運輸，水運，貨品貿易及收購本地土產的公司，在大樓一樓進口牆邊崁了Since 1930九個字母，在穹空下，被陽光照射在金銅色的字體上格外耀眼，而公司名稱「B.P South Sea Company」代表了商業勢力，雖然面臨了島國獨立後外來他國投資的挑戰，一切在變，歷史前進的巨輪無法阻擋，這幢建築成了殖民時期留下的標記之一。建築物邊是一排鳳凰木及椰樹交錯的人行道，一家用椰油提煉製造的肥皂廠，啟工時，不時排放出椰油加上香料的氣味，對面則是大市場，熱帶島嶼型式的半露天市場，斐濟人種植的大芋頭，樹薯或捕捉的新鮮海產，印度人種植的綠葉蔬菜、香料、咖哩、荳蔻等混雜令人一嗅難忘的島嶼風味的氣息。

大市場對面是Monopole旅館，一座三層樓同屬上一世紀三十年代的典型建築，維多利亞時代風格，旅館二樓最後一間套房是鄭觀濤起居室，他坐在藤椅上，桌上放了一堆信件及書報雜誌，這是樓下旅館櫃檯服務員沙伊送上來的，由郵局信箱領取，四十年如一日。

桌前窗戶是開的，八月初的夜晚涼風習習，對面白色巨大建築物在銀色月光下，有種神秘的感覺。鄭觀濤每天不論任何時間，看著時辰的變化，而總給他留下不同感覺。他慢慢用心看著信堆，推了一下眼鏡中央，加強視效，一張鮮紅燙金的喜貼呈現在他眼前，他想到：「這是方作賓兒子結婚的喜帖吧！」他打開了喜帖，看著在香港印製，精心設計龍鳳呈祥及合和二仙的描金圖案，中英文直橫鋪陳呈現，他先看了英文部份，再閱讀中文，只見喜帖寫著：

謹訂於 一九八〇年八月十八日下午三時為

長男 喜祥

長女 靜子

於本市天主教堂舉行結婚典禮，並下午六時三十分在市政廳舉行慶典聚會，敬備薄酌恭請總經理馬拉爵士福証。
敬邀闔府恭臨參加。

方作賓
陳美蓮
長島春夫
大鷹愛

敬邀

鄭觀濤放下喜帖，他瞭解方作賓是這島國殷商，應屬第三代華裔移民，也算自己的子姪輩，原先家族以經營雜貨舖起家，方作賓留學澳洲習商，倒也學到了小型市場多元經營的必勝關鍵，包括連鎖中餐廳，小型超市、農場等，兒子喜祥在澳洲雪梨大學唸書時，結識了日本籍的女同學長島靜子，靜子的父親是日本在島國投資的大型鮪魚製罐廠的總經理。這段異國聯姻在島國引起政經界廣泛的重視，能請得島國總理馬拉福証就是證明。

月華滿屋，周身寂靜，鄭觀濤感覺有些疲倦，他的兒輩不也開花結果了。年近七十的他，在澳洲達爾文市出生，父親在十九世紀初展輾轉來澳洲淘金，擔任礦工，但擁有中國人刻苦節儉的特性，及對於子女教育重視，並給予獨子接受良好教育。鄭觀濤在大學畢業後，進入國府派駐澳洲大使館擔任諮議。一九四二年二戰後期美日在南太平洋瓜達卡納爾（今所羅門群島）做殊死戰，島國、巴布亞新幾內亞及澳洲局勢吃緊，鄭觀濤被派到島國以代理榮譽總領事名義，負責護僑及聯繫工作，後日本在中途島潰不成軍，美軍勢力在南太平洋地區勢如破竹，日軍退守，島國未遭日軍入侵。

二戰期間，鄭觀濤在島國，僑界中負責僑務、黨務及準備撤僑工作，是時僑胞經營商業已有起色，鄭觀濤結合了僑界領袖，舉辦義賣及募捐會，籌得三千英鎊，捐給國府購買了四架戰機，想到這兒，他略帶疲備及靜止的心又熱了起來，榮光不再，但依然值得回味。

二戰結束後，祖國展開國共內戰，鄭觀濤的代理榮譽總領事頭銜名存實亡。一九七〇年島國獨立後，與對岸建交，但同時允許國府以代表處名義成立商務推廣機構。代表處一些屬於官方活動如國慶酒會等均由他出名邀請，僑界尊重他的人格及熱心服務態度。他一直獨居在這間旅館，是由廣泰集團余海相經營，余董有感於他服務僑界熱心公益，就免費提供居住至今，居住此間旅館幾乎與他在島國時間相等。

近期由於島國政府移民政策修改，開放外來移民，以平衡土著人口下降，有被印度人超越之可能，此舉，鄭觀濤在眼裡，原較單純的僑社逐漸複雜，又牽涉到政治立場問題，對岸大使館一些大型活動也發帖邀請他參加，但他不為所動，拒絕參加。

時至晚上八點，他抬頭看了一下牆上掛鐘想到：「時間若能靜止多好」他忽然想到這種想法是否表示真的老了？「田原將蕪胡不歸」想到現在自己的妻子與兒子、兒媳及二個孫子已經結束晚餐，正在話家常吧！他的妻子是典型中國勞苦婦女，在廣州順德名媒正娶，兒子在墨爾本大學習電機，畢業後在澳洲擔任工程師職務，妻子曾為丹麥駐澳洲大使館祕書是丹麥人，二個孫子也都在大學求學，一家和樂融融，親朋好友勸他回澳含飴弄孫。面臨海峽兩岸近五十年來的變遷，他所忠心的一方目前逐漸居於劣勢，對岸改革開放後，面臨空前挑戰，畢業後，在此一直為國府奉獻，有種「老驥伏櫪，志在千里」的情懷，有時又想「寂寞身後事」他不要想的太多，存在一天，就要好好把握。

他感到有點飢餓，走到冰箱打開拿出一包速食紫菜湯，放在雪白的大瓷碗中，用熱水器的熱水沖下，不一會兒乾燥單薄的紫菜片澎脹起來，滿滿一碗，乾葱葉夾在其中，他在餐桌坐了下來，取出桌上竹籃裡用白餐布包裹的洋蔥起司麵包，他掰了一小塊放在嘴裡拿了湯匙喝了一口湯，略帶海腥味但鮮美無比，讓他感到愉快，而Hot Bread Kitchen出爐的麵包，數十年維持同樣水準，讓他放心。

整個屋內被月光照得水澈清光，他喜歡溶在這月色中，而做人也要有原則，他不知用「板盪顯忠貞」是否合於他作人處世行徑。

他撥了電話給代表處宣代表，對方在家，沒有應酬外出。他問宣代表收到了喜帖否？宣代表說：「今天下午收到，但主人並沒有親自來辦公室當面邀請」。兩人約好明天早上十點在代表處辦公室討論如何來應對這婚禮可能突發的各種情況。他想：「在我有生之年能為國府盡多少力，全力以赴。」畢竟，他能夠捉住多少，自己也沒有把握。

二、義正嚴辭

鄭觀濤用過早膳後，換上了一件淡黃色雙排扣的唐衫，這件衣服是宣夫人返臺度假，回來時送給他的，他很喜歡，並且認為適合他的身份。上午旅館的清潔工會來打掃房間，他把鑰匙放在桌上。

走前經過床前對角的白牆上，掛滿了半數發黃近五十面裝了鏡框的獎狀，他看了一下感

覺良好，認為這是工作被肯定的證明，得獎的事實多是忠黨愛國，服務公益，熱心僑務等，最近他又收到一張，過兩天得空去照相館買像框再掛起來。

代表處在大平洋之屋（Pacific House）大樓六樓，對面則是Ratu Sukuna House大樓，警察總監辦公室設在那兒，他踏進電梯隨後有一位年均四十餘歲，風姿綽約，皮膚白皙身著淡粉色套裝女士進入，身後跟著一個馬來青年，手裡拿了公事包及一堆報紙，那是婦人的司機，鄭觀濤認得這位女士，她是馬來西亞駐斐濟高專公署之高專（即大使）。「丁小姐早！」女士微笑大方的回道：「鄭先生早！你要去六樓嗎？」鄭觀濤點頭。整個五樓都是馬來西亞高專處，外觀大門及裝潢有馬來風格，大使中文名叫丁文華，母親是上海人，在此間活動力極強，中文也好，但是在正式外交場合，則僅說英文。他曾建議宣代表拜會或邀宴樓下這位身份相當的女大使，但沒有獲得首肯。

宣代表辦公室在六樓，面積占據六樓一半，另一半由澳洲電腦公司租下，代表處客廳正方為二組長條白絨布沙發，牆上鑲了兩個巨大燈箱，一為「博物院」另一為「紀念堂」兩邊各置一長青綠色不知名巨大盆栽，饒富特色。雇員陳茉莉年約三十歲，身材嬌小，面貌姣好，有中澳波里尼西亞血統，笑道：「鄭先生，早安」。

宣代表已經在辦公室等候。此時另一位女雇員，身型高大，膚色黝黑，穿著島國女士傳統服裝Chaba，此女為前總督Cacombao大酋長之女，有公主身分，也向他問好。進得辦公室，主客二人握手寒暄，宣代表年約六十歲高瘦輕瞿，有仙風道骨架勢。兩人坐定後，陳茉莉奉上兩杯烏龍茶，宣代表拿起放在茶几上的請帖說：「方作賓是透過何種關係，能夠請到總理來證婚，通常一般人婚禮是不敢冒然邀請總理，總理也不會參加。以方作賓與對岸密切商業關係。一定會請對岸大使出席，女方在此地也算是有頭有臉的日本企業家，婚禮下午在天主堂舉行，如果要參加，是宗教儀式，在教堂中沒有演說及排位子問題；晚上宴客請了對岸，座位如何安排？安排要一視同仁，不能大小眼矮化我方，變成對方為主，我為從。另外總理福證，會說些祝辭，是否也叫對岸大使發言？如果邀請對岸發言，我方當然不能接受；我希望能瞭解那天結婚進行程序。」宣代表說得義正言辭，義憤填胸。鄭觀濤回道：「過去參加一些僑胞請僑校節慶之活動，邀請兩岸代表參加，有些僑胞受現實環境影響，會以邀請對方為主，這是錯誤觀念，有這種情況，我都會向主人說明我方立場。」宣代表情緒漸平息試探性的問：「是誰有本事說動總理參加這項婚禮，是否是國會議員余鼎新幫方作賓安排的，余鼎新一向親對岸，並且積極協助對岸滲透僑校，聽說對岸願意出十萬美元協助僑校設立高中部，如果真讓對岸介入，那真是大災難，僑校是一九三七年起就由國府支持成立」。

鄭觀濤回應：「目前僑校九位校董，以支持我者為多，余鼎新只是對外放空氣，試探各方反應，聽說對岸肯出錢是真的，但縱使他們花錢建了高中部，我們仍維持小學及初中部」。宣代表接道：「還是要隨時注意，請您了解方作賓是否安排了對岸大使發言，另外位子安排一定要平等對待。」鄭觀濤說：「我會直接找方作賓談，婚禮不要涉及政治。雙方大使都不要發言，座位要有合理安排」。由於鄭觀濤只會廣東話，二人以英語交談。

鄭觀濤下午在市區繁華的Cumming Street方作賓的三樓辦公室拜會，整幢建築樓下是小型超市，二樓是環球餐廳。方作賓看到了鄭觀濤，露出敬重的表情，兩人一陣寒暄後，鄭觀濤切入正題先恭喜方作賓家有喜事外並問：「婚禮貴賓請了總理及臺灣代表，還有哪些貴賓？」方作賓瞭解鄭的來意，眼睛一轉，似有保留的說：「有些貴賓是女方邀請的。」鄭觀濤見他打高空，便單刀直入問：「對岸大使會來吧！」「這是個人單純小犬結婚，兩岸都是我的好朋友，我與大陸有較多生意來往，但臺灣產品我也有進口，小犬在唸高中時也參加過臺灣救國團辦理的夏令營」。聽到方作賓之回答，鄭觀濤問：「除了總理致辭外，是否有請對岸大使致辭。」「放心，僅請總理致辭，女方安排日本大使夫婦參加，他也不會講話。」

結束談話後，鄭觀濤又安排了車子到國會與余鼎新會面，余當面否認由他出面協助方作賓邀請總理出席。並說：「在華人圈中，方總經理最好的朋友是余其祥，余的太太與方作賓太太是姐妹關係，余其祥與馬拉總理關係如同拜把兄弟。」

忙完後，鄭觀濤回到旅館，整理了一下思緒，然後電告宣代表，表示已向方作賓證實，有邀請對岸大使參加，雙方座位會平等安排，均不致辭，由於婚禮是喜性慶典，應該輕鬆面對。倒是總理由誰出面邀請，也不是主題，鄭就不向宣報告。

有關鄭觀濤所進行的洽問之事，宣代表又另外透過僑務委員陳廣備去各方求證，一來是雙重洽問較為保險，二來是鄭老先生已七十多歲，還要辛苦奔走打聽，他有些於心不忍。

三、歌聲獻藝

日本駐島國大鷹大使的妹妹嫁長島先生為妻，如今外甥女有幸在此結婚，踏上人生另一階段，覺得非常高興。而大鷹大使的夫人雪莉更是由戰前紅遍中日影歌壇的一朵奇葩。現任環境署次官及日本國會參議員。每年暑假，日本國會休會，雪莉都會來與夫做短暫相會，邀請達官政要，為夫加強公關，有錦上添花之意。

大鷹為外甥女婚禮安排隆重場面，開始張羅，在官邸請了理馬拉夫婦一家餐敘，大膽向馬拉提出了姪女將在八月中旬舉行婚禮邀請參加及福證，喝酒喝到正酒酣耳熱，馬拉非常高興，爽快答應。而席間大鷹也請了長島夫婦作陪，長島還特選了日本魚船捕獲上好的黑鮪魚，整理好冰凍送給總理。總理隨請副官Jone記下婚禮日期，並要求請帖儘早送達。大鷹興奮的說：「請帖一定會由本人及長島樣親自送到。」馬拉總理及夫人整晚心情愉快，臨行前略有醉意的說：「你的任期到年底該滿三年了吧。」大鷹說「是啊！我的任期是三年，年底也許要say good-bye」馬拉期待的說：「婚禮時請雪莉唱兩首歌吧，她以前不是為北韓金日成，緬甸宇溫及泰國國王蒲美隆御前演唱，歌曲I sa lei最適合她的音色。」大鷹沒有正面答應，謹慎的說：「我來徵求她的意見，她會在八月來參加婚禮。」

大鷹顯然沒有正面答應，這是外交官的一種手段，當面不作任何承諾，也不拒絕，以便有轉圜餘地。但他有信心，以雪莉至今不能忘情於歌唱的心情，自她嫁給他第一天起，雪莉隨時隨地為他的外交事業協助，希望能夠再創高峰，雖然他服務的外務省自始就不看好這對「姊弟戀」的婚姻，但三十年來情比金堅，始終如一。

七月底，與宣代表官邸毗鄰的日本大使官邸熱鬧起來，大使夫人身兼日本國會參議員及環境署次官來斐濟渡假，宴席不斷。雪莉同意在婚禮中獻唱兩首歌曲。她以日本人身份，在滿州偽裝中國人，被日本軍方利用當了歌星及演員，並紅遍大江南北，那首〈夜來香〉即由她所唱，迄今仍受歡迎。戰敗離開中國，她一向強調中國本身如芝蘭般香味的藝名已死，但用日本名字的她，在好萊塢、百老匯及香港都演出過，但她永不能忘懷及心痛的在中日戰爭血肉橫飛的戰場，一個被軍方利用的日本女孩，假裝中國人之名，配合日本大陸政策宣傳，做出傷害中國人感情的事，她一直表示謝罪，但這卻又給她個人在演藝及政界創下了高峰。

一九四四年上海為日本淪陷區，在日本鐵蹄下，人們渴望青天白日來臨，統治者刺刀下的血雨腥風，撼不動最後人道與正義。日本敗象已露，雪莉在上海舉辦了「夏日演唱會」，美年僅十歲的周桂馥由母親及印度籍做布料生意的後父在大光明戲院去聆聽夏日清涼歌曲。美麗的舞臺，水銀般流瀉的燈光，舞台上的歌姬出現了，鵝黃色蕾絲鏤空旗袍，在鋼琴伴奏下出谷黃鶯，清脆亮麗的唱出：「那南風吹來清涼，那夜鶯啼聲淒滄，月下的花兒都入夢，只有那夜來香……」

戰後，不同時空中，雪莉歌姬重返日本影壇發展，赴美演了兩部美國片，在百老匯演舞臺劇，一九五八年告別影壇，下嫁外交官，後又成了電視節目主持人，參選成為參議員，但外交官夫人身份一直不變。

這段時間看完歌姬的表演會後，周桂馥也有想上臺表演的慾望，她不能確定是否雪莉的音樂會影響了她，或其他因素影響，她進了上海音樂學院，主修鋼琴。畢業後，適逢「三反，五反」活動，由於後父於淪陷前先轉赴香港經商，然後以優渥外匯條件將她保出境。在香港，她認識了現任先生，也是印度人，在島國開了頗有名氣的免稅精品店，免稅店樓下為店面，二樓為她召募學生的鋼琴教學班。

四、香桂馥蘭

兩年前，周桂馥拜託香港朋友到中環書店購買「時代曲」的樂譜，以供閒暇可自彈自唱，當然少不了〈夜來香〉，在當地僑社一些慶祝日或春節表演，除了〈帝女花〉外，她唱的這首〈夜來香〉最叫座。有一天下午她興高采烈的唱著這首花之歌，音樂教室門未關，音符流瀉到樓下，突然有一位身高約五呎，雖然年近七十，仍然面孔嬌媚，大眼笑有梨窩，衣著時髦，軟絲秀髮，脖子上圍了豔彩香奈爾牌絲巾，站在門口聽她唱，唱完說：「嗳呦，妳把這首歌唱走音了，第二句凄滄前兩字頓音也沒唱出來！」眼前出現這位雍容華貴，普通話說的如此標準的夫人，令她眼睛一亮，她很難想像這首歌的原唱者會在此地出現，而命運巧合把他們倆安排在一起，她有被感動得想哭的感覺。她有聽說新來的日本大使夫人位高精明，但無法把自己年輕時崇拜歌姬與日本大使夫人連接起來。

周桂馥就這樣意外的結識了雪莉，雪莉來此渡假都會來店裡看她，抽空上樓練一會歌，由於年齡的關係，花腔女高音亮麗音色無法與年輕時比美，但仍能有水準的唱腔，與她練習不懈有關。而雪莉在此期間為先生安排的各政要國會議員晚宴，在許可情況下，也會邀請周桂馥參加。而多數會在相知情況下，雪莉也會準備親筆簽名照片送給朋友，她也收到一張放在客廳的茶几上，在這個島嶼遇到了十歲時的偶象，僅管美人遲暮，但是在腦海，永遠清晰保留雪莉一九四四年在舞臺上的美豔臉孔與天籟之音。

周桂馥於一九五六到五八年期間，在香港後父開的布料行擔任會計一職，可自立更生，也可學習工作經驗。在她的記憶中，大陸淪陷後，香港成了避難的自由地區，在這段期間，雪莉利用空檔，拍了三部港產國語片，用普通話來詮釋角色，她一定難以忘懷中國藝名帶給她的掌聲及讚賞。雪莉倒是認真的在三部唱了近十首歌，滿足歌迷要求。周桂馥的記憶跳回五十年代的香港，由大陸出走慢慢感染到香港小資社會的氛圍，她單獨一人在皇后戲院看了雪莉唯一在戰後演的這三部國語電影，三部電影敘述故事的年代為宋朝，三十年代及五十年代。而片中的插曲諸如「烏鴉配鳳凰」「蘭閨寂寂」「三年」及「梅花」等華人社會迄今仍傳唱不衰。

從沒想到三十年後能夠結織這位童年時的偶象，命運有時會不按排理出牌，而緣份也是可遇而不可求。雪莉表演要她伴奏她感覺與有榮焉。兩人排好了練歌的時間，在周三及周五的下午，有五次的練習機會。

雪莉的演藝及歌手身份雖已不在，但對於演練這兩首歌的態度是認真的，經過與反復討論後，雪莉拜託了大使館文化參事渡邊先生，由皇家警察樂隊取得了I sa lei的譜曲，另一首「夜來香」，雪莉提供了一些意見，表示I sa lei也要請她鋼琴伴奏，她不敢馬虎，認真彈練。

兩人第一次相約練歌，雪莉是由日本大使館當地美麗的女雇員陪同，這也表示了大使對夫人的體貼及凸顯身份。雪莉坐定後用流利的京片子客氣一番說：「麻煩您了！」每次聽到雪莉清脆標準的北京話，讓周桂馥有點虛心，想著：「這些年來，住在這兒都講英文，說普通話舌頭都打結了。」雪莉說：「『I sa lei』這首本地民謠旋律是改編自英國民歌，由前總督填的歌詞，我已經把歌詞背得七七八八，我們開始練習吧。」聽了這番話如中了魔音般，唯諾的點頭說：「是！是！現在就開始」。雪莉自我要求嚴格，一字一句的反覆練習，看到她這種處事認真態度，周桂馥打心裡佩服起來。

連續練了兩個多小時，休息時間，工人送上了茶點，精美的lodge wood瓷器盛了紅茶，銀製托盤上準備了切成小塊的水煮玉米，烤起士麵包及奶油餅干等。畢竟持續反覆不斷的唱讓雪莉看來略感疲勞，看到銀盤上的玉米塊驚訝並歡愉的說：「噯呀！這是我最愛吃的包穀（中國北方及東北人對玉米之稱呼）」，看到雪莉的反應，想到自己年輕時在香港一本電影雜誌上訪問雪莉時，有提到雪莉最喜歡的零食之一是水煮玉米，日本人大概不會把它拿來當零食吧。

周桂馥的先生與方作賓有商業往來，偶爾也有高爾夫球敘，所以也收到了喜帖，有關婚禮當天表演場地，鋼琴已由方作賓安排的音效公司負責。

經過四次練習後，雪莉雖然年近七十歲，但頭腦反應清楚，記憶力仍佳，三分半鐘的〈I sa lei〉唱完，已能一氣呵成，僅有一次忘詞，但經驗老道的她，可輕輕帶過，由於是土語發音，倒也聽不出破綻，高音仍能唱揚，也真不容易了。「夜來香」的練習則駕輕就熟，雪莉自豪的認為這首歌的流傳度之廣及其藝術價值，可媲美披頭四唱的〈Yesterday〉。

有一次，兩人練習完畢，周桂馥說：「參加婚禮那天，還要表演，是否要穿長禮服？」雪莉笑答：「好啊，我們都穿長禮服吧！」年紀不小身材走了樣，沒辦法穿旗袍。想著自己一九七二年首次參加日本參議員競選，競選活動期間，可是穿著色彩華麗旗袍四處拜票以勾起人們的注意，內心深處中國是她的故國，她對自己的中國名字仍深刻銘心，難以忘懷。

這天傍晚練習完畢送雪莉下樓，並恭送她上車離去，接著又一輛賓士三二〇型如前面一樣的停在門口，一位穿了一件深灰色旗袍，年約五十餘歲，面貌雍容富態的夫人走下車來，定神一看，是中國大使館季大使夫人，趕忙上去迎接說：「歡迎！歡迎！剛剛送走了日本大使夫人，現在又迎接您，尊貴的夫人，真是蓬壁生輝，與有榮焉。」進入店裡，先請季夫人坐下，由女店員獻上熱茶，然後陪同季夫人聊了一會，季夫人好奇的問：「日本大使夫人來選購禮品？」周桂馥藏不住話的回答：「她是來這兒練歌吊嗓子的」「怎麼回事啊？」想自己並不瞭解季夫人與雪莉間交誼有多深，而雪莉戰前紅遍大江南北，那首「夜來香」季夫人該聽過吧？便直接了當回答：「方作賓兒子娶媳婦，請了總理，有請她來獻歌，她以前可是有名的花腔女高音啊！還是三浦環的學生。」「我跟她不太熟，我與她僅有一面之緣。」季夫人聽到這點回答後心裡有了盤算，仍平靜的說：「我要選一項禮品送給方府的婚禮。」周桂馥熱情的陪著季夫人在店裡貨櫥及櫃檯前，介紹各種精品，最後季夫人選了一對Limoge約二十公分長玫瑰底配上七彩公爵及仕女圖的磁瓶，便離店回府。

五、振翅待發

座落在羅賓遜路濱臨藍色珊瑚海，面對椰林大道的中央地帶，是一幢擁有近五十個房間的motel，現在由對岸政府購下，改為大使館，經過外觀整修，並豎立鐵絲圍牆後，大門氣派非凡，一對白獅樹立門口，二樓屋頂掛了圓型五星旗及天安門的國徽標示，屋簷下掛了一排大紅圓形燈籠，通俗的告訴路人這是與中國有關的機構。

季大使坐在寬大的二樓辦公室，窗外夕陽豔麗，一輪火紅太陽將很快沉入對面海岸線下，一天又要過去，今晚沒有行程及應酬。

季大使出生山西省，也算是詩禮傳家，抗戰爆發，父母在萬難的情況下集資送他赴美留學，在華盛頓喬治城大學攻讀外交及國際政治，取得碩士學位後，正值國共內戰，一九四九年解放初期，他拿到博士學位。五十年代為響應「建設祖國」大業，他以歸國學人身份返國效忠，並進入總理府擔任國務總理英文秘書，隨總理於一九五五年赴印尼參加「萬隆會議」

擔任隨團英文秘書一砲而紅，總理逝世後，血雨腥風的「文化大革命」爆發，留美背景被打成走資派，而遭到勞改。

文革後季大使被平反，十年浩劫結束，重回外交部工作。前任沈大使由於將屆齡退休，故在任時與島國關係停滯，無重大建樹。沈走後近一年未派接任人選，由代辦代理，無為而治。國府方面利用時機，邀請馬拉總理以私人名義訪臺，關係有解凍跡象。

季大使充份瞭解層峰派他來此地是牛刀小試，磨劍機會要好好把握。他由於在美求學，美式開放，自由及民主的精神或多或少對他在對人處事上有些影響，他要求部屬不可墨守成規、抱守殘缺，要揚棄官僚態度，努力廣結善緣，推行改革開放的政策。他要在此能夠破繭而出，急急追起，而他下一步的夢想是計劃成為駐美、英大使或聯合國副秘書長，季大使每天都警惕自己。

下班後，由大使到司機及眷屬都到餐廳用餐，整個大使館同仁都住在館內，洽公時需兩人同行，夜間參加僑團應酬時要填表申請。季大使認為這些食古不化的規定，制約了業務推廣，外交需有靈活的手段及細緻的對應才能見效，他已有限度放寬同仁工作條件。晚飯後，一些秘書及工作人員在文康中心打桌、撞球或閱讀報章雜誌及看電視打發時間。

季大使夫婦手牽手在後院游泳池邊散步，牆腳遍植白茉莉及夜來香清香四溢，在此月色如水，清靜無塵的環境中，倒有與世無爭的味道。季夫人很滿意這兒天然質樸的環境，兩人享受著這份寧靜。季夫人想到什麼似的，提高嗓門說：「下午我去禮品店為方作賓兒子婚禮選購賀禮時，看到了日本大使太太剛離開，禮品店老板娘告訴我，她是來這兒渡假，婚禮中她還要唱歌。」季大使好奇的問：「她要唱歌，她是學聲樂的嗎？」隨後又想了一下說：「她要唱就唱吧！」當晚他找了負責僑務的許參事去瞭解方家婚禮實行的程序。並好奇為何有日本大使夫人獻唱，他猜想：「新娘是日本人，也許日本大使夫人心血來潮想為婚禮助興唄！」

六、黃道吉日

市政廳建於一八六〇年，是英國殖民時期總督重要社交活動場所之一，由柚木建成，典雅古樸淺黃色的外表，予人古意盎然感覺，大廳可容納約五百人，二樓則有小型會議室及接待中心。此間裝潢設計及花卉公司於婚禮舉行兩天前便進行裝飾佈置。當地媒體也開始大幅報導有關令人矚目的及近期少見的豪華婚禮，婚禮點點滴滴成了小城市民熱門話題。

大廳入口搭了一個百花爭豔的花牆，用英文拼成新郎及新娘的名字，是供來賓與新人及家屬照相之用。大廳底淺淺舞臺後牆上貼了紅色大喜字，舞臺下面正前方放了長型方桌，是主桌，由雙方家長，新人及總理夫婦所坐，主桌左右各放一圓桌，這是雙方家長方作賓的苦心安排，為了邀請海峽兩岸大使館及代表處，將季大使等坐右桌，宣代表及與臺灣有邦交的南韓，吐瓦魯等大使坐左桌，後因大使館許參事來拜訪方作賓，瞭解婚禮程序及座位安排，認為按照中國人規距，左邊較右邊大，要求季大使桌放在左邊。而鄭觀濤也多次與方作賓聯繫強調：「雙方桌次一左一右，平等對待都不致辭。」方作賓礙於雙方人馬暗中較勁，也不敢馬虎，而做此安排，兩邊都不能得罪。

方作賓也請了僑領余海湘的二媳婦由香港嫁到此地，以前曾在香港「麗的呼聲」擔任過播音員，並會唱廣東大戲的譚愛英女士擔任司儀，以中英文報幕，宣代表先以電話詢問譚愛英有關婚禮程序，大致上先由雙方家長簡短致辭，然後總理福證致辭，由日本大使夫人獻唱後，新郎及新娘切蛋糕，譚愛英告訴宣代表說：「季大使不會致辭，不要緊張。」

婚禮邀請賓客是採圓桌式，十人一桌，宴客食物採自助餐方式放置在走廊上，不佔禮堂空間，包括印度人的咖哩及甜點，還有中、日、西式食品，由各大著名餐廳提供。並將賓客座位席以玫瑰、木槿、雞蛋花及火鶴做為區分，並請了島國民族舞蹈團表演歌舞，另外僑校也提供「龍鳳呈祥」中國民族舞蹈。

六點整，方作賓與長島夫婦衣著正式高雅的站在門口迎接來賓，受邀賓客各色人種，均著本地，西式、唐裝或印度等服飾，彩色繽紛，呈現了島國多元文化的氣息。而新郎與新娘這一對蜜偶，男生身材高挺，面孔輪廓深遂，露出甜蜜愉快的笑容，新娘身材較為嬌小，皮膚白晰是典型可愛型日本女子。兩人均身著用土著在新婚典禮所穿的tapa裝。（即用樹漿製成的布塊，圖繪黑色、咖啡等圖案極富原始自然氣息。）新郎上身半露，用tapa布斜肩披住，下身也用tapa布圍住，新娘上身用tapa圍住，下身為拖地長裙，用檀香木刨成薄如紙片的條狀，掛在裙子周邊。兩人面孔雙頰各點了如雞蛋般大小的黑圈，象徵吉祥及圓滿。新郎頭上戴了用綠色羊齒植物編成的花冠，新娘亦然但用大紅木槿及芬芳雞蛋花製成。兩人雙臂上也掛了綠色草環。

賓客們進場時，看到新人在地化的打扮，親切又好奇，而新人這樣打扮，純屬迎賓及照相之用，迎完賓及合照後，新人會更換歐式正式禮服入場。

將近六點二十分，宣代表、黃秘書夫婦及鄭觀濤進場，宣代表表情較為嚴肅，他向四周觀看，初步瞭解現場環境，認為今晚要小心謹慎，步步為營。他們一伙在收禮臺上了三份禮品，收禮臺後的禮品各式各樣，有半個小山高。

宣代表一行正式走到大門口，與新人及雙方家長握手致賀，並在花牆前照了相，然後由方作賓小女兒露茜幫忙帶到貴賓席的位子上，在主桌右邊的位子坐，看見離自己座位不遠的舞臺中央，置有一立型麥克風，鋼琴放在後面，司儀譚愛英身著古色古香暗紅色的鳳仙裝及折頁裙，笑盈盈的走來向宣代表夫婦致意，並說：「今晚婚禮場面算是空前，有身分地位的人都會來到。」宣代表說：「總理夫婦也答應要來？」譚愛英笑謔道：「用時間（time）來證明，七點半開始算不錯了！」宣代表點頭致謝，但仍有提防不可預期的事發生，他並走到已坐在其他桌的黃秘書指示他注意對象，即大使坐的那一桌，如有任何事發生，隨時向他報告。

大鷹大使與夫人五點鐘便抵達會場，先向男女家長及新人祝福，為表示重視自己外甥女的婚禮，雪莉也肯放下身段，重拾歌喉。大鷹大使坐在後臺休息室，閉目養神。雪莉身著一襲蝴蝶袖的翠綠絲質晚禮服，站在鏡前練習開嗓及發音並在記憶歌詞，周桂馥認真的站在她身傍看她練習。雪莉從教堂參加完宗教婚禮儀式後便直奔這兒，換了禮服已開始集中精神做準備，她非常瞭解中國人戲劇行當中遵守「飽吹餓唱」的行規，長島夫人抽空來探望雪莉，對她有無上的崇拜與感激。

季大使夫婦抵達會場時，在五分鐘前僑界有頭有臉人物如余鼎新、余其祥等估計到大使可能將抵達，所以提早在門口接待，季大使等一行與方作賓夫婦及新人道賀後合影留念，由方作賓親自將季大使帶入貴賓席。宣代表遠遠看在眼中感到了一絲壓力，對手來了，要密切注意，自己代表國家，絕不能讓對方矮化，任何有疑似此種動作，一定要做出明快決定，雖然沒有正式外交關係，更要別出心裁，抓住機會代表國家現身，表現出平等的地位，不受打壓。

七、喜宴退場

有節制喧鬧的會場突然安靜下來，兩位身著草綠色軍服，佩錦肩帶的年青軍官走進大廳，是總理的禮賓官，樂隊暫時停止了演奏，宣代表注視著門口，客人們暫時停止交談，注視看大門口，此時一個身高約一米九，上身著大紅芙蓉花圖案夏威夷衫，下身著Sulu（男人穿的長裙，類似沙龍）。面孔俊秀靦腆，身邊陪著一位年約六十歲，一身紫色長禮服，雍容華貴的夫人緩緩進場。宣代表自問，「是總理馬拉的長子Finau酋長及馬拉夫人Lady Lala。總理怎麼沒來？」他看見方作賓夫婦陪同一老一少貴賓引入主賓兩個席位，這時譚愛英走到主桌前對方作賓輕言問道：「總理會不會來啊？」方作賓謹慎的回答：「總理下午收到特急邀請，有重要國際會議將在夏威夷舉行，所以不能來了。」譚愛英回到舞臺，宣代表看在眼裡，趁機上前問了譚愛英瞭解情況後，並帶了夫人到主桌問候Finau等並握手致意。

全場燈光漸漸暗了下來，旋轉燈先移動打在司儀譚愛英身上，她用英文宣佈：「方與長島家尊貴的婚禮典禮現在開始。」約一分鐘後，會場鴉雀無聲，人們多摒住呼吸，觀看新人進場，首先新郎神采奕奕，面帶島國人民陽光燦爛的笑容，身邊伴隨兩個伴郎，新郎入場站在主賓桌前等候新娘，長島先生扶著身著白紗禮服的女兒進場，樂隊演奏「結婚進行曲」。在主桌前，長島先生將女兒的手交給新郎，兩人攜手坐下，雙方家長也入桌，婚禮正式開始。

司儀譚愛英首先請男女雙方家長致詞，方作賓及長島均用英語作簡短致辭，感謝來賓捧場。接下來總理之子Finau致詞，福證新人。Finau畢業於英國政經學院，也是馬拉長子及接班人，他拿出一份事先準備妥的稿子，朗朗唸出。場內頓時安靜下來，鴉雀無聲，對於大酋長致詞，會給予高規格的尊重。宣代表認真的聽著：Finau福證除感謝百年來華人對於這個島嶼經濟貢獻外，而入境隨俗多能繼續保持中華文化，在這島上增加了豐富有活力的文化色彩，也感謝日本人對於開發技術在島上的展現，祝詞充滿外交辭令。總理馬拉老謀深算，手段靈活及城府深邃的個性，是真有國際會議出席，不能參加，或另有盤算，就不得而知。宣代表想著這點，節目進行到此，對岸對手沒有動靜，心頭壓力逐漸舒解。

Finau在致詞時，季大使也用心的聆聽，他想自己身為此地華人的大家長，如果不能上臺用中國方式含有義意的詞句來祝賀這一對新人，似有所失禮，也美中不足，而且隨後日本大使夫人要演歌兩首，他腦子敏捷的用結婚成語串成簡短祝詞準備發表演說，而搶在日本大使夫人獻唱之前，顯示自己成為這次婚禮最重要的貴賓之一。

譚愛英來自香港，與宣代表夫婦的關係較為親近，與季大使也只是點頭之交，每年十月一日國慶酒會她都缺席，Finau演講完，她想目前都風平浪靜沒有較勁之處，她也鬆了口氣。

接下來，一個七層寶塔式的蛋糕及堆疊的香檳酒杯車同時由大廳兩側推出，譚愛英正要宣佈：「現在請新人切蛋糕及開香檳與貴賓共享」時。出奇不意，季大使走到她面前說：

「譚女士，先讓我來說兩句賀辭。」

譚愛英對於季大使這突如其來之舉，當場愣在那兒，但馬上回神知這不在原先節目安排之內，但想他貴為大使，就面無表情的宣佈：「現在由季大使為新人致賀辭。」她的眼神一直注視著宣代表，盼能得到宣代表的反應。

宣代表在Finau福證完後，心情鬆懈下來，宣夫人倒是機警的隨時注意對面季夫人的舉動，季夫人安靜的坐在那兒，很少到其他各桌周旋，當她看到季大使向譚愛英交頭接耳在臺上嘀咕時，她靜靜的問老公：「你看，他找譚愛英談什麼？」

當宣代表看到譚愛英宣布對岸大使要臨時插花致辭時，他既緊張又氣憤，向身邊有邦交的吐瓦魯駐島國大使及東加王國代辦說：「他怎麼不請自動上臺演講」。直覺感覺到現在勢不兩立，便與夫人使了個眼神，並向桌上其他賓客致歉說：「我們現在要退席」。就在季大使剛剛用中文致辭時，宣代表夫婦立刻退場，對此突如其來之舉臺上與臺下一片錯愕，而坐在別桌的黃祕書夫婦看到自己長官離席，對手正在臺上演說，瞭解情況，走到鄭觀濤坐的那一桌與他一起離開。

季大使用英文解釋了「天作之合」、「美滿良緣」、「早生貴子」、「五世其昌」、

「永結同心」等賀辭，說完倒也獲得不少掌聲。

隨後雪莉表演了兩首歌，獻給新人，她並以中、日、英三聲帶祝福新人，大鷹大使在座上笑容滿滿，私下雪莉可不隨便唱歌給他聽，顯然他由五十年代進入外務省服務時就是她的粉絲。唱完，雪莉向鋼琴伴奏周桂馥致謝並想到：「總理今天臨時缺席，如果年底大鷹任期滿調回國，總理參加他惜別酒會時，我可能要再唱一次了。」對於在特定場合貴賓要求她獻歌，她是樂此不疲，銀光燈下演歌及賀采掌聲仍是她的最愛。

宣代表夫婦非常生氣的回到家，感到懊惱又沮喪也無補於事，想著畢竟季大使不能代表我的國家，面臨分裂的定義，呈現在眾人面前立場選擇更加複雜。大約三十分鐘後，方作賓來電話說：「季大使致辭原不在節目單內是千真萬確，讓您感到不舒服，我們非常抱歉。」並說已派司機送了兩份餐盒到宣代表官邸。宣代表仍在氣頭上，但人家已經來電道歉，也就不好說什麼了，只客套敷衍了兩句便把電話掛了。

那頭方作賓掛了電話，回到座位，蛋糕及香檳分到各桌，他自言自語道：「今晚發生這段令人不悅的小插曲，舉行婚禮邀請賓客，也可以與政治立場碰撞，真是不可思議！」

鄭觀濤對於婚禮發生的事件，自責沒有能夠事前完全掌握狀況，認為對岸沒有依照「君子協定」，擅自上臺發言，譁眾取寵，非常令人失望。想到那句「廉頗老矣，尚能飯否」？不如歸去的想法油然而生。

向童話大師告白

TW：

現在正下哨回營，當地時間凌晨四時，方才在W市驅車巡邏，下周本地舉行全民公投獨立，有可能成為非洲最年經的國家。身為「藍帽子」聯合國維和部隊的我，在剛執行完勤務，感受到職責期許的榮耀，離開家鄉如此遙遠，對於自己家鄉有無限的思念。

TW，我們相識於偶然，你代表你的國家來到我國工作，我又代表我的國家在這兒階段性的工作。面對一個區域性維和的事件，小國子民如我者能夠投入這個大事件中，恭逢其盛，盡國際社會人道職責強烈使命感，使我願付出一切代價。

過去歡樂歲月中，你願開車來到我的家鄉；拜訪我的父母兄弟及姊姊，尤其我的小外甥女葉莎。那段路程是三小時的車程，加上四十分鐘的步行，來到我松林山谷中的家。不同國籍，不同膚色，你的來到為我那純樸厚道的親人帶來了多大的驚喜。他們用你英文國名縮寫來稱呼你，那是發自內心至高無上真誠表現。

我來此地後感謝你仍利用假日開車去探望我的家人，讓我得以安心，好友！我們全家以上帝之名，保佑你及你的家人。

此時窗外的月亮清澄耀眼，與在大都會看到的不同，離鄉背井看到的月亮心情複雜，這兒的月亮受沙漠及高冷氣候影響，有荒涼頹廢的味道，沒有光害照天，又圓又大但令人備感心慌。

一九八九年十一月公投投票，完成獨立建國程序後，仍有六個月緩衝期停住這兒，維持和平，直到「奈密比亞」這個國家真正誕生。

TW，你在假日，如果時間許可，仍盼能將你溫暖的心，代表我到我家看看，而小葉莎無助的眼神會常常出現在我腦海中，雖然現在由她外婆照顧她，父母無法履行養育責任也是憾事，這讓我有些擔心。再次感謝！

止筆於此祝福安好

KAL 敬上

ＴＷ由電傳機收到這封來信，閱讀之後，心中有些忐忑起伏，這時是次日午後，窗外陽光亮麗，呈現眼前是在天光反射下湛藍色珊瑚礁，海天連成一線。

ＴＷ把思緒拉回到三年前的新年，也就是一九八六年伊始，他剛抵達這個在前渾然不知名，毫無半點概念與印象，位居在南太平洋的島國工作。第二天天剛破曉，他起了個早，離開暫時居住的Town House旅館，充滿好奇的去探訪周遭陌生環境。

因為是假日，小城如此安靜，放眼望去，到處綠樹繁花，景色優美，旅館建在一小丘上，對街就是S市的中央警察局，他沿著旅館邊約三十步石階慢慢走下，穿過小街可以繞到辦公室附近的商業區及濱海道路散步。

在他正下石階時，他遇到了AKL，本地青年模樣，穿著足球隊制服，由上衣的英文字體顯示這個隊伍該屬於警察隊伍，正在石階上來回慢跑，他側過身輕巧的走下，以免影響這個年輕人運動，年輕人似乎感受到他的善意，在氣喘如牛滿臉汗水的笑說：「謝！」，ＴＷ感覺到了本地人友善及開朗的個性，日後發現，在此地見面數次，打個招呼，進而交談就可以成為朋友。

ＴＷ對於這位青年留下印象，出於好奇他本身也熱愛足球，雖然自己沒下場踢過。小島國民熱愛足球及七人組橄欖球，以往他的朋友中幾乎沒有運動員，對於運動員，不管任何項目他會以尊敬及羨慕的眼光看待。

一九八七年世界青年盃足球亞太區外圍資格賽在TW國家舉行，七月的某一天TW早上在辦公室看到這個年輕人身著警察制服，手裡拿了公事包，進入辦公室詢問處，秘書艾茉莉女士把他帶到自己辦公室，年輕人看到TW格外驚喜眼睛一亮說：「是你啊！SIR。」

與TW握了手，並自我介紹他叫AKL，TW請客人入座後，由艾女士奉上茶。TW瞭解AKL是島國足球隊隊長，在球隊裡擔任守門員，AKL由公事包取出了用布帶捆好的淡藍色燙金字體的護照，封面印有米字旗及大酋長的圖案，接著說：「這裡的護照是參加在貴國舉辦青年盃足球參賽球員的護照，要來申請入境簽證」。TW點了一下護照數目後，請艾女士來協助，由於每本護照申請表格均已填妥，並且按規定附了照片及簽證費，W為了表示友善說：「我會以Telex電總部，申請禮遇簽證，如經批准簽證費會在領取護照時悉數退還。AKL受寵若驚說道：「不論結果如何，我感謝你的協助，另外我也代表我國代表隊向你致謝。」

AKL帶隊比賽完畢後返國，特別到TW辦公室禮貌性拜會致謝，表示：「在你的國家，我們受到熱情的接待，謝謝安排。」由談話得知AKL的國家沒有取得入圍資格，但AKL在這次賽會中被各國參加教練及裁判推崇為「最佳守門人」。

ＴＷ想到AKL在信中提到小外甥女，這個帶有白人血統的小女孩，母親是跟AKL從小感情很好的姊姊，她在南地（Nadi）一家觀光旅館工作時，結識了來渡假的澳洲青年，不能確定是否有約定的婚姻關係，但珠胎暗結生下了葉莎後，男方不告而別。由於工作關係，襁褓中的葉莎並沒有受到較好的照顧，體弱多病，乾燥的黃髮，削臉大眼，AKL第一次但到自己的外甥女時，形容為「廢棄物場裡撿回的洋娃娃」，AKL建議這個惹人憐愛的小女孩由外婆來帶，更能將有經驗的母愛灌植在這小女孩身上，由於外婆的悉心照養，葉莎小小心靈逐漸有了陽光，笑容會常呈現在小女孩臉上。

ＴＷ第一次見到葉莎，是與AKL在Sigatoga的家中，一頭捲曲棕黃的頭髮，大眼睛似乎有洞察人的威力，但看到陌生人仍是羞怯，看到ＴＷ立刻握住AKL的手並躲在他身後，用細聲重複著一句話，ＴＷ問AKL葉莎說的話代表何種意義，AKL紅著臉說：「許久未見了，非常想念」。ＴＷ覺得這場景有一種赤子投入親人的感動，以後每次見面都是如此。AKL家人也以貴賓方式接待ＴＷ，並用ＴＷ作為他的稱呼，表示對一個國家的尊敬。

ＴＷ上一次見到葉莎是AKL要赴西南非服務的前一周，ＴＷ開了車子，AKL特別為葉莎將入學準備了制服、書包、文具並買了糖果餅乾之類的食品，AKL向TW說：「葉莎要上小學了。」TW回應：「你家在Sigatoga山谷的中央，走出山谷就要超過半小時的時間，由山谷到Sigatoga市去就讀怕需要一小時以上步行吧！」「外婆會先帶她走一段時間，讓她認路，慢慢要她自己獨立，我們從小都是這樣的，生在這個環境可以適應。」

看到AKL回來看她，葉莎有些興奮，尤其是看到為她買的制服，她穿了起來，完全合身，白色襯衫，淺咖啡色的裙子，心中有一種狂熱的滿足感，手舞足蹈，AKL父母看到外孫女的舉動，也開心的笑了。在聊天的過程中，慢慢談到AKL將有一年多時間離開此地，到海外服務，葉莎想到一年時間很長，要等到聖誕樹再拿出來以後才能看到AKL，於是快樂的舉動靜了下來，小小心靈知道什麼是別離，深深望著AKL，眼眶淚水欲下，AKL把她拉過來在臉上親了一下說：「我很快就會回來，不在時，我拜託TW來看你們。」大家的眼光轉向TW，TW也被逗笑了，說：「我有時間一定來」。

九月開學，外婆摸黑帶著葉莎，準備了餅乾、熱甜茶，並為葉莎換上了制服，新膠鞋，還有米老鼠圖案的書包，葉莎的心情既惶恐又愉快，惶恐是要到一個陌生環境，愉快的是新環境有老師及新朋友，想到這兒又開始思念AKL了，她小小心靈對於父親的印象不復在記憶中存在，母親對他而言，可以看見但是不能求得，由於母親回家次數不多，在她心中，親人的愛由外婆及舅舅取代，也許是上帝為她命運安排了另一種方式吧！

上學對於葉莎而言是生命向外擴展及延伸，每天來回超過兩小時的路程有外婆陪在她身邊步行，心裡有安全及溫暖的感覺，外婆不時牽著她的手，外婆手上暖暖的體溫傳在她手掌中，心中不再對於可見或不可見的未來產生恐懼，外婆心想：「葉莎還是太小，送她到八歲以後，再由她自己去上學吧！」

葉莎上了小學，接觸到老師及許多同學，心情是愉快的。導師蜜莉兒送了她一本小記事本，葉莎在本子上貼了一張上次TW來家訪問拍的全家福照片，每次看到這張照片，她看到AKL，會計算已經是多少天沒有看到他，她會用自己的想法來安慰自己，日子一天一天過去，AKL一定會回來看她。

AKL自西南非利用休假時間在W市買了些物品，做為聖誕及新年給家人的禮物，由於路途遙遠，又是海運寄出，當Sigatoga市郵局通知AKL家人領取包裹時已近十一月底，小舅多明尼克領回，打開大紙箱後，全家驚叫歡快，有色彩鮮豔的非洲蠟染花布，菸草捲，時髦圖案的運動衫，餅乾，牛仔褲，另外一大本彩色繪圖故事，《安徒生童話選》，以漫畫方式用簡單英文，如兒句般說出六個故事，這當然是送給葉莎的。葉莎拿到後愛不釋手，一頁一頁翻看著，由於剛上一年級，英文單字學得有限，她會纏著小舅講解故事，自己也陷入一個想像豐富、奇妙、動人、異於常人的童話世界裡。

葉莎最喜歡及能夠感動她的是《賣火柴的小女孩》。安徒生以敏銳的眼光，用童話方式表達出兒童成長過程不可缺少了愛、溫暖、食物及文化教育。葉莎接觸到這個故事用珀麗色彩超現實的畫筆，表達賣火柴小女孩悲慘的命運及用火柴點燃自己小小希望。她能瞭解冰冷世界、幼小生命沒有家人呵護求生不易，她慶幸自己沒有生在北歐，或許安徒生也不瞭解這兒，南半球十二月是盛夏。

葉莎想到結冰的地上，賣火柴女孩失去了鞋子，雙腳冰凍，她會黯然淚下，發出同情心，火柴微光下現出屋內暖爐，散發出溫暖，聖誕夜餐桌上的烤鵝是家人團聚享用的佳餚，葉莎從未見到過鵝，她問小舅「鵝為何物？」小舅答道：「與鴨子相似，但比鴨子體積大。」最令葉莎難過的是賣火柴的小女孩在火柴燃燒希望中凍死，精神上，在外婆溫暖的懷中讓她解脫了在人世間所遭受到的痛苦。

放學後坐在空教室裡的小桌上等待外婆來接她，葉莎有時會分神，在做家庭作業時，想到AKL，她有時有種朦朧但不太清楚的意識，AKL似乎從未在她夢中出現，而夢醒多數無法忘記殘缺情境。她會想到安徒生童話故事，火柴光芒或許會點燃希望，看到自己所期望的，心中不免想到一些方法，也有一些盤算。

主屋後面左邊是臨時搭建的小廚房，有屋頂，也有用棕梠葉編成的門及窗，灶台上有兩個煤油爐，木製廚櫃裡裝滿碗碟，小桌上堆滿了芋頭、麵包果、洋蔥及馬鈴薯等可存放較久的食物，木梁上掛了醃漬過的魚肉及豬肉塊，與前屋一樣無水又無電。日常用水是取自山谷下小湖中的潔淨水，多數存放在數個大洋鐵桶中，鐵桶置於廚房外，雨天時也可以接雨水使用。

谷中生活日出而作、日入而息，由於沒有電，風燈或手電筒成了晚間照明之用，鄉間山谷人家倒也默然承受，無水無電由於環境偏遠，瞭解水電帶來的便利及好處，但真的沒有也無法去奢求。

外婆放在櫥櫃下抽屜有六盒黃紙糊的火柴盒，圖案是紅紅的火苗，葉莎知道外婆要用火柴點燃煤油爐煮飯，或有朋友來訪時，取出敬朋友香菸抽時點菸用，偶而外公用小片煙葉點燃抽菸，這些畫面逐漸浮現在葉莎小小頭腦中，火柴之於她，有童話白雪公主中皇后對於魔鏡的祈求一般，年關將近，葉莎這種念頭也逐漸加強。

南半球生活的人民總過個夏日的聖誕節及新年，ＴＷ來自北半球，現在南半球島國渡個夏日聖誕及新年，整個氣候及情境，有如此大的反差，豔陽下，在Sukuna公園所置立的聖誕樹，與皓皓白雪在布魯塞爾廣場那顆大聖誕樹，意義相同但情境差異，ＴＷ感覺自然生態及人文變遷仍是有不同之處，也是地球村的特色。

ＴＷ原計畫年底聖誕及新年長假期間，到AKL的家去探視，一方面回應AKL之託付，另一方面也去拜個年。除夕前一周，他特別到MH百貨公司及超市，買數份禮品準備送給AKL家人。但聖誕節過完，居住在澳洲的朋友Ronnie Fong來訪，他只有暫時放棄訪Sigatoga計畫，過完年再找時間去。

一九九〇年新年過後十天是星期三，他一早到辦公室接到島國皇家警政署署長秘書白蘭釵小姐來電話，白女士是AKL好友，ＴＷ是在業務拜訪署長時結識白蘭釵，她是澳洲與島國Ratuma島的混血兒，年輕貌美、待人熱情。白蘭釵在電話那一頭笑道：「Mr. TW我是白蘭釵，新年快樂。」ＴＷ高興的回應道：「新年快樂。」寒暄數句後，白蘭釵正經的說：「我剛接到AKL由Windhoeck打來電話，要我代為向您問候，他說了一件奇怪的事情，但語意不清，說Sigatoga老家出了點事，他說會與你直接說明狀況。」ＴＷ掛了電話，感到納悶，想到：「家中有事？或許是誰出了狀況？」他隨即告訴自己停止猜測，等他電話來再說吧！

兩小時後，ＴＷ在辦公室接到了AKL由Ｗ市打來的電話，ＴＷ說：「接到白蘭釵打來電話說你家有事故發生？」在問候後，聽到AKL聲音中有一絲興奮及不安混合了複雜的情緒，家中不知發生何種變故，人在天邊外，但如果有好友可以協助，似乎又存希望，「是的，我昨日接到我弟弟由Sigatoga電信局打來的國際電話，由於通訊不良，我在營中，接打電話極其不便，弟弟說家沒有了！我非常擔心，不知到底發生了什麼事？」ＴＷ安慰他說：「怎會如此？也許是誤傳。」「我也希望如此，由於此地通信不便，所以先請白蘭釵與你連繫，約好時間，配合時差，我再打給你。」ＴＷ歉然的說：「我原計畫利用聖誕及年假期間去Sigatoga後來因事未能成行，這裡時間是周三，我周六一定去瞭解。」「謝謝你」ＴＷ回道：「放心，我拜訪過後馬上通知你」。

ＴＷ原先就有Sigatoga之行，現在朋友有難，他要義不容辭親自去瞭解狀況，以解朋友疑惑及請託。週五晚間，他特別又到超市買了米、麵粉、油及糖，但考慮到體能所及，因為去Sigatoga AKL家，車子只能開到山谷頂峰，AKL家在山谷下，需步行約半小時以上方可抵達。

他也想到葉莎，聖誕節沒有去Sigatoga看她，這女孩一定很失望吧！

聖誕夜，學校放假，葉莎坐在空蕩的主屋裡，將自己置放物品的鐵製餅乾盒取出，裡面有她珍藏的小東西，包括AKL及小舅給她的一些小玩具，如樂高及頭箍與小卡通玩偶等，有幻想也有夢。她期盼聖誕節能看到AKL，她知道這不可能，因AKL在很遙遠的地方，在她期望的夢中也沒有AKL蹤影。而ＴＷ每次來家裡作客，所帶來的歡笑還有關切，她會十分在意，這個年齡仍不瞭解到感激，她想看到ＴＷ一定要用最近在學校學到的英文「謝謝！」對他表達。葉莎年僅六歲，不能全然瞭解大人世界的事物，只是父母的愛不曾對她產生任何感覺。

葉莎又有一種想法，如果AKL能出現在她面前能夠說上一二句話該多好，她又拿出AKL送她的童話故事，在暗淡但尚未夜臨的時刻，一頁一頁慢慢地看著，由於光線較暗無法看清的圖畫，她小腦子裡想著：「那可憐的賣火柴的女孩在淒冷的風雪聖誕夜裡，劃下一根火柴，火苗中帶來了那應有外婆的愛，撫慰了女孩年幼的心靈。這種舉動是不是代表了魔力及希望？」想到這，思緒跳到廚房櫃子裡黃紙板糊的火柴盒，她眼睛一亮，放下了繪畫書，燃燒火柴是一項危險但勇敢的舉動，尤其對六歲的她而言，但賣火柴的小女孩在如此困境中有勇氣點燃火柴，看到了渴望的人與物，她也渴望這份光芒與希望。

ＴＷ開車子出了市區，清晨六時，靜謐之晨，星兒與月亮仍掛在天空，而太陽有些迫不及待的想升空，Queess路邊微風息息掃動著路邊的樹梢，叢叢綠葉兒搖擺，似在親切地向他呼喚。穿過林蔭大道，是一片湛藍海洋。要到Lami鎮了，ＴＷ心情很好，但想到前兩周聖誕假期沒能到AKL家，最失望的該是葉莎吧。他想起童年聖誕，雖然家裡由於宗教原因，完全不去接受這個節日，但他總是沉緬於想像中，如果能收到聖誕老人的禮品，一小塊糖，一張精美的卡片，那該有多好，但最後總以失望的心情接受結果。

遠方平坦的草原邊，是新的廢棄物掩埋場，灰朦的天空上許多海鷗及野鴿子飛翔盤旋覓食，原先堆滿垃圾後經過密不透風的舖設土壤，種植防風草，現也成了環保景觀。新掩埋場也將廢棄物依規定分類處置，一陣風飄來，倒沒有令人厭惡的垃圾味道。小城的簡樸單純，這類環境問題尚未逾越到危害人體健康的程度。

ＴＷ的視線移向那大看板上，標示著太平洋港（Pacific Habour），左邊是起伏的綠丘，那是十八個洞的高爾夫球場，右側是介紹島國文化的蘭花島（Orchard Island）以具體而微的方式介紹了起源，初民時代搭蓋茅屋逐水而建，即使現在鄉村這種建築方式仍依稀可見。

挺直的長木筏在人造湖中蕩漾著，身著原始服裝的土人划著槳，親切的招呼著木筏上的遊客，ＴＷ看到這幅景色，覺得自己一如木筏上的遊客，有在森林河沼中探險的刺激心情，不自覺的笑了起來。

ＴＷ享受著帶有海芋元素清風吹拂，原先早起迷離懵懂的神智完全清醒，又想到此行目的地：「到底AKL的家為何沒有了，道聽途說，真正原因應該只有一個，非天災即人禍吧。」他心裡也有要去妥為善後的準備。

天色由暗轉亮，太陽升起後，整個天空變亮，車子在平坦的公路行駛，忽然逐漸向前升高的斜坡前進，兩旁是青綠山丘，他將車子的手排檔打強爬坡，車子慢慢爬上高峰，眼前豁然開朗，正中央一片蔚藍的海水，水波不興。沿海兩邊是排比錯綜複雜的椰林，在陽光照射下天青水藍，椰林隨風飄逸，他看到眼前景色感到目眩。ＴＷ想看這種風景千百年來屹立不變，沒有人為的破壞，也算的上進步遲緩的一種收穫吧，任何事情沒有絕對的一面，有得必有失。順勢慢慢下坡，經過村莊時，看見男女及小孩在田野間行走，穿著雖然簡樸，但都乾淨得體，表情愉快，想必周末來臨，在這物質生活條件極為簡陋與匱乏的環境，用心去感受假期的歡樂，想必都是人同此心。當他車子經過人群，放低檔次慢慢行進，人們也會有善意微笑向他打招呼，讓他非常有感。

離進入Sigatoga市的路程尚需半小時，他看見公路邊Hideway旅館招牌，他將方向盤朝右打轉進入，在綠茵小道上行駛了約一公里，看到了這家旅館。呈現在眼前是一幢幢小別墅沿海而建。以往他與AKL返回Sigatoga路程時，多會在此停留打尖。旅館大廳則採本地式建築風格，用茅草及樹皮裝飾著屋頂及牆壁，老式木製吊扇不停動著，櫃檯及酒吧男女服務員穿著鮮豔的服裝，男性耳邊多戴一朵大紅木槿或雞蛋花，女性則頭戴花環。他會與AKL跑到運動區打十分鐘的桌球，以活動筋骨，降低疲勞。管理員是個波里尼西亞直髮的年輕人韓菲洛，臉上永遠流露出燦爛笑容說：「怎麼AKL沒來？」ＴＷ回答道：「他出國工作，大概還有半年回來。」「那我陪你打。」說畢兩人便一來一往的打起球來。結束短暫運動後，ＴＷ會循往例由大廳左側小徑走，看見一幢幢的別墅被花樹纏繞，在艷陽照射下，涼風習面，傳來花香及椰子油混合的氣息瀰漫，ＴＷ會被這種氣氛所感染，為這種熱帶情調所著迷。

瑞王河（Rewa river）河水清澈，潺潺流水中飄浮著墨綠的水草，大堆的黃、白二色的野薑花叢散落在河邊小坡上，ＴＷ把車子放慢行駛欣賞眼前景色，前往Sigatoga市的主要橋樑就在眼前，是一筆直單向行駛的古石橋，橋墩拱型造型，有古樸典雅風。ＴＷ先將車子停在橋邊的黃色緩衝警戒線內，標示燈號是綠色，他小心翼翼將車開上橋，等開到橋的另一端，那兒有兩輛巴士停靠等待過橋。

車子過了橋ＴＷ鬆了一口氣，猶如人走在獨木橋上，有提心吊膽之感，橋面寬度幾乎與車身相當，有進無退。車子下了橋，由右側轉入Sigatoga市區，帶有本地及印度色彩的街道，逐漸呈現在眼前，ＴＷ將車速放慢，慢慢尋索什麼似的，他將車子停在一幢兩層樓前，外觀普通，漆著火紅色彩，令人目眩。週六上午街上人潮如織，男女老幼在街上遊蕩、採購、交談等，ＴＷ覺得自己如同進入十九世紀初的街道。

ＴＷ走進這家叫做「高陞餐廳」（Koh Shek Restaurant）感覺進入明代中國章回小說裡描述那種氛圍的飯館，陰暗神祕感由心而生，屋簷下掛著粗糙的大紅宮燈，圓形長桌配上不協調的長板凳。牆上掛著一些複製的對聯及國畫，大門入口邊是用木頭製的簡陋櫃檯，裡邊放置著葷素數盤的菜餚，老闆娘伍太太是年近六十略為發福的華裔婦人，一身麻紗咖啡色唐衫，圓胖的臉，笑如滿月著招呼客人。伍太太有兩個女兒，先生原是與印度人合種甘蔗，現已退休。兩個女兒老大瑪莉已由紐西蘭大學畢業，學成賦閒在家，老二蘇茜則在餐廳打工協助雙親。ＴＷ認識大女兒瑪莉，她在紐西蘭念書時結識了紐國原住民毛利族青年。伍家雙親堅決反對，為了阻止這件事，伍太太還打電話給ＴＷ，拜託他介紹有華人血統的青年給瑪莉。ＴＷ心中已有盤算，如果伍太太再問起，他準備將他認識在本地做貿易的年輕臺灣商人小呂介紹給她。

一如以往，ＴＷ向伍太太打了招呼說：「新年期間生意想必不錯。」伍太太笑臉迎客說：「還可以啦！今天要點什麼食物？」那是ＴＷ的習慣，每次經過這家餐廳，都會點些叉燒肉、烤雞、炸薯條，煮芋頭及炒麵等最普通的食物，帶到山谷中，讓AKL家人享用，深居山野人家享受到在他們眼裡看來是珍貴美食，臉上露出愉快的表情，ＴＷ會有充實感。

伍太太包好食物，ＴＷ結了帳，心想：「如果她再問起為瑪麗介紹男朋友之事，就說已找到對象，可以安排雙方會面。」ＴＷ拿了食物向伍太太告別，伍太太回應，沒提別的。餐廳中一片忙碌，這時後面廚房門簾掀起，ＴＷ看到瑪麗與一個短髮矮壯青年，他穿了無袖汗衫，下面圍了咖啡色圍裙，上身有露體的都刺滿了刺青，那些圖案雖看不清楚，ＴＷ覺得怪嚇人的，ＴＷ沒有再逗留寒喧，便出了餐廳，心想：「那個青年也許就是瑪麗毛利族男友吧。」

AKL山谷家在Sigatoga到Nadi國際機場中途中，仍有約二十分鐘車程，W雖然走過近十次，他記得進入山谷標誌是一個有S標示的叉路，就要轉進。車子在兩旁盡是綠色甘蔗田行駛，夾長的甘蔗葉配上中間此起彼落類似玉米鬚，包圍中間的花蕾，隨風搖曳，TW想到：「快到收成季節。」

TW放慢車子速度，認清楚了標示，轉入叉路，由於沒有鋪柏油，路況下滑，車在石子上搖幌，他放了空檔，不踩油門，控制剎車，讓車慢慢下滑。車子下到谷底，見一獨木橋，橋下流水潺潺，可清澈見底。TW小心翼翼將車開上橋，牛步般駛過後，眼前又是斜傾的小坡，上了坡進入逐漸離開水平線的山谷，兩側開滿了蘆葦草及管芒花，這兒的景緻也會隨季節變化而有不同。TW抓緊方向盤，車子向高處爬，由於路面崎嶇，車須隨時避開凸出在路面上固定的小石頭或石塊，「這段路正是考驗自己的耐心」，TW自言自語說。

車子經過高低起伏，左右搖晃及坑洞佈滿路面後，終於上了一小平頂，住了一戶養牛人家，是一對年邁印度夫婦帶了一個七、八歲大的孩童，關係屬於父子，或祖孫並不瞭解，老夫婦靠三頭乳牛賣牛奶為生。

ＴＷ將車停好，由於馬達熄火的聲音，使久居淨土的這戶人家騷動起來，老夫婦及小童奪門而出，小童看到ＴＷ來到，格外高興，嘴中唸唸有詞，並且雙手猛拍指向右方山下，用雙手做了一個弧形開花動作，然後雙手一攤，表情緊張及憂心。ＴＷ不瞭解小童用印度語及肢體表達的意思，想必與AKL家變化有關。這家印度人算是AKL的遠鄰，由此再下坡到AKL山谷之家仍有三十分鐘的步程。

ＴＷ由車後座拿出所準備的禮品，是一盒糖及一包餅乾，送給了這戶人家，老夫妻倆感謝再三，小童由老婦手中拿下糖果盒，打開紙盒並取走一塊糖放入嘴中，老婦追罵著，ＴＷ看了也被這情景逗笑了。

ＴＷ左手拿了大帆布手提袋，右手是剛在S市買的食物，開始步向最後目的地行進，也是嚴峻的體能考驗，路況在山谷中，高低曲折隨時可見。走下坡後，再上一小山谷，放眼望去，四周圍一片松林針葉梢經過風的傳拂，樹枝上呈現多角狀的松果，產生了共鳴，到處輕哨絲絲入扣的松鳴，風止後，立即回到安靜，靜得僅有松針葉落之聲。感覺疲乏的ＴＷ坐在路邊一塊突出石頭上，享受輕風松語。

AKL的家終於呈現在眼前，ＴＷ鬆了一口氣，痛快的如汽球洩了氣，穿過草叢，爬上斜

坡，呈現在眼前是一塊約二百平方公尺的平地。原先AKL的家是採本地式建築，木椿柱，屋頂為洋鐵皮再鋪上茅草及樹皮，屋頂下的房間隔間，是以三合板建構，門窗都用木板片製成，屋內地上鋪了水泥，再蓋上草蓆，是最簡陋蔽避風雨的居所。對於「開發」或「較少開發」定義瞭解，TW對於自己租住的公寓並沒有認真的珍惜，但AKL對於擁有如此簡陋的居所，因代表一種心中的寄託，而感到滿意。TW想，在這種生活環境下成長的兒童，多有歡樂笑容倒也難得。

TW所見，是塊經過修繕，並鋪設了平坦水泥的屋基，「AKL的家真的沒有了！」TW在原先房屋範圍內繞了一圈，他覺得目前情況現場有修整過，也沒有任何火焚或燒焦久久不散的氣息。屋基後左邊的小廚房則仍在。

TW下意識的拿了東西走到廚房前，在門口前停下，突然間他看到外婆急忙由廚房內走出，身後跟著葉莎，葉莎看見TW高興的依偎在他身邊，外婆臉上流下了淚水，激動又感謝的過來握住TW的手，然後進屋去拿了一張小方椅讓TW坐下。此時外婆用毛巾拭著淚水，葉莎眼裡流露出緊張後的鬆弛笑容，外婆用僅會的英文字「謝謝」，對TW來看她們表示誠摯的感謝。

小舅多明尼克由湖邊取水回來，看見TW來到，如遇親人一般，上前握手，TW趕忙向小舅打探房屋不見原因：小舅眼神狠狠的盯住葉莎，然後用英語慢慢說道：聖誕夜下午，葉莎拿了《賣火柴的女孩》圖畫書要求他再詳細讀一遍。

他再次向葉莎讀了這凄涼的故事，葉莎眼眶溼潤，若有所思，似乎情緒陷入低谷，葉莎問小舅說：「火柴的光芒真能將自己想念的人影顯現出來？」小舅被葉莎問煩了，敷衍的想說：「這是童話」，但他又怕葉莎追根究底的問下去，便順口說：「也許吧」！葉莎仍有所懷疑，小舅說：「自己慢慢看，也許真會如此。」葉莎嘆了一口氣。

傍晚，用過晚飯，由於是聖誕夜，小舅換了衣服，要坐公車到Nadi去和朋友聚會，外公外婆在後屋聽收音機廣播聖誕歌曲。葉莎一人坐在前堂，天已黯暗，葉莎獨坐，想到了自己的父親、母親、舅舅等，她突然湧上一股念頭，她要一試，於是她將原先藏在秘密處的火柴盒拿出來，她居地而坐，面前是一大茶几，上面正點了一盞玻璃罩煤油風燈，是屋裡夜晚唯一取光之用，她坐在茶几前，將一根火柴棒由盒中取出。

外婆每次在廚房時總是告誡她千萬不可以動火柴，那是非常危險的玩意兒。想到這兒，她有些害怕，想還是不要試了。屋外一片漆黑，屋內風燈火苗燃燒，光亮忽明忽暗。葉莎的好奇心再度燃起，她想：「應該試試吧，也許真可以看到。」

暗中，她將火柴用力在盒邊擦燒紙劃下，火苗出了，小小的，與風燈裡的火苗成了大小兩個亮光，葉莎緊張萬分，她閉上了眼睛，火柴棒燒到底，燙了葉莎的手指，幻想母親的身影並未出現。

葉莎有點失望，她再次取出火柴做同樣動作，但是不管是她睜開眼或閉上眼，母親或AKL等身影從未在她眼前出現，劃到第七根時，眼前仍是漆黑，沒有任何人物或幻影出現，葉莎生氣了！

此刻葉莎劃下第八根火柴時，突然天上一聲巨雷作響，葉莎嚇得將手中已有火苗的火柴棒丟到茶几上，由於茶几上的膠製桌布易燃，一下火勢往上竄起，此時一陣大風將燈吹倒，火勢順勢燃燒延到地上草蓆一發不可收拾。

葉莎眼見闖了大禍，驚叫哭泣的跑到後屋，外公外婆見到火向後屋竄來，外公抱了葉莎與外婆由後門逃出，在廚房前看著大火迅速吞蝕了房子。一陣陣雷聲後，房屋已燒毀，僅留灰燼。隨後傾盆大雨下了數小時，外公外婆及葉莎在小廚房渡過了一個恐怖的聖誕夜。

小舅多明尼克回家看到房子不見了，第二天一早到村長處，請村長協助，村長派了人協助清理了火場，將焚燒的有毒廢棄物處理乾淨，並協助整平原有屋基。

倒是葉莎雖然闖了大禍，外公外婆對葉莎沒有打罵懲罰，也沒有任何抱怨，他倆的想法是事已至此，任何怨懟也無濟於事，葉莎畢竟太小，她做此事的動機是思親，老人家也就不忍苛責了。

AKL在離家赴奈密比亞前，留下了一筆款項給父母，做為急用，經過與村長會商後，由於AKL代表國家遠在海外工作，對於整個村子而言代表一種榮譽，村民願同心協力協助AKL重建家園。

TW瞭解情況後，於當晚六時離開AKL家，他準備將情況於次日上班時以電話告知AKL讓他安心。

在回途的車上，TW想到這個事件發生，描述不幸兒童悲慘命運博取讀者同情的童話故事，有超現實想像空間。安徒生《賣火柴的女孩》這個故事對於小讀者而言，渲染出感同身受的情愫。但對於葉莎而言，故事描述小女孩劃亮火柴，能看到所願。做為一種渴望的追求，葉莎有錯嗎？

TW想到，畢竟，能看懂安徒生童話的小讀者們，或許並不瞭解安徒生藉故事描述，來提醒社會兒童福利不可或缺的重要性，就同情心的激發及思親而言，「賣火柴的女孩」這個故事在葉莎身上發揮了作用。

公路上，萬籟無聲，僅有車輛在柏油或石子路行駛的磨擦聲。間歇聽到路邊草叢中蛙鳴，或倦鳥振翅劃空而過。他想這個事件，「AKL家房子不見了，該向安徒生告白，都是這位童話大師惹的禍。」TW忍不住笑了起來。

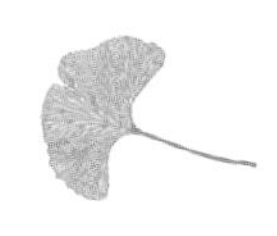

流轉的水仙

當他來到這座由七個山丘建成的古城工作時，面對眼前的風貌，產生了一種肅穆及悲壯的感覺。灰白與暗紅基調的建築風格顯現出古羅馬時代殿堂華貴莊嚴之美。而阿拉伯回教白色清真寺渾圓金頂及方正寬大寺體，又是另一番景觀，令人仰之彌高，感受到渾厚與古老（對教外人士而言）震撼力。市中心建築多屬白色石頭構成，家家門前種植湖綠色樹枝結實累累的橄欖樹。約旦男士多數著寬大白素色阿伯長袍，女士包了頭巾身著長袍，色彩華麗，講究者袍邊及袖襟帶有繡花滾邊，嚴肅中帶有俏皮。老城（down town）區充滿阿拉伯風情，水菸店、香料及乾果小舖、銅器、馬沙克飾物、烤餅、燒肉串及咖啡等商店，饒富伊斯蘭神祕感，對非回教徒及外國人而言，有天方夜譚中虛幻與現實交錯情境，是他常徘徊與留連的地方。

尤賽夫在他辦公室擔任信差童子，如同許多埃及青年一樣，離鄉背井來約旦打工，二十歲出頭是法老子民，身材骨肉均勻，膚色紅赫，濃密捲髮，一雙有神大眼配上長睫毛，豐潤厚實嘴唇，臉上永遠白齒露笑，讓人聯想到沙漠散發出光與熱。他通常早上九點進入辦公室，推開窗戶，可看見左邊有兩間石版屋，一間改成車庫，另一間是尤賽夫的宿舍，宿舍前面是個籃球場，旁邊種滿櫻桃及柏楊樹。樹底下有花園小徑，庭院面積寬闊，置身其中有安適感覺。

尤賽夫通常會在上午九點三十分來到他辦公室，端上一小杯香濃厚甜的埃及咖啡，含有肉桂香氣，微笑說到：「早安，Sir。」黑亮眼神閃爍著真誠及敬重，他回應道：「早安，尤賽夫今天會不會忙碌啊。」尤賽夫天真笑道：「Inashala（阿拉伯語意為天知道）。」然後到其他同事房間去工作。十一點三十分，尤賽夫再次來到他的辦公室問到：「Sir，我要去郵局拿信，要不要帶午餐給您。」他正忙著趕一份報告漫不經心回應：「烤雞加薯條吧。」尤賽夫回說：「昨天吃過，今天換個樣給您帶海鮮pizza。」他將十約旦鎊交給尤賽夫道：「你為自己也買一份罷。」尤賽夫說：「謝謝Sir真主阿拉保佑您。」此刻耳邊響起了鄰近清真寺擴音器傳提醒及押韻聲浪：「朝拜真主阿拉的時間到了，快來朝拜阿拉」他知道已近正午。

四十分鐘後，耳邊傳來汽車傳動及喇叭聲，斯里蘭卡籍的門房巴山將後院鐵門拉開，尤賽夫駕車歸來，將信函及包裹交給秘書娃法女士處理後，回到自己房間。約十分鐘後尤賽夫端上一個托盤，熱熱的pizza放在白磁盤上，一杯新鮮橙汁，兩個暗紫色無花果，小心翼翼送到他面前說：「Sir，果汁是我準備的，無花果很甜美，請用。」他看了尤賽夫一眼說：「謝謝。」心中產生了比較性想法，尤賽夫貼心服務，是職業道德觀念導致如此，或者因為自己替他出了午餐錢而做出回報。他想下次如果叫尤賽夫買午餐，不替他付錢，結果會是如何？他想試試看，隨即就打消了這個想法，他總是將別人對自己所付出應心存感激，尤賽夫與他來自不同兩個洲際，在第三地中東相遇，對他而言也是難得緣分，不需計較太多。

他為了駕車方便，上班時通常會將車停在辦公室外牆邊，不停在辦公室停車場內，那樣要先按喇叭，通知門房拉開鐵門後再開到停車位，這樣省去麻煩。尤賽夫請其友人，同樣年輕聰慧的穆罕默德替他在院外洗車，穆罕默德是開羅大學園藝系畢業，為辦公室附近一家伊拉克富商管理花園，富商家院中種植許多玫瑰、月季及薔薇，有如小樹般枝幹，盛開各色花朵，另有噴水池及賞月亭等，是典型伊斯蘭花園，庭院設計引人遐思。

回教國家回曆即週五為公休日，週日則需要上班，在此間工作感覺上與世界上多數國家，以基督教安息日禮拜天為公休有極大差異，心理上將周五視為週日落差需要調整。穆罕默德是個老實的孩子，每天幫他洗車，他週四會付十約旦鎊給他作為報酬，但穆罕默德不敢收取，他後來是透過尤賽夫轉給，他才肯接受，回教徒間人際與親疏關係立場分明。

通常週五回教戒律例行淨化日，面對世界，幾乎所有國家週五都在工作，他會自動來到辦公室加班，以不脫離常規週五多有一些外電進來需要處理。辦公室空無一人顯得格外寂靜，窗外櫻桃樹葉隨風搖曳，較遠黃柏楊樹在秋日陽光下，僅有麻雀兒在樹叢中起舞，替寂寞庭園製造了小小的高潮。枯燥工作了兩個多小時，他從辦公室走了出來，在庭院中散步，活動一下筋骨。尤塞夫由鐵門外進來，白色圓帽，一襲白長袍，手持可蘭經，飄逸瀟洒，向他打了一個招呼：「Sir，午安，今天沒有休息啊。」他回應道：「公務要處理，你去清真寺做禮拜吧。」尤賽夫愉快地回答：「是的Sir，我向阿拉祈禱。」尤賽夫返回住屋，換了便服，屋邊有一石塊做的水槽，水槽牆上掛了一面紫框大鏡子，尤賽夫開了水龍頭嘩啦嘩啦猛洗起來，他滿心喜歡對鏡自盼，整理儀容，年輕的中東及埃及人，認為修飾是一種喜好，面容整潔及衣著光鮮面對老闆或朋友是基本禮貌。

將近晌午，窗外傳送來陣陣煎魚香味，尤賽夫正在屋邊空地上架上煤氣瓦斯爐，用平底鍋煎魚。他想到：「沙漠地區魚價格昂貴，這個年輕人會享受，而自己怕麻煩，想吃魚頂多買個魚漢堡解饞。」他隨手將窗戶關上，工作到此時該收攤了。尤賽夫看他關了窗戶氣急敗壞跑來說：「Sir，請不要走，我準備了午餐，再等十分鐘就好。」他欣然接受。

尤賽夫端來食物托盤，白盤子擺了有兩塊金黃色炸魚排，下面撲了滿滿葡萄乾燜飯，翠綠黃瓜及鮮紅番茄舖陳在盤邊，附帶一杯鮮榨深紅色石榴汁，現在是石榴採收季節。尤賽夫說道：「Sir請用，每天中午吃速食品營養不夠，尤其缺少吃魚。」他著實享受了喜歡的午餐，他後來由談話中得知尤賽夫曾在開羅一家法國餐廳工作過，烹調手藝不錯。

部分沙漠國家也有隆冬並降雪，約旦通常降雪發生在一月。十二月份天氣轉寒並且經常有驟雨。有一個夜晚，一個台灣商業訪問團要來安曼訪問，他在辦公室加班工作。夜晚近八點鐘，窗外冷月清澈照亮大地，雨後水印舖陳四處，灰白色籃球場水影與月光相映，有如清澈湖水。尤賽夫穿了銀白色運動裝，騎著紅色捷安特跑車在球場繞圈飛馳，在飛繞幾圈後忽然立即煞車，然後將前輪朝空豎起，放下後再次傳動車輪，爭取速度快感，快速身影隨著月光、燈光及水影飄浮，宛如置身另一個虛幻世界。腳踏車停了下來，尤賽夫下了車，通紅的臉龐夾著喘氣聲，有一種青春桀傲不馴氣質。

他也動了騎腳踏車念頭，於是也小心翼翼坐上了車，他從來沒有騎過運動腳踏車，上車後他踩著踏板覺得速度快得無法控制，慌忙將腿放下著地減慢速度停車，尤賽夫過來攙扶了他下來，並將腳踏車牽走。他略帶氣喘的走到櫻桃樹群下休息。夜空潔淨無塵，一陣冷風撲鼻，含有水仙獨特優雅清香漂來，他嚇了一跳，在這個沙漠國度會有中國水仙花出現，他了解水仙花的花期是早於桃李，但晚於寒梅，那股暗香深深吸引著他，水仙是一種屬於空靈及飄逸的花，他驚訝發現在樹叢下小徑邊有數叢綻放的水仙。

他好奇問尤賽夫：「這兒怎會出現水仙，而且是用泥土培育種植的，這種花是中國人在春節時清供的花朵。」尤賽夫回答：「幾年前有一位同事太太在冬天從台灣帶來一些鱗莖球養在淺磁插花盆中，花謝後，將鱗莖球丟棄，我撿了回來，叫穆罕默德把它們種在這裡，慢慢冬天就開花了。」離開庭園，尤賽夫摘了一束水仙送他，回家後他用清瓶供養，滿室充滿幽香，他聯想到希臘神話水仙故事的淒美。

又是一年除夕夜，雖然穆斯林國家慶祝氣氛不算熱烈，但這這國家仍有百分之五人口篤信基督教，不要忘記帶信眾渡過紅海的摩西就是在此地nebo山落葉歸根。當晚他在辦公室加班到九點多，忽然尤賽夫身著一身黑西裝並打了一條他送的深黃領帶，手中拿著一個黑色公事包，由公事包取出一張燙金英文及阿文雙語字體證書說到：「Sir，我在約旦大學晚上唸英文中級班今天結業，感謝Sir對我的鼓勵。」他認真看了證書說到：「你的英文有進步，再接再勵啊。」

尤賽夫回答到：「我會的，Sir請您幫一個忙，借您家中電話一用，我與家人通信，約好明天新年上午十點向母親電話拜年，安曼電信局長途電話亭大排長龍非常忙碌，不知道方便與否？」。他了解尤賽夫住在離開羅約五十公里處的鄉下，那兒通信設備並不普遍，在家鄉需要相約去有電話人家借打，並約好通話時間。他回應：「好，明天早上十點鐘在加等你。」

新年第一天，遠方可以聽到零星鞭炮聲，他住在安曼市區兩層樓洋房，前院矮鐵門從不需上鎖治安無虞。為迎接新年及到訪客人，他在二樓客廳準備了新鮮薄荷葉甜茶及小麥棗泥餅待客。十點整，尤賽夫來了，穿了咖啡色外套配上白襯衫及牛仔褲，一派新年新氣象，向他鞠躬說：「Sir新年快樂，希望新的一年更好。」他回應到：「尤賽夫新年快樂。」他叫尤賽夫上樓在客廳打電話回家，他則到樓下的客廳看書。十五分鐘後尤賽夫自樓上下來，面容愉悅地說到：「與母親通電話，原先擔心她血糖過高，精神較差，現在情況很好，她與我大哥阿哈美德向您賀年及問好，真主保佑您。」看來新年第一天尤賽夫最快樂的事是向家人拜年，身在異鄉有親情慰藉是幸福的。

送走尤賽夫，他合上鐵門，一陣冷風襲面，飄來濃郁的水仙花香氣，他的嗅覺促使大腦要找到花香來源。他穿過車庫，走到後院，湛藍晴空下，那兩棵枝繁葉茂的無花果樹緊密相連，他發現樹底下，數十株盛開的水仙花迎風搖曳，吐放清香，看到此一景緻，他眼眶濕潤感動情緒湧上心頭，他全然了解流轉的水仙會綻放滿園的原因。

熱水塘之歌

他與師兄師姐們由泰國北部芳縣坐巴士到大谷地熱水塘之家關懷，芳縣盛產柑橘，一路上綠意盎然，一排排開著星狀白花的柑橘樹散放出自然芬芳，再過兩個月，柑橘將佈滿枝椏，結實累累等人摘取，橘皮由綠變黃，提供人們甜蜜清香的水果風味。巴士轉向叉路，邁進青翠山丘，遠山白雲朵朵，充滿田園之美。前面是平坦的石版路，右邊有三座如同軍營般的建築，傾斜灰色石綿瓦屋頂配上咖啡色主屋體，在亮麗陽光下，有種古典及恍如隔世感覺，這就是泰北熱水塘榮民之家，一個歷史的符號，見證在遺世孤立環境中住著上世紀為捍衛自由，流血流汗但被遺忘的一群人。

他隨著身穿青天白日制服，象徵大愛的師兄師姐們下了車，大家分組進行關懷，闖進了需要溫暖的群體，這裡收容了當年參加國共內戰，由中國雲南一路轉戰泰北，並參加了考克考亞山及蒙山戰役，而後又與泰共鬥爭，遏止了泰國被共產黨赤化之可能，並使國軍後裔能夠立足泰北，留下火苗，融入泰國社會。榮民之家原住有一百三十位榮民，現在僅剩三十位，「老兵不死，只是凋零」。

他被安排在第一組，由黃師姐領隊走進大宿舍，裡面隔了二十個小房間，前屋數個小房間已經人去屋空，僅有鐵床及簡陋桌椅擺設，在寂靜及陰暗環境中，一線陽光由窗戶透進屋裡，象徵了對屋主雖然逝去但仍維持一視同仁的眷顧。

他到達第一位感恩戶，陸明住此已經近三十年了，他看上去沉默寡言，聽說他十多歲就在家鄉學校被拉伕，後隨國軍九十三師開往火線，在一次戰役中傷了頭部，因為沒有良好治療，後遺症產生時而神智不清，時而頭痛欲裂。十多歲是人生起點，風華正茂，由家鄉到異域，在此山谷渡過了大半生，內心總會期待轉機，有朝一日衣錦還鄉，目前卻無依無靠，離開熱水塘機會在哪裡？

黃師姐笑聲如鈴，清脆悅耳說到：「陸明師兄我們再回來看你了。」陸明低頭不語，深鎖重眉。大夥兒將陸明棉被拿到窗外曬，骯髒衣服及床單由其他師姐拿到水槽洗滌，今天日光充足，下午就可曬乾，然後打掃房間等工作。五組人馬除了清潔工作外，並帶領榮民們走出戶外散步或聊天，由於長久以來鮮少有如此眾多人前來關懷，榮民們反應先是有些靦腆木訥，不知所措，但經過半小時相處後，屋外樹下、草坪上及花圃中充滿了歡聲笑語。陽光下，山谷中充滿人性溫暖及關懷。

黃師姐記得上次來時，帶了晶體電池收音機送給陸明，陸明如頑童般高興地唱了一首軍歌，鏗鏘有力。黃師姐是學聲樂的，為陸明的音色叫好，並且誇讚再三。此次黃師姐要求陸明：「上次來時聽到你唱的軍歌真好聽，能再唱一次嗎？」黃師姐了解榮民們鮮少有人探望，與人說話機會不多，希望陸明打開話匣子，或以歌聲來舒解心中鬱悶。陸明仍沉默不語。黃師姐換了話題，逗陸明有所回應。黃師姐忽然想起來了，由口袋拿出一小瓶「白花油」，說到：「上次你說要的，給你帶來了。」陸明紅者臉似乎用眼睛表達了「謝謝」兩個字。

响午，大禮堂T型飯桌坐滿老人，與全盛時期可容納一百人以上比較，感覺空曠及蒼涼。白色牆壁歷經歲月已泛黃，國父及蔣公照片及「革命尚未成功，同志仍需努力」標語仍掛在牆上，饒富歷史氣息，代表各自所屬時代意義，在異域熱水塘禮堂也不例外。榮民們井然有序的各就各位，將自帶碗盤放於桌前定位，他們行動由於年邁或傷殘等原因而有所遲緩，但所表現軍人紀律感素質仍是有的。院裡伙食午、晚兩餐，米飯及一葷一素兩菜一湯，聘請一位泰國太太負責炊務。愛心師兄姐們也帶來了素糯米飯團、素飯盒、發糕及橘子等食物與大伙共享。

飯後是關懷時間，會場氣氛熱烈起來，大夥將準備好關懷物品環保袋，裡面裝有麥片沖包、餅乾、五穀雜糧粥及多種維他命等送交每位老人，與他們一一握手及表示感謝與關懷，有些老人家雖行動不便，仍困難的站了起來以軍禮答謝，表現出內心誠意，令人不捨。

餘興節目開始，錄音機傳出了黃梅調「戲鳳」歌曲，分由李會長放下身段反串李鳳姐、陳董事長演正德皇帝、張董事長演大牛，由於對嘴表演，動作自由發揮，梯突滑稽，在座榮民們多笑彎了腰。歡樂氣氛持續進行。黃師姐唱了兩首雲南民謠「小河淌水」及「雨不灑花花不紅」以慰異域鄉親。最後大伙合唱「祝你幸福」，並向每位榮民握手，送上誠摯祝福。午後四時，師兄姐們將早上所做工作收尾，棉被已經曬好，床單衣物也乾了，摺疊好送到每位主人手中。多數行動不方便榮民也列隊歡送。陸明忽然由隊伍中出現，向黃師姐舉手敬禮說：「對不起，早上起來頭痛得厲害，沒有辦法唱歌，下次我一定唱，請不要生氣。」在場人都被逗笑了。

他揮手道別，熱水塘榮民之家幽暗燈光在視線中漸行漸遠。有一群人，少小離家，如同每個人青春年代，有著滿腔理想與抱負，但受到時代與環境變遷，無法得以伸展。進入熱水塘後，大半生在異國山谷中渡過，無法走出，黃昏將至，未來的路仍要繼續走下去，祝福各位榮民平安喜樂。

借衫記

他辦公室公務車駕駛是名叫索拉薩的泰國人，工作時間已超過十年，是他前任聘僱的，前任調回國後，索拉薩留了下來繼續工作。索拉薩不到四十歲年紀，開車技術很好，對於曼谷及郊區，或去幾百公里外其他府縣，他多數都能夠瞭解路況，順利開到目的地。辦公室沒有發給司機制服，索拉薩以前在紐西蘭駐泰國大使館工作，所以按大使館一般規定，上班要求穿著長袖襯衫並打領帶，索拉薩一直延續此一習慣，給人印象是乾淨且有禮貌。

曼谷市交通狀況可用「塞車天堂」來形容，是隆（Silom）、亞述（Asok）與素坤逸（Sukhumvit）三條路線是主要塞車地區，尖峰時間車子可在上述路段一塞兩小時絲毫動彈不得，但索拉薩多能事先了解路況，抄小路達到目的地，而能化險為夷。

有一年泰國主辦一項區域性國際組織年會，他服務的機構，派一位次長陪同最高首長代表參加元首層級非正式會議。整個辦公室來自國內各機構負責人忙碌萬分，負責會議議程、與他國與會部長雙邊洽談及宴請僑胞等。通常他與索拉薩會核對節目路程，依照動線圖先走一回熟悉環境，以求接待長官能做到圓滿無缺點。

會議舉行前一天，他與索拉薩到機場迎接次長，次長是中生代青年才俊，不會擺官譜及搭架子，說話幽默風趣，擁有菩薩心腸。會議進行非常順利。次長更不願去叨擾別人或接受過於隆重餐宴，並以佛家語解釋，說那都是「業」。一周相處非常愉快，國內高官來訪，接待人員兢兢業業，深怕接待不滿意吃到排頭。他感覺到與這位次長相處如沐春風，對他而言也是種福報。

會議圓滿結束後，他送次長去機場搭機返國，在去機場路上，他這幾天由於日以繼夜的忙碌工作，沒有注意到索拉薩舉止及穿著，他看到索拉薩所穿發黑皺折滿佈的白色襯衫，兩隻長袖後面脫了線，露出了肉。次長看到並沒有表示，他也忍住了沒問索拉薩為何如此狼狽。

他陪同次長辦好登手續，進入機場登機室候機。次長說：「我這有一千新臺幣，你換了泰銖（約可換一二〇〇泰銖），帶他去買襯衫。」他內疚忙說道：「這個錢該由我來出。」次長說：「讓我表示這幾天他對我服務的感謝。」他臉孔發紅，由這件事他了解到，除了親人及朋友外，與你一同工作或週邊的人，也要適時觀察及表現出關心。

送走了次長，在回家上，他語氣溫和問的索拉薩：「你平常穿的襯衫都沒破洞，也很乾淨，為何今天穿的如此不堪？」索拉薩回到：「Sir，對不起，我其他幾件襯衫被同事借去穿了，他們沒有長袖襯衫及領帶，這段期間，他們頭家（泰文老闆之意）要求一定要穿長襯衫，所以要我幫忙，借給他們穿。」他把次長送錢買襯衫的事說了，索拉薩尷尬的笑了，顯得不好意思。他說：「把車開到Chilom中央百貨公司，正在大減價，現在就去買新襯衫。」

第二天索拉薩滿面春風穿了次長給他錢買的新襯衫上班，在同事間造成了小小轟動與話題。

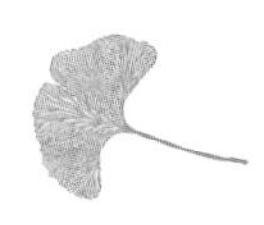

新居

仰光市區風貌呈現出一種停格在二次世界大戰束後亟待復興、但有被時代遺忘的氛圍，儘管在二戰後獨立後，曾經出了一位世界級名人，即聯合國秘書長——宇譚，緬甸在國際舞台上仍是個沉默異數。冷戰後國際政治環境思維變遷，對於這個軍人獨裁國家並沒有帶來新的機運，人民對固步自封的軍政府採取順服姑息態度，導致經濟低度開發，民生凋敝。翁山蘇姬女士帶領民運人士推動民主理念換來了自身長期軟禁。民選及政黨政治與言論自由終屬遙遙無期。

他來到仰光，八月的太陽讓空氣散發出炙熱鬱悶並帶有柴油的氣味，阿不拉開了昂貴的二手車接他去看經營的一塊土地，地點在仰光郊區約三十公里。緬甸政府不准汽車進口，滿街流動車輛多屬車齡超過二十年以上，或是外國淘汰老舊貨色，但價格不斐。最好的公共汽車是日本七十年代援助的報廢公車，車身前後門仍留有「入口」「出口」等漢字，堪稱一景。街邊倒是處處綠樹高聳，市面缺少新型建築，英國殖民時代遺留下來古老建築比比皆是，歷經歲月滄桑，外表陳舊欠缺維護，整體有美人遲暮之感；但大、小金塔是緬甸子民的精神堡壘，信仰的寄託，藍天之下人們看到了兩座金碧輝煌的浮圖，代表在歷史軌跡中也會有過太平盛世，但時不我予。緬甸人民心中仍會期待美好未來。

希望與光明未到。緬甸雖然天然資源豐富，社會主義經濟執行錯誤造成低度開發，沒為人民帶來福祉。人們對於佛陀禮讚，一直是生命不可缺少元素，以逍遙自在方式看待艱辛困頓環境，再窮的緬甸人也肯為佛陀奉獻，祈求來世能夠幸福美滿。

車子開到目的的，放眼望去一片廣袤綠地建成了一棟棟別墅型紅樓，看到了阿布拉經營成績，這種別墅類型規格買主該以富賈或國外投資人為對象，他懷疑市場需求性，並與阿布拉討論行銷情形，阿布拉向他說明：「別擔心市場價格，不以牟利為目的，房屋是國民住宅式價格，回饋給當地人民，例如這個度假小區原先計畫兩旁加蓋牆垣，中間建豪華大門以顯壯觀，但為了能更多照顧當地人，現在兩旁改建成各二十間三層樓小單位，已經有一些當地人訂屋，價格便宜合理，銀行優惠貸款也已經談妥，絕不會賺取暴利的。」

阿布拉載他在社區繞了一圈後，並參觀了小別墅內部設施，強調這項計畫完全配合緬甸政府國民住宅發展計畫，使中下收入者能住者有其屋，並帶動這個地區商業發展。

一小時後，車子停靠在小區大門左側，他們下車來參觀三層樓小單位，一個年紀約模六到七歲男孩笑容燦爛的迎向他們，完全沒有一般小孩認生的羞澀。男孩大方一左一右拉著他與阿布拉的手說：「我們搬進新家了！媽媽說一樓要開餐廳，歡迎你們來參觀。」他們隨男孩走入樓下，他稚氣叫著：「媽媽，客人來了。」圓臉身材胖胖的年輕母親下樓，小孩投入母親懷中，流露出親密互動。母親微笑說道：「自來水已經來了，電力再過兩天也可以接上。」阿布拉微笑問：「房子還滿意嗎？」。母親微笑點頭表示同意。

小孩離開母親靠近他與阿布拉身邊，跑了一圈又一圈，看得出安全、幸福及滿足的感覺顯現在臉上。

孩子有天真，稚氣中滲有知足及感謝的反應，但還不能成熟細膩地表達出來。他想到一個孩子，從窄小惡劣居家環境中，改換成生活在較寬闊空間成長，能夠遮風擋雨並有安定感覺，喜悅是如此強烈，又願與人分享，代表了無私童真；母親與小孩間親情及眼神流露出的關愛，同樣令人感動。

離開上車時，小孩輕輕替他關上車門，他主動問：「下次再來看你，房子已經裝修好啦，高興嗎？」小孩回答道：「高興，高興，再來啊。」彼此揮手，在暮色中告別。

鑑真

路易斯大道位於比京布魯賽爾市中心，是繁華商業區。路易斯廣場周圍，林立著世界級的名牌商店，為喜好「血拼」名牌的觀光客提供了採購「群聚」的效果，可一次採買到位。中古世紀遺留下的建築，古樸典雅。大道兩旁有知名的旅館如「喜爾頓」、「Conrard」及「Sofitel」等建築物聳立，古典與現代結合溶入街景，略見突兀。

喜爾頓旅館隔壁是一家古色古香的古董店，正門兩側的巨大櫥窗，隨著季節變化，店主巧具匠心的陳列著各式價格不菲的古董品；春來，展出春意盎然，色澤鮮豔透明色彩的巨幅古油畫，內容多屬春景寫生或花卉水果靜物，或盛裝少女踩春；夏至，擺滿了整齊排列組合視覺感優美的珍貴成套瓷器，水藍或湖綠色的花紋，在白色的瓷面出現，配合黃亮的燈光，有夏的感覺；秋天則是鍍金或漆銀的茶具、茶壺、茶碗或銀器；搭上楓葉點綴，富麗中有些失落感；隆冬，古典的椅子搭著各式各樣波斯及歐式地毯，雪花片片時，經過櫥窗前，看見地毯，感到若能鋪在自己屋裡該有多好，會給路人帶來一絲溫暖的感覺。

店主高蒂埃夫人是金髮碧眼，典型荷裔布魯賽爾人，五十多歲精通荷、英、法三種語言，這也是這座城市流通的語言，她每天身著商業氣息濃厚的套裝，端正的坐在店的後方，打理著生意，接待客人。

由於商品的屬性、地段及顧客群等因素。店裡看似冷清，缺少人氣。對於古董有興趣的人，最多也只能在櫥窗前停駐，以羨慕的眼光欣賞，瞭解價格不菲，也就不進店參觀了。

高蒂埃先生是魯汶大學的歷史學教授，這個店面是祖傳財產，夫婦均對藝術品喜愛，所以斥資開了這家古董店。

唐林來自臺灣，在此地已工作兩年，他住在Namur門區，離路易斯大道很近，每天早上搭捷運在路易斯廣場站上車，到Rogier再走到火車站北站對面的「世貿中心」大樓上班。

每天經過這家古董店，唐林都會好奇的看著櫥窗擺設的古董。布魯賽爾不論大街小巷，倒處可見古董店，真似古董店之都，靠近皇宮附近的Sablong區，就是古董街區，教堂邊的三層石階高地，週六、日是固定古董市集，成了喜愛古董，油畫等蒐集者的朝聖地。附近櫛比的古董店，是尋寶的好所在。

唐林常思索一個問題，也許膚淺，歐洲人有懷舊（nostagie）情結，他所接觸到的歐洲人，與四十歲以上人在交談中，多會把話題拉到昔日發生、流行的時尚的主題，多少有些炫耀往日光輝的虛榮感。「多數古董店都門可羅雀，倒是很少有關門的。」這點是唐林所觀察到的。

受到環境及本身也喜愛藝術的影響，唐林也愛上了破銅爛鐵，是他自嘲心理，由基本入門做起。看大量有關古董的書籍及資訊。除Sablong外，另外南火車站邊的「舞會遊戲Jeu de Balle」廣場，佔地約有半個足球場大，是馳名歐洲的跳蚤市場，每天由上午九時擺攤到下午一時，唐林在比京好友郭文才在比國藝術學院習畫，也自臺灣進了一批鶯歌陶瓷及板畫在廣場擺起了地攤。郭文才對唐林說：「這是一種附庸風雅，擺攤子的多不是為生活，只在充實對藝術欣賞的眼光及找到自己欣賞的藝品。」

另外捷運黃線終點Simonis區週六、日也有跳蚤市場，唐林初次牛刀小試，在一比國老太太的攤子買了一個青花公雞石榴枝飯碗，瓷質細緻，碗底有「大清乾隆年製」楷書體款式。唐林問了價，開價五十比郎，殺到三十比郎（約9角美金）成交，唐林喜歡碗底的字落款，認為價格頗為公道，看到這個碗的心情是即驚喜又複雜且興奮，也許「如獲至寶」的感覺就是如此，但又心存僥倖，萬一是真品，有這種幸運，那該多好！

唐林開始於週六、日毫不缺席的購買，沒有特定目標，只憑自己的喜好及當時剎那的衝動，他自己慢慢歸類，所喜愛的仍以中國瓷器為大宗，西洋瓷器次之，而中國及歐洲油畫也各有搜集。慢慢又變得五花八門。他也會利用週末、日的二天假日，到巴黎羅浮宮對面的古董市場或荷蘭海牙市的跳蚤市場做一比較。他得出的結果是比利時的古董及舊貨市場選擇種類最多，而且價格公道。

這一天週六早上，唐林準備到「舞會遊戲」廣場尋寶，經過高蒂埃夫人店前，看見櫥窗展示了近一百六十件白底金邊有公雞國家標示圖案，十八世紀葡萄牙公主完婚的紀念瓷器一套，標價二百五十萬比郎（約二百萬台幣）他看了後瞠目結舌。過去他在櫥窗前欣賞時，由於次數過多，如果與店內高蒂埃夫人眼光交集時，雙方都會禮貌性的點頭。

高蒂埃夫人由店裡走出，開了門，用客氣的語調問唐林：「日安，先生，請恕我冒昧問您，您說華語嗎？」「那是我的母語。」「可否協助我認定一件文物，大概是中文吧。」「可以。」兩人入店後，唐林第一次進入裡面，格局與佈置有莊重典雅的古歐洲風，屋裡散發出淡淡的沉香物品及混合了咖啡香氣。玻璃櫃子裡放滿了歐式瓷器、首飾、銀器及珠寶等，牆上則掛滿了油畫，雖非出自大家之手，但是也該有一定行情吧！每幅畫下均有小卡片介紹畫家生平及價格。

高蒂埃夫人由櫃中拿出一幅長中堂，淺咖啡色卷軸，唐林想這可能是書法吧！軸橫約三十厘米，用黃色絲帶綁著。高蒂埃夫人有點手忙腳亂想將卷軸打開，但不知如何啟卷。唐林機警的說：「你用手輕拿住卷軸兩頭。」，唐林將卷軸慢慢放出，淡黃的宣紙上密密麻麻的用毛筆寫滿了字，看了一分鐘，高蒂埃夫人以迫不及待及好奇的眼光等待答案。唐林再細心瀏覽了一遍，在卷軸下角找到了這幅書法的作者「其昌」兩字，並有「延津感舊詞」等字樣。唐林腦海裡浮現了大學時代修過的「中國文藝史」有關書法，他瞭解「其昌」該是「董其昌」，是明代大書法家，字體影響書法界至今。

高蒂埃夫人急著想得到答案：「這是中國文字吧！代表了什麼意義？」唐林看了這幅長七十厘米的軸，整理了一下思緒，並化繁為簡用法語指著「其昌」兩字說：「這是作者的簽名，叫「董其昌」，是中國明朝一位偉大文人兼書法家，明朝約在十五世紀，他寫在上面是一首類似詩的作品，內容說大書法家重遊以前去過的地方所產生的感想，有一些參禪的味道，如果這幅書法是真跡，那是有行情的。」唐林看了整篇書法佈局筆墨韵致厚重，他想：

「今天算開了眼界。」

高蒂埃夫人由眼神看出掩不住內心的喜悅，將卷軸掛在櫥櫃的銅把柄上，左看右看然後無奈但笑道：「我看不懂，中文字真神奇。」唐林笑道：「別說是您，我也無法將這些字精準說出涵意，約四百年了。」唐林強調年代久遠，接著問：「這幅畫是怎樣得到的？」高蒂埃夫人說：「有位比利時駐中國代辦的兒子（應該是戰前國府時代）現在魯汶大學與我先生是同事，他說是在祖父住處找到的，他對這並無興趣，只說要我給個價，他都可以接受。」「那您付了多少錢買？您也可以不告訴我，如果屬於商業機密。」「無妨，三萬比郎（約八百美金）。」「那您現在準備用什麼價格出售？」「讓我想想，如果你要，就五萬比郎吧！」唐林對於書法蒐集沒有興趣，又缺少鑽研，雖然看似古物，但仍需要鑑定，決定轉移話題說：「希望您能賣個好價錢。」

「夫人，請問有中國瓷器嗎？」唐林想知道問。

「我有數件，前幾天英國駐比利時大使館公使調回國，他在這兒搜集了不少法國路易王朝時代的大件瓷器，花樽。原先在英國搜集，帶到這兒的一些小件中國瓷器，不想再帶回去了，留給我買下。」「可以欣賞一下？」「當然！」

高蒂埃夫人由後屋拿了一個紙箱，裡面有用泡泡膠布及報紙包裹的瓷器數件，取出其中一直徑約二十五米厘的花碗遞給唐林，唐林接過後細細端詳，磁質溫蘊細渾，碗面上了釉綠色果葉，葉上浮現天牛、甲蟲、金龜子及花蝶四種昆蟲圖案共二組並行排列，而碗口成淺波浪式花紋邊，碗內蔓枝藤布著兩棵小石榴，造型優雅，碗底款式是硃紅色楷書「大明成化年製」字樣。他看了心頭一震，「這該是件精品。」激動的問價，高蒂埃夫人說：「訂價五千比郎。」唐林擋不住心裡馬上要買的慾望，頭腦冷靜了一下說：「可否給一個最後價格？」「謝謝您今天幫我看古董，四千比郎。」「同意。」，唐林爽快答應。

高蒂埃夫人又取出一個高六十厘米，直徑二十厘米的白色瓷瓶說：「這個花瓶如何？」花瓶的圖案是南極仙翁及麻姑獻壽雙仙並列，是粉彩瓷，唐林看了瓶底有雙圈「大清雍正年製」硃砂色六字楷書。他看了內心再度陷入將窒息的興奮，原想立刻問價，還是忍了下來，看之再三，瓶面沒有瑕斑，非賊亮但有黯光，應該是個古件。

高蒂埃夫人看到這位東方人對於自己並不熟悉的東方藝術的興趣，超過店裡所賣歐洲文物，便主動說：「如果您要，連前一件瓷碗，算一萬比郎。」，唐林當場說：「同意。」然後爽快的付了錢。高蒂埃夫人將兩件瓷器札實的包裝好，放入精美的手提布袋說「小心拿，謝謝您。」雙方皆大歡喜。

把兩件瓷器拿回住處，唐林手捧觀賞再三，又用放大鏡細看瓷質及圖案，於是將兩件瓷器分別命名為：「五彩昆蟲浮葉圖瓷碗」「粉彩仙翁麻姑獻壽棒槌瓶」。他爾後倒也成了高蒂埃夫人的店裡的常客。有一次，他突然想到店裡那幅「董其昌」書法的下場，便特別到店裡問道：「夫人，您前次讓我解釋中文書法那件文物怎樣了？」「脫手了，我後來把它掛在牆上，被一位荷蘭籍買家買走了。」

「多少錢賣的？」「由於您的解釋，我又到魯汶大學漢學圖書館查了資料，董先生是名家，所以我開價五十萬比郎（均一萬八千美元）。」「天啊！恭喜你。」唐林嘴說恭喜，心裡可極為懊惱，當初如果能咬牙狠心買了下來，若是真品，可做為傳家之寶，雖然真偽仍要找專家鑑定。但以荷蘭人商業頭腦及行情瞭解與錙銖必計的個性，肯出這個價格，定是物有所值，自己眼光及膽識不夠，夫復何言？

布魯賽爾中小型古董拍賣公司也有數十個，每月都會定期舉行一次到兩次拍賣會，漸漸地，唐林也是小型拍賣會的常客，他為自己訂下了最重要遊戲規則，每次僅買一件，價格在一萬比郎以下。

他多數參加住處附近下滑鐵盧街Horta公司的拍賣會，每月舉行一次，通常在每月第二周周一及周二晚七時三十分舉行。前一周會在公司展示拍賣品，約五佰件，周一及周二晚各拍賣二佰五十件。

這次拍賣會展出產品第一六二號是一對中國金魚海藻天球瓶瓷器，瓶底有落款「大清乾隆年製」篆書硃砂字體，標價五千比郎，他決定參加投標。

由於他要標的古董是一六二號，會在第一天晚拍賣，他那晚七點半準時到達會場，會場擺了一百多張椅子，椅子上放了圓扇般的號碼牌及填寫招標項目表格，拍賣會也接受當場電話叫價，來競標及參觀的人幾乎坐滿了會場。在唐林座位前排是一對花白頭髮的東方人夫婦，唐林想到：「該是華人吧！會不會也來標那對乾隆對瓶？」心裡產生了惑疑。

拍賣人及公證人坐在會場正中央長桌，高高在上，熟練的進行叫價，當拍賣人介紹到一六二號，用簡單四、五句話介紹了花瓶的特質後說：「底價五千比郎」停留約三十秒後，唐林舉了牌子，他也緊張的注意到前座東方人夫婦，並沒有動靜。而會場其他多為比國人，拍賣人看無人提高價格。喊了「第二次」及「第三次」，仍無回應，便敲槌宣佈：「第一六二號五千比郎得標。」會場服務小姐向他要了已填妥的表格，並說：「三天後交款取貨。」

標到這對天球瓶，唐林的心情由緊張感到輕鬆，他過去有過與人競價而超出自己所訂的預算價格，他想也許前面那對夫婦只是來觀看拍賣會的古董，及享受一下拍賣會緊張的氣氛吧！拍賣會約在十點三十分結束，會場旁的邊間有提供免費咖啡、紅茶及點心招待，唐林在喝茶時與前座這對夫婦相互寒喧，瞭解這位老先生姓「富」，是國府與比國有邦交時大使館負責文化業務的代表，已僑居比國三十餘年。

據富先生解釋，他原是滿清皇室後裔，原是溥字輩的貴族，民國成立，為求生活安穩，將原「溥」字改為「富」，深入民間百姓家。富先生自幼追隨長輩鑽研骨董，耳濡目染，對於文物搜集也樂而不疲。

富先生健談，夫人也和藹可親，原在臺灣擔任中學老師，唐林問：「這次拍賣會有看上眼的東西嗎？」「你今晚標的一對天球瓶，東西不錯，就算不是乾隆瓷，民初的複製品起碼也有個價。」

唐林現在比國的工作機構與富先生退休時的大使館屬同一性質，只是現在由於國際環境等因素，不能使用「大使館」名稱，便格外親切說：「富老，您是前輩，改天登門拜訪請益。」「我住附近，有空帶著老伴來拍賣會看看，蒐集古董熱情已過。」唐林聽了想富老有「七十從心所欲不越矩」的情懷。雙方交換名片，再約時間聚會。

富先生家住在路易斯廣場西邊，在聖伯納街街頭，是一幢三層樓歐式古宅，屋頂還安裝了天使石像，隔壁是比利時頂極巧克列Godiva店。唐林找到了住址，按了門鈴，富先生前來開門迎客，富太太尾隨於後表示慎重。由於初秋，天氣乾爽，唐林穿了風衣脫下，富先生接了將它掛在玄關的玄關上，衣架中央是一面古典金邊的鏡子，鏡下擺一張長几，本質古樸，上有一對暗桃色壽字大對瓶，一看便知是御窯出品，富先生看唐林目光凝聚在這對花瓶笑解釋道：「這是清朝光緒時期後宮製的。」說罷拿著花瓶倒翻過來，唐林看到「儲秀宮御製」字樣，該是皇宮御品。

走進客廳，唐林著實被眼前景象震攝住了。客廳是歐式兩段結構，進門第一段，沿牆全是開放式木櫃，擺滿了瓷器，各式各樣，有古瓷瓶、花碗、酒壺及石枕等，看來每件都有來歷。富先生解釋道：「這些以明、清瓷器居多。」地上放著數個明朝萬曆年製的大魚缸，也格外引起唐林注意，他叫了起來：「哇！比國市場的中國古名瓷都在這兒。」「不敢，也是閒來無事，尤其退休這麼多年的一點成績與收穫。」唐林眼尖，在一排四層木櫃第二層看到了明朝成化年的鬥彩碗，他見識到富先生收藏的功力。

富先生原先工作性質，推動兩國文化交流，加上本身對於藝術文物的熱愛。唐林想到：「以富先生工作機會而論，該會與當代藝術大師接觸吧！」

走馬看花似的看了富先生的瓷器收藏，富先生引導唐林走進位於中間的主客廳，一套古色古香的歐式沙發，數張凡爾賽宮廷椅，牆中央是面寬大的鏡子。唐林想到了凡爾賽的鏡宮。但牆上掛滿了畫，唐林貼近欣賞，大為吃驚！鏡子對面牆上掛了長幅張大千的筆墨山水，標名「莫斯河景緻」，極其顯目。另外還有常玉、潘玉良、趙無極、朱德群等旅法名畫家的作品，黃君璧、楊英風、藍蔭鼎，習德進等大家之國畫、油畫及素描也出現在眼前令唐林感到震憾。

「每一幅畫都有一個故事，現在年代久遠了，說也說不清楚。」富太太由後段餐廳走進來，接著說：「民國四、五十年代，先生在大使館負責文化推廣及學生交流等業務，那個時候，國內已逐漸重視對歐洲及比利時的文化宣傳，諸多國內名畫家都來歐訪問開畫展宣揚文化，由他負責安排展場，宣傳及接待，文人熱情厚重，多肯慷慨揮毫贈畫，我們可是一張都沒有求取。」

富先生陷入思考，慢條斯理的說：「大千先生訪歐，在比國三周，都住在這兒，有天我開車載他到法語瓦隆尼區的Messe河岸遊覽，大概大千先生被沿河美景所陶醉，於是第二天用過早餐，興之所致，意猶未盡，便揮筆畫了這幅巨畫，我原先以為大千先生自留，看到他落款寫下我的名字，我好感動。」

富太太笑道：「這張看似年輕婦人的素描，便是席德進在這客廳畫的，他跟我說：「我是巴黎蒙馬特的街頭畫家，您是顧客，我為您素描。」「那可不敢當，我要付費。」「免啦！在府上打擾了好多天，秀才人情。」「那時席德進年輕熱情，來比利時做畫，紅色T恤，牛仔褲，這些情景宛如昨日。」富太太說完，輕聲嘆息，似乎對於某些過去記憶所留下的痕跡思念。

隨後，富先生帶領了唐林參觀了二樓，除了主臥室外，其他房間也堆滿了古董瓷器、油畫、雕像、歐式傢俱等，琳瑯滿目，唐林已經無法想像。

而富先生邀請客人來家裡做客，以一個文化出身對於藝術品的喜好而言，當然願以開放忘情介紹自己的蒐集品，雖然他覺得多數來訪的客人並非特別喜好而且意願不高，他也很識相的適可而止，今天遇到的唐林，倒是能夠全盤接受他的介紹，他也格外高興。三樓前屋有一供桌，安置了祖先牌位及數幀黑白開A4紙般大的先人照片，唐林猜也許是主人父母的照片，桌上蠟臺及青銅毛公鼎造型的香爐仍有蠟炬及灰燼殘留，屋主人仍保有「慎終追遠」「緬懷先人」炎黃子孫敬祖的情懷，身在異國，看到此景，令唐林感動。

「對了！我們去地下室看看。」地下室極為陰暗，富先生打開燈，唐林看見寬敞的空間堆放著一排排的畫框，想必是蒐集的油畫吧，另外牆角邊放置了兩個有半個人高的木箱，箱頂有釘封已打開，富先生打開了木蓋由裡面抽出一長卷油畫布，打開是「巴黎羅浮宮」的寫生，並繼續說到：「一晃十多年，最近我才想起，楊大師十幾年前來歐洲舉行油畫巡迴展，他結束行程前，在比利時停留，準備回國，將展品及在歐洲畫的油畫說寄放在我這兒，回臺灣後再設法運回，這些作品就放在此處，我也把這事忘了，前些時日我看到新聞得知大師仙去，才想起這塵封箱子，我撬開箱子，裡面多屬大師遊歐寫生之作，彌足珍貴。大師後期專攻雕刻，油畫也自成一格，我已打電話給大師的家人派員來處理。」富先生又在牆邊畫堆中找出兩幅靜物油畫說：「這是常玉要赴臺灣授課前來比利時看我留下的，後來他在香港意外身亡，實是憾事，這些畫我也不知如何處理，也曾與臺灣文化機構聯繫，詢問可否捐贈，卻沒有下文。」

唐林對於眼前聽到與看到的認為不可思議，大師及的畫作可如此的接近，而富先生對於處理非己之物是豁然胸懷令他感動。晚餐後富先生問唐林：「你蒐集些什麼，我常與你在古董市場與拍賣會見面，你定對集古董有興趣吧！」「看了您的收藏，我真的不敢班門弄斧，只是初學，買了此小件的中國瓷器，另外還有歐洲瓷器及油畫。」富先生嘆了口氣說：「我的東西不算什麼，我們倆口子，沒有小孩，這些東西都是身外之物，只是由一開始投入蒐集的熱忱時，買到自己喜愛及認為『美』的作品，是一種享受，但漸漸覺得不論任何東西，如果自己沒有占有私慾，也就以身外之物處理。其實任何國家，最珍貴及有價值的古董均在博物館或美術館可以看到，到那兒欣賞是既容易又省心。」唐林聽了回應到：「我還沒有到達這種境界，看了您蒐集，我真自嘆不如，還有失落感。」富先生笑說：「客氣了！每人欣賞的眼光及角度不同，彼此切磋交換意見總是好的。」在對話中，唐林瞭解國內某大藝術品展覽機構聘請了富先生擔任駐歐代表，專門蒐集明、清朝出口到歐洲的貿易瓷。唐林自看了富先生的收藏後，產生了些否定的想法，是否自己要繼續「搜集」下去，怎麼跟人家比，一直在他腦海中打轉。後來他自我安慰的想到說：「富先生在歐住了三十多年，加上工作關係，經驗日積月累，當能開花結果。自己初學，不能相提並論，想到自己之愚鈍，不該把不同程度的事作類比，造成庸人自擾。」

唐林與富先生約了時間，帶些瓷器請富先生評鑑，唐林在自己蒐集的近百件瓷器中，選了自認得意及有價格的瓷器包括：在高蒂埃夫人店裡買的「成化五彩昆蟲浮葉圓碗」「粉彩獻壽棒棰瓶」外，另外三件為「乾隆娥黃龍鳳碗」，顯示「官窯內造」款示的人物風景「單耳酒杯」及「洪憲年八仙過海圖碗」。

當唐林將五種瓷器攤在富先生的桌上，富先生開了燈，並且拿了放大鏡，唐林心想：「我的眼光如何馬上就要驗證了。」唐林看到富先生的表情，有似小學生聽取老師公布成績單的緊張感覺。

富先生將每件瓷器拿在手上觸摸並一再觀看，然後再用放大鏡逐一細看，並用手指甲輕劃瓷器上的花紋。隔了一陣，富先生開口問：「你評鑑一件瓷器，首先注意什麼地方？」「瓷器造型及款式」「對了！在沒有根據，也就是年代的根據，以款式來認辨，不失為一良方。」富先生再認真拿了瓷器一一查看後，閉目養神，唐林倒是有耐心的等候鑑定結果。

富先生拿起「成化碗」說：「還真給你買到了，這隻明朝成化年製的昆蟲五彩碗，先看碗底款式，不像民窯所做，你看這『大字』捺點在很下，『明』字日月並排；『成』字一捺在下，『製』字下面的衣字那一橫沒有超過字上面的刀字，這是成化瓷落款基本辨識條件。官窯瓷器款式的字對正瓷器的中軸線，字體恭整有力，民窯款式凌亂無神，這碗極有可能是成化年的製品，再看瓷胎厚薄適度，泛白但不賊亮，碗裡氣泡少，密度整齊，就算不是成化年的出品，也該是康雍乾清三代鼎盛時期的仿品，後仿前仍屬珍貴古董，成化年以『鬥彩碗』馳名於世，這件五彩碗真少見。」

富先生對於「雍正棒棰瓶」認為款式為「大清雍正年製」確實是粉彩瓶，雍正王朝區區十餘年，但瓷器水準頗高，尤其是粉彩，以白瓷為素胚，再在瓷面上塗彩繪及圖案後，再燒製一次，顯示出特殊效果，瓶面光澤內斂而不飄浮，圖案有立體感，這「棒棰瓶」基本條件達到。雍正粉彩後世無可比擬，為識貨的蒐集者首選之一。

「娥黃龍鳳碗」富先生看了說：「龍鳳圖案不夠精細，款式字體醜陋，是件仿品。」唐林問：「是否是民初時代的，因為瓷質不似新瓷。」富先生回答：「有可能」。

至於「單耳酒杯」，富先生認為，「官窯內造」四字的款式該是清末光緒或宣統的物件，此時清朝國力衰弱，相對「官窯製品」的水準也大不如前朝。而「八仙過海酒碗」圖案細緻，應該是「居仁堂」所製，後來袁世凱登基，自封「洪憲皇帝」只有八十多天皇帝的美夢破碎，登基時以「居仁堂」的瓷器款式覆蓋上「洪憲年製」，因為登基時間匆促，來不及燒製專屬瓷器，魚目混珠，就歷史觀點，這類瓷器種類不多，物以稀為貴，倒也成了收藏家喜愛收集的另類瓷器。

唐林聽完富先生的評鑑後，很高興自己的眼光該是可以，蒐集近百件瓷器中有兩、三件為真品，就值得了。富先生接著說：「玩古董哪有不繳學費的，鑑賞眼光要精進，仍要多看多讀，多到博物館看歷朝歷代珍品，中外皆然，慢慢眼光就會獨到。」唐點頭同意這番話。

經過富先生對唐林收集的部分瓷器鑑定，鼓舞了唐林繼續收集的勇氣，樂此不疲。

在比利時工作了六年的唐林，在私領域生活，排除了公務繁忙外，其他時間多參訪博物館及美術館，蒐集古董有關。當他被調回國內工作，在比利時最大收穫是他蒐集近百個紙箱的舊貨或古董，由於數量龐大，加上面臨家庭及工作上的條件及壓力，他身邊僅留了三箱自己喜愛的古董，其他全部暫存在報關行的倉庫中。「也許永久就如此存放著。」他想。

對於從事古董商這一行，唐林從沒有想過，他沒有用價值觀去衡量自己搜集的東西，簡單的說，就是自己在國外工作，喜歡上蒐集古董，興之所至的購買，只為買到自己喜歡的或認為是真品的喜悅，過一陣子又開始懷疑，心中高低起伏度的感受，及每樣古董購買時的心理期待，能留下些許深刻記憶就值得。

辦公室有位同事與唐林有同好，不同的是這位同事蒐集的物品以臺北光華市場或一些固定的舊貨店及跳蚤市場為主，唐林由這位朋友處得知國立某博物館單位，對公眾有開放「諮商」時間，普通百姓蒐集的古董，可申請諮商。唐林想「鑑定」兩字太沉重，果真能有此專家或人力為百姓解惑，諮商只是問與答吧，對於古董真假價值無任何背書。

那是二月底初春雨季，唐林照同事給的電話號碼打到博物館諮商單位，對方告訴他「要諮商何物？」他答「瓷器」，對方說「八月的第三周的星期三下午四時。」他說：「我再考慮一下。」對方說：「再考慮要排到明年了。」唐林一聽說：「好，請幫我登記。」對方要了唐林的姓名、身分證號碼及電話，完成登記。

八月處暑炎熱不堪，到了唐林諮商瓷器的時間，他下午請了四小時休假，決定將富先生幫他鑑定的五件瓷器外，另外加了「清同治年製花鳥迎春賦詩賞玩五彩方茶壺」「清康熙上元節雅士夜遊五彩花碗」等五件，共湊足了十件，都不是大件瓷器。

瓷器諮商時間是下午四時，唐林約三點五十分抵達，諮商地點在博物館左邊行政大樓會議室，入口處有一櫃檯，唐林向服務人員說明原因，服務員漫不經心的滑著手機，看了手邊表格說：「你是三號，今天看八個，先到大廳等。」唐林在大廳旁放置的沙發坐了下來，看見對面牆掛滿了博物院不同時代的照片，由舊到新，由黑白到彩色，有跟著時代演進與變遷的感覺。

有一中年婦人手拎了一個大皮箱，走了過來，在沙發的另一端坐下，另一對夫婦各背了一個大背包，帶了一個約七歲大的女孩進來。女孩又唱又叫，服務人員出面制止，女孩收聲，母親認為時間還早便又走出去，想必是這兒常客。

牆壁上的時針指向四點十分，一號及二號已被叫到會議室等候，正在分開的桌子上擺出了瓷器等候諮商。

這時，有一位年約六十歲，頭髮花白，文質彬彬的先生走來，與唐林打了個招呼問：「還沒開始吧？」唐林答到：「諮商官還沒來，但一、二號已進去等了。」「請問你諮商什麼？」「我在國外收集的瓷器」「這是我的名片」唐林接過名片，眼前這位先生姓徐，是「佛俱公司」老闆。徐先生說到：「我五年前是國中老師提前退休，興趣所致，便把退休金用來開了這家『佛俱店』，我經常跑大陸及西藏，蒐集天珠及唐卡，花了許多冤枉錢，最近店裡營業情況才好轉。上個月，我在西藏及雪山附近花了近百萬新臺幣買了八顆天珠，是明朝的。」徐先生從公事包裡拿出了天珠照片給唐林看，徐先生問：「請問你多久前申請來此諮商？」唐林答：「六個月前。」徐先生說：「這麼久，我是透過民代在兩週前安排到的。」唐林想到：「徐先生的蒐集有商業行為價值，大概有變現的壓力及急迫性。」又想到便問徐先生：「等一下諮商，不是鑑定，這些天珠如何有書面證明是明代的呢？」「如果此處不肯出證明，只有花錢到香港請鑑定公司或專家來做。」，「也是。」，唐林答道。

諮商官是一位年約三十的女性，長相斯文，第一二組已經結束，第一組由於花瓶面積太大，仍在包裝。唐林走到一空桌將瓷器取出。諮商官走到他對面坐下，唐林笑問「好。」，諮商官似笑非笑，又像皮笑肉不笑，唐林開始懷疑這位女士的專業性，雖然經驗不一定與年齡成正比，但眼前諮商的功力如何，待會就有解答。

唐林將十件瓷器攤在桌上，諮商官用右手把眼鏡扶了一下，用嚴肅的口氣說：「我只看三件，給你五分鐘時間。」

「三件就三件。」唐林心中嘟囔著感到失望，拿了「成化五彩碗」、「雍正棒槌瓶」及「五彩方茶壺」等給諮商官，諮商官說：「其它的可以收起來了。」唐林沒有理會。

諮商官用約五分鐘觀看並未開口，唐林急問：「有何意見？」

「你怎麼喜歡蒐集有『款式』的瓷器？」「那是最能直接辨識的標示。」「但贗品及仿造多是有款式。」「也不完全是吧！」

諮商官停了一下，將「成化碗」再看了一遍說：「這件大概是清朝皇帝回贈暹羅王貢品的瓷器，泰國及東南亞都可以買到這類東西。」唐林聽了一頭霧水，「碗」成了贗品，他便反駁說：「我在泰國工作過五年，曼谷古董市場在River City大廈，有一百家以上古董店，另外露天市場附近的藝品店，我從未發現類似這種碗的造型。」

「……」

「那這個雍正棒槌瓶呢？」唐林問。

「這個好像是歐洲人向清朝商人訂的貿易瓷吧，瓷器上的圖案可笑滑稽。」

唐林暗叫到：「天啊！她該不會不知道麻姑獻壽的典故吧。而南極仙翁的大腦袋，正是代表了長壽及智慧，『可笑』兩字難道在她心目中代表仙翁類似『花生先生』的卡通人物或漫畫人物老夫子裡的『大蕃薯』。」

還不等唐林問第三件瓷器，諮商官便直接了當的說：「民國初年此類仿品甚多。」說完看了一下錶，便到第四號桌上去諮商了。

唐林感到無奈，連謝謝她的時間也不給，「這算什麼？」他心裡連續自問，並賭氣的自言自語：「美好的瓷器，讓人賞心悅目即可，管它實質真假，來此諮商，真是多此一舉！」

國家圖書館出版品預行編目資料

逍遙遊／高振民著. --初版.--臺中市：白象文化，2020.03
面； 公分
ISBN 978-986-358-933-4（平裝）

863.57 108020672

逍遙遊

作　　者　高振民
專案主編　林孟侃
出版編印　吳適意、林榮威、林孟侃、陳逸儒、黃麗穎
設計創意　張禮南、何佳諠
經銷推廣　李莉吟、莊博亞、劉育姍、李如玉
經紀企劃　張輝潭、洪怡欣、徐錦淳、黃姿虹
營運管理　林金郎、曾千熏
發 行 人　張輝潭
出版發行　白象文化事業有限公司
412台中市大里區科技路1號8樓之2（台中軟體園區）
出版專線：（04）2496-5995　傳真：（04）2496-9901
401台中市東區和平街228巷44號（經銷部）
購書專線：（04）2220-8589　傳真：（04）2220-8505
印　　刷　基盛印刷工場
初版一刷　2020年3月
定　　價　350元